KB032920

프린세스 파이러트

프린세스 파이러트~백작 영애는 밀애에 빠진다~

초판 1쇄 찍은 날 | 2015년 2월 1일
초판 1쇄 펴낸 날 | 2015년 2월 10일

지은이 | 이오리 미나
그린이 | 아마노 치기리
옮긴이 | 김하나
펴낸이 | 예경원

편집책임 | 박우진
편집 | 오아현

펴낸곳 | 예원북스
등록번호 | 제396-2012-000132호
등록일자 | 2012. 7. 25
YRN | 제5-0011호

주소 | 경기도 고양시 일산동구 무궁화로 8-28 삼성메르헨하우스 712호 (우) 410-837
전화 | 031-819-9431 팩스 | 031-817-9432
http://blog.naver.com/ainandfin
E-mail | ainandfin@naver.com

ISBN 979-11-5630-616-0 03830

※ 파본은 구입하신 서점에서 교환하여 드립니다.
※ 저자와 협의하여 인지를 붙이지 않습니다.
※ 이 책은 예원북스와 Cosmic Publishing / NTT Solmare 와의 계약에 의해 출판된 것이므
로 무단 전재 및 유포, 공유를 금합니다.
※ 이 도서의 국립중앙도서관 출판시도서목록(CIP)은 서지정보유통지원시스템 홈페이지
(http://seoji.nl.go.kr)와 국가자료공동목록시스템(http://www.nl.go.kr/kolisnet)에서 이용
하실 수 있습니다.

백작 영애는 밀애에 빠진다

프린세스 파이러트

이오리 미나글

아마노 치기리 그림 ― 김하나 옮김

♕ 리나르도

해적선 에스피에글 호의
항해사.

♕ 에도아르도
보르게제

프레지아스카 해군중장.

등장인물
소개

백작 영애는 밀애에 빠진다

프린세스
파이러트

↓에밀리아나 레오파르디
백작 영애. 혼담을 위해
제도로 향하는 배에 탔다.

↓장 (쟝파티스타 델마티노)
해적선 에스피에글 호의 선장

프롤로그

그 호화여객선은 지중해 남남동쪽으로 항로를 잡고 있었다.

배 위에 설치된 일등실 승객 전용 갑판 산책로에 에밀리아나 레오파르디는 홀로 서 있었다.

싸늘한 바람이 복어처럼 볼록하게 부풀어 오른 그녀의 뺨을 쓰다듬었다. 사파이어를 곳곳에 박아 넣은 듯 눈부시게 빛나는 파란 바다와 어딜 보아도 구름 한 점 없는 푸른 하늘이, 자수정을 연상시키는 에밀리아나의 눈동자에 녹아들었다.

하지만 아무리 바다가 아름답고 하늘이 푸르다 한들, 에밀리아나의 마음을 위로해 주지는 못했다.

"어째서 나만! 이런 일을 겪어야 하는 걸까."

에밀리아나는 갑판 위에서 양다리로 힘껏 버티고 서서 허리 옆으로 주먹을 쥔 채, 배에 탄 이후로 몇 천 번째의 혼잣말을 했다. 분노 때문인지 바닷바람 때문인지, 허니블론드 빛깔의 머리칼 끝이 심하게 흔들렸다.

고급스런 드레스와 외투에 몸을 감싸고 이야기꽃을 피우는 남녀와 테이블에서 가볍게 식사를 하며 트럼프를 즐기는 신사들 속에서, 홀로 우두커니 서 있는 에밀리아나의 모습은 유난히 눈에 띄었다.

허리까지 오는 아름다운 머리칼은 눈부신 금빛으로 넘실댔고, 달걀형의 하얀 얼굴은 더할 나위 없이 완벽한 이목구비를 갖추고 있었다. 붉은 장밋빛을 띠는 탐스러운 뺨은 분노의 표정으로 물들어 있었다. 커다란 차양이 달린 모자가 분노로 불타오르는 표정을 가리고 있었지만, 얼굴을 들여다보면 누구든 흠칫 놀라며 말을 잃을 것이다.

가냘픈 손발을 유행하는 멋진 드레스로 감싼 채, 에밀리아나는 차가운 갑판 난간에 기대었다.

선상 산책로를 오가는 사람들은 그런 그녀를 멀리서 둘러싼 채 난감한 표정을 짓고 있었지만, 에밀리아나는 개의치 않는 듯 한숨을 계속 내뱉었다.

에밀리아나는 이 호화여객선 코스타 멜로그라노를 타고, 만난 적도 없는 데다 나이도 열세 살이나 차이나는 해군사관에게 시집가야만 했다.

게다가 그는 에밀리아나의 겉모습만 보고 결혼을 승낙한 남자였다. 상대의 얼굴은 초상화로 확인했을 뿐이라, 몇 번 인가 편지를 주고받는 동안에라도 괜찮은 사람인지 알아보기 위해 살피고 있었다. 하지만 멀리서 한 번 보았을 뿐인 에밀리아나에게 청혼을 하는 남자인 만큼 제대로 된 사람이 아닐 것은 뻔했다.

"아가씨, 오늘은 바람이 선선하지요. 저쪽 테이블에 앉아서 홍차는 어떠신가요?"

한손에 은색 쟁반을 들고 파란색 유니폼을 입은 급사가 티 포트를 내밀어 보였다.

코스타 멜로그라노에 승선 중일 때는 식사와 음료, 오후의 티타임에 제공하는 과자에 이르기까지 전부 무료인 듯했다. 티켓 뒷면에도 그렇게 쓰여 있었다.

"응, 그러지 뭐. 애플파이도 있어? 그리고 클로티드 크림을 듬뿍 곁들인 스콘도 부탁할게. 아, 오이 샌드위치도 절대 잊지 말고. 그것도 양 많이 부탁해."

하루 종일 심기가 편치 않을 때는, 기력과 체력을 소모하게 되는 법이다. 에밀리아나는 단숨에 말하고 근처에 있는 의자를 끌어당겨서 드레스 자락을 털며 걸터앉았다. 그리고 서비스를 마음껏 누리기로 했다.

급사는 굳은 미소를 띠고 한 번 가볍게 인사를 한 후 그 자리에서 물러났다.

주위에서 인기척이 사라지자 에밀리아나는 한숨을 쉬

었다.

저 멀리 인도에서 공수했다는 다즐링도, 간식 시간에 제공받는 맛있는 다과도, 나무결이 아름다운 마호가니로 만든 정교한 장식도, 홀을 장식하는 크리스털 샹들리에도 에밀리아나의 진보랏빛 눈동자에는 허무하게 비쳤다. 에밀리아나는 차를 벌컥벌컥 마시고 과자를 와작와작 씹어 먹으며 뾰로통하게 화를 낼 수밖에 없었다. 그리고 단지 저주할 수밖에 없었다. 자신이 처한 부당한 운명을.

일주일 전.

가족 모두가 고향인 리오네의 저택의 커다란 방에 모여 있었다.

에밀리아나의 친가인 레오파르디 백작가는 리오네 일대를 다스리는 영주 가문이었다. 레오파르디가는 영주민들에게 사랑받아 왔다. 세월을 거쳐 풍화하여 멋진 살굿빛을 띠는 벽돌 벽, 뱃지붕과는 다른 한층 독특한 굴뚝이 달린 이 저택은 리오네의 상징이었으며 영주민들은 친근감을 담아서 '영주관'이라고 불렀다.

그러나 속사정은 눈뜨고 보기 힘들 만큼 참담했다.

벽을 장식하고 있어야 할 터인 초상화나 풍경화는 모조리 경매에 걸린 상태였고, 선조의 무훈을 전하는 방패와 검, 창마저도 영지 복원이라는 대의명분하에 처분한 이후로 두 번 다시 돌아오지 못했다.

커다란 방에는 차갑게 드러난 바닥 위에 낡아빠진 테이블과 천으로 씌운 의자 몇 개가 잃어버린 물건처럼 놓여 있을 뿐이었다. 테이블은 손질을 소홀히 한 탓에 잿빛으로 뿌옇고, 고블랭을 씌운 의자는 등받이와 좌판을 오랫동안 교체하지 않았는지 긁힌 자국이 눈에 띄었다.

이곳도 예전에는 아라비아에서 공수한 폭신폭신한 융단이 깔려 있었으며 마호가니 진열장에는 아름다운 공예품이 쭉 나열되어 있었다. 우윳빛 대리석을 깎아서 만든 현대작품은 하나 같이 역사가 있고 예리한 심미안으로 꿰뚫어본 절품들이었기에, 도서관뿐만 아니라 박물관도 사랑하는 에밀리아나가 자랑스러워하는 공간이었다.

하지만 지금은…….

세간도 없이 썰렁한 넓은 공간에 사람 목소리가 선명히 울려 퍼졌다.

"제가 결혼이라고요?"

에밀리아나는 등 뒤에 놓인 긴 의자에 기절에 대비해 쿠션이 있는지를 살폈다. 그러나 그곳에는 긁힌 흔적만 있는 팔걸이가 있을 뿐이었다. ─그렇다. 쿠션마저도 팔았던 것이다.

"그래. 이렇게 솔깃한 이야기는 나라 어디를 찾아보아도 없을 거란다."

에밀리아나의 아버지인 레오파르디 경은 눈을 감고 고개를 끄덕였다.

"당신 뭔가 잘못된 게 아닌가요? 이 아이는 아직 어려요. 사교계에 나가서 신사분과 론도 한 곡조차 춰보지 못한 아이한테 결혼이라니……."

어머니인 아가타가 레오파르디 경을 바라보았다.

"몇 개월 전에 왕실이 주최한 사냥 모임이 있었잖소. 그곳에서 에밀리아나를 처음 본 것 같구려. 우리에게 들어온 혼담이야. 이런 명예로운 일이 또 있겠소."

레오파르디 경은 오늘따라 얼굴에 붙박은 듯한 웃음을 짓고 있었다. 경직된 그 옆모습은 오싹할 정도였다.

기는 조금 세지만 가냘픈 소녀인 에밀리아나는 해가 갈수록 점점 아름다워졌고, 그 평판은 제도 갈로파노의 멋진 남성들 사이에서도 높아져 갔다.

영주관에는 하루가 멀다 하고 선물이나 남성들의 초상화가 도착했고, 어머니인 아가타와 에밀리아나는 그에 대한 답장을 쓰기 위해 밤늦게까지 졸린 눈을 비비며 펜을 놀려야 했다. 에밀리아나는 그 일에 진절머리를 내고 있었다. 가벼운 말만을 늘어놓은 러브레터를 상대하기보다 도서실에 틀어박혀서 최근 제도에서 유행하기 시작한 모험소설을 읽고 싶었다.

어쨌든 두 사람 다 사교계조차 데뷔하지 않은 에밀리아나의 혼담은 아직 먼 훗날의 일이라고 생각했다.

그럼에도 설마 아버님은…….

에밀리아나는 깜짝 놀라며 온몸을 굳혔다.

동생 미켈레도 그 생각에 도달한 듯 레오파르디 경에게 날카로운 시선을 보냈다.

"아버님은 누님을 거래 도구로 삼으려 하는 건 아니신지 요?"

미켈레는 아직 열다섯이었지만 에밀리아나의 동생답게 무척이나 총명했다. 그는 레오파르디가의 실정을 감안해 생각했을 때, 느닷없이 추진되는 에밀리아나의 혼담을 수상쩍게 여기고 있는 듯했다.

세 사람의 날카로운 시선을 받자 레오파르디 경은 끝내 머리를 긁적이며 자백했다.

"실은… 요전번에 갔던 베르니 마을에서 트럼프를 쳤는데……."

"또 졌던 거군요."

미켈레는 어이가 없다는 듯 말했다.

용맹한 기사로 알려진 레오파르디 경은 국왕 폐하로부터 그 무훈을 인정받아 훈장을 하사받았을 뿐만 아니라 소작농의 이야기를 귀담아 들어 치수 공사를 시행하여 영지 개발에도 부지런히 힘쓰는 등, 영주로서 인망이 두터웠다.

하지만 그런 그에게는 단 한 가지 결점이 있었다. 엄청난 도박광이었던 것이다. 도박에 강했다면 그나마 다행이었겠지만 레오파르디 경은 행운의 여신에게 철저히 외면당하고 있었다. 그럼에도 불구하고 여전히 도박에 집착했기 때문에 귀족들 사이에서는 '어설픈 도박광'이라고 비웃음을 살

정도였다.

"그게 말이지… 중간까지는 이기고 있었어! 하지만 안심하렴. 해군 제독인 보르게제 후작이란 이름은 너희들도 알고 있잖니? 그가 우리 빚을 대신 갚아주겠다고 하는구나. 트럼프 빚뿐만 아니라 지금까지 쌓이고 쌓인 빚 전부를 갚아준다고 했단다."

"어째서일까요. 우리 집 빚이 상당하다는 거 당신도 알잖아요. 보르게제 후작은 무척이나 현명한 분이라고 들었어요. 아무런 보답도 요구하지 않고 도박으로 만든 빚을 대신 갚아줄 리가 없잖아요. 분명 뒤에 뭔가 있는 거예요."

"앞이고 뒤고 없다잖소. 보르게제가는 제도 갈로파노에 저택이 있는 유명한 귀족 집안이라오. 그리고 우리 집과는 비교할 수 없을 만큼 부자이기도 하지. 그런 그가 우리 에밀리아나를 원한다고 하잖소. 우리에게 이 이상 좋은 혼담은 없을 거요."

"아버님 너무하시네요. 일면식도 없는 남자에게 누님을 시집보내려고 하시다니……. 그건 누님을 파는 거나 다름없지 않습니까."

대체 무슨 일이 벌어지고 있는 걸까? 우리 가족들은 무슨 이야기를 하고 있는 걸까?

어리둥절했다. 너무나도 충격적인 상황에 에밀리아나의 머릿속은 백지장이 되었기 때문이다. 귀에 들어오는 정보에 머리 회전이 따라가지 못했다.

에밀리아나는 쿠션이 없어도 기절해야 할지 말지 무심코 망설였다.

이 시대의 여성들 사이에서는 충격적인 일이 벌어질 때마다 기절하여 번잡한 일로부터 벗어나는 것이 영리한 방법으로 여겨지고 있었다. 하지만 에밀리아나는 윤기를 잃은 판자 바닥에 양다리로 버티고 서서 이 상황을 견뎠다. 이대로 기절하면 그사이에 자신의 인생의 방향이 제멋대로 결정될지도 몰랐기 때문이다.

"당신."

"에잇, 시끄러워. 가만히 있어!"

레오파르디 경의 강한 고집에 두 사람의 어깨가 흠칫하며 떨렸다.

"약혼 소식은 조만간 관보에 실릴 거야. 그렇게 되면 간단히 뒤집을 수 없겠지."

"그런 말도 안 되는 이야기, 저는 용납할 수 없습니다. 누님, 뭐라고 말 좀 하세요. 만난 적도 없는 남자와 결혼하게 될지도 모른다고요."

"나, 나아……."

열심히 견디고 있던 에밀리아나는 자수정을 연상시키는 커다란 눈을 더욱 크게 뜨고 애처로운 입술을 금붕어처럼 뻐끔뻐끔 여닫는 것밖에 할 수 없었다.

그때 떡갈나무로 만든 커다란 문을 두드리는 소리가 방에 울려 퍼졌다. 이 집에서 시중을 드는 단 한 명의 집사였다.

"에도아르도 보르게제라는 분으로부터 에밀리아나님께 선물이 도착했습니다. 어떻게 할까요. 방에 옮겨다 놓을까요?"

보르게제?

"아니, 여기로 가져다주게."

레오파르디 경은 불쾌한 듯 입술을 끌어내렸다.

"분부대로 하겠습니다."

집사는 그렇게 말한 후 계속해서 선물을 옮겨다 주었다. 넓은 방이 순식간에 선물상자로 가득 찼다.

하얀 리본이 달린 상자에는 대부분, 옅은 하늘색 새틴 크레이프로 만든 드레스라든가, 둥그스름한 어깨를 강조한 최신 유행 파고다 슬리브에 레이스가 달린 가운 등, 멋진 여성용 의류가 담겨 있었다. 속옷을 포함한 옷 일체와, 침구와 식탁에 사용하는 리넨도 있었다.

에밀리아나는 양손으로 끌어안아야 할 만큼 커다란 상자를 집어 들었다. 상자는 묵직했고 자단나무로 만든 보석 상자가 들어 있었다. 보석 상자를 열자 그 안에서 진주로 만든 목걸이와 귀걸이와 반지가 나왔다.

지금까지 수많은 남성에게서 받은 선물 가운데 이토록 아름답고 세련된 물건은 없었다. 하지만 반짝반짝 빛나는 진주알에 비친, 새파랗게 질린 자신의 얼굴을 보자 에밀리아나는 갈피를 잡을 수 없었다.

남자가 그려진 초상화 액자가 선물상자 속에 파묻혀 있

었다. 어머니가 그 초상화를 끄집어냈다.

"어머……."

아가타의 입에서 감탄사가 흘러나왔다.

초상화에 그려진 청년은 해군사관답게 애쉬블론드 머리를 짧게 깎은 모습이었다.

바다가 연상되는 푸른색 눈동자는 깊어 보였고 늠름하게 다문 얇은 입술은 옅은 미소를 띠고 있었다. 단정한 이목구비가 장인의 손에 완성된 조각품을 떠올리게 했다. 그리고 그는 파란색 상의를 걸치고 있었으며 가슴에는 훈장이 반짝이고 있었다. 닻 문양이 나란히 늘어선 견장은 그의 계급이 꽤 높다는 것을 나타내고 있었다.

"해군사관 제복인가 보네?"

아가타의 목소리에 복잡한 심정이 뒤섞여 있었다.

"아무렴. 보르게제 후작님의 아들인 에도아르도는 해군 장교니까."

레오파르디 경은 콧방귀를 뀌었다.

선물을 모두 옮긴 다음, 집사는 에밀리아나에게 편지 한 통을 건넸다. 집안의 문장이 들어간 빨간 봉랍을 찢고 내용물을 꺼내자, 그곳에는 약혼을 승낙하는 편지와 함께 티켓 한 장이 들어 있었다.

에밀리아나는 애원하는 눈길로 아가타를 바라보았다.

"어머님, 저……."

에밀리아나의 머리는 여전히 급변하는 상황에 따라가지

못하고 있었다.

"코스타 멜로그라노의 티켓이잖니. 최근에 진수된 초호화 여객선이란다."

에밀리아나의 손아귀를 들여다보며 아가타가 눈을 가늘게 떴다.

"클레멘티에서 보르게제 후작이 주둔하는 갈로파노까지는 배로 이 주 정도 걸릴 거야. 그동안에 드는 교통비, 숙박비, 드레스 비용까지 전부 보르게제 후작이 부담한다고 하더군. 에밀리아나 너보다 행복한 신부가 이 세상에 또 있겠니."

"아버님, 어머님. 저는 아직 결혼할 생각이 없어요. 이 드레스도 티켓도 평소대로 상대에게 돌려주세요."

에밀리아나는 겨우 마음을 다잡고 말을 꺼냈다. 긴장한 탓에 목소리가 높아졌다. 웃기지 말라는 생각이 들었다. 에밀리아나는 연애는커녕 남자와 론도 한 곡도 춰본 적이 없었다. 그런데 결혼이라니 어이가 없었다.

"아버님, 그렇습니다. 좋은 분이라고는 생각하지만 누님에게 결혼은 아직 먼 일이에요."

"그렇다면 미켈레, 이보다 더 나은 상대를 네가 찾아오겠다는 거냐?"

"그건……."

"설령 사교계에 데뷔한다고 해도 에밀리아나의 외모를 노리고 다가오는 남자들 중엔 제대로 된 녀석이 없을 거야.

그건 너희들도 잘 알고 있잖니."

에밀리아나와 미켈레는 되받아칠 수 없었다.

아버지의 말에도 일리는 있었다. 하루가 멀다 하고 에밀리아나에게 많은 선물과 만찬회 초대장을 보내는 이들은 방탕한 귀족의 자식이거나 최근 들어 잘 나가는 유복한 상인 등, 리오네의 명문 귀족인 레오파르디가의 외동딸이 시집가기에는 조금 문제가 있는 남자들뿐이었다.

"누님이 이렇게 갑자기 시집을 가버리는 건 어찌 됐든 제가 싫습니다."

미켈레가 외치듯 말했다.

"아버님, 저도 싫어요. 제 인생인데 아무런 의사도 묻질 않으시다니. 저는 아버님과 어머님처럼 무도회에서 만난 분과 평범한 연애를 해서 그렇게……."

"미켈레, 에밀리아나! 말도 안 되는 소리 하지 말거라."

레오파르디 경의 목소리가 돌로 만들어진 넓은 방에 울려 퍼졌다.

"…확실히 나쁜 이야기는 아닌 것 같구나."

아가타가 차분하게 입을 열었다. 그녀의 눈앞에는 늠름한 표정을 짓고 있는 청년의 초상화가 있었다. 그 눈동자는 사파이어처럼 깊은 푸른빛을 띠고 있었다.

사파이어는 아가타가 무척이나 좋아하는 보석이었다.

"어머님까지! 어째서……."

"들어보렴. 에밀리아나. 내가 너에겐 왕실이 주최한 무도회에서 네 아버지를 만났다고 했지만, 그건 네 할아버님들끼리 혼담을 마무리 지은 후였단다. 상대가 이렇게 원해서 하는 결혼은 나쁜 게 아니란다."

인생 선배로서 하는 어머니의 말에는 확실히 무게감이 있었다. 하지만 에밀리아나는 아무래도 납득이 가지 않았다.

도박에서 진 빚을 메우기 위한 상황이 아니었더라면 조금은 긍정적으로 이야기를 받아들일 수 있었을지도 몰랐다.

"하지만 전 아직 결혼은 생각해 본 적이 없어요."

어깨를 들썩이는 에밀리아나를 앞에 두고 레오파르디 경은 어조를 누그러뜨렸다.

"…네가 그렇게 싫다면 우선 만나보고 나서 결정해도 늦지 않을 거다. 사교계에 나가기 전에 여행하는 기분으로 갈로파노에 다녀오는 것도 나쁘지 않겠지. 실제로 널 가까이에서 보고 상대의 마음이 바뀔 가능성도 있을 테니."

여행, 이라는 말에 에밀리아나의 귀가 솔깃했다.

선박 기술이 발달하여 목적지까지 안전하게 도착할 수 있게 되자 여성이 쓴 여행기가 최근 들어 몇 권 연속으로 출간되었다. 에밀리아나도 그런 여성들이 쓴 책을 읽을 때마다 상상력을 발휘하여 진귀한 꽃이 흐드러지게 피어 있는 정글에서 헤매거나 처음 보는 요리에 입맛을 다시거나 하는 등, 그곳에 사는 사람들의 삶을 상상하며 가슴이 설레

곤 했다.

가령 제도 갈로파노라면 최신 증기선으로 이 주나 걸리는 여행이 될 것이다. 정글도 없는데다 말이 통하지 않는 사람과 교류할 일도 없다. 하지만 '여행' 이라는 두 글자가 에밀리아나의 마음을 사로잡았다.

"당신, 그러시면⋯⋯."

"아니, 애초에 내가 하찮은 도박에 손을 댄 게 발단이잖소. 그 책임을 아이들에게 지게 할 수는 없지."

에밀리아나는 완전히 초라해진 넓은 방의 벽을 둘러보았다. 한때 이 방의 벽이란 벽에 결려 있던 명화들은 이곳에서 편안한 시간을 보내던 레오파르디가 사람들의 마음을 여유롭게 해주었었다.

하인과 시녀를 해고하고 집사 한 명만 남은 이 상황에서는 자신의 일은 스스로 해야 했다. 때문에 에밀리아나와 아가타는 낮 시간의 대부분을 식사 준비와 세탁에 쫓겨야만 했다. 밤은 밤대로 에밀리아나에게 온 초상화나 선물에 대한 답장을 쓰는 시간으로 보냈다.

에밀리아나는 아가타의 거친 손을 보았다. 미켈레는 짧아진 바지 기장을 신경 쓰고 있었다. 아버지인 레오파르디 경의 상의 소맷부리도 수선해야 할 터였다.

의복뿐만이 아니었다. 오늘 저녁 재료는 겨우 마련할 수 있었지만, 일주일 후⋯ 아니, 한 달 후의 일은 알 수 없었다.

한순간 에밀리아나는 일하러 나가는 것도 생각했다. 하지만 열일곱 살짜리 여자아이가 제도에 간다고 한들 제대로 된 일을 얻을 수 있을 가능성은 지극히 낮을 것이다. 에밀리아나도 그 정도는 예상할 수 있었다.

하지만 느닷없이 결혼이라니…….

에밀리아나는 허리 옆으로 주먹을 꽉 움켜쥐었다.

제멋대로 굴 때가 아니야.

"…알겠어요."

"에밀리아나!"

"누님?"

아가타와 미켈레가 동시에 소리를 높였다.

"일단 에도아르도님을 만날게요. 하지만 결혼은 두 사람이 결정할 일. 에도아르도님의 생각이 바뀌었을 때에는…… 이곳으로 다시 돌아올게요."

에밀리아나는 그 말만 하고 크게 한숨을 내쉬었다. 그녀는 자신의 좁은 양 어깨로 나이든 부모님과 미켈레의 앞날이 묵직하게 덮쳐오는 것을 느꼈다. 그 무게에 현기증이 날 것 같았다.

제1장 괴물과 아기고양이

호화여객선 코스타 멜로그라노가 클레멘티에서 출항한 지 일주일이 지나고 있었다.

오늘 밤에는 초승달이 떴다. 별이 총총한 하늘 아래에서 코스타 멜로그라노는 갈로파노를 향해 남남동쪽으로 항로를 잡고 있었다.

에밀리아나는 고향 리오네를 생각하며 몸을 뒤척였다. 준비된 객실은 일등실이었으며 방 전체에는 온갖 사치가 부려져 있었다. 정교한 조각이 들어간 가구와, 실크와 깃털로 만들어진 침구를 볼 때마다 궁핍한 생활을 하고 있을 가족을 떠올리지 않을 수 없었다.

에도아르도와는 몇 번인가 편지를 주고받으며 일단 대면

하여 이야기를 나눈 후에 결혼을 결정하기로 이야기가 마무리되었다. 하지만 상황이 절박했다. 아버지인 레오파르디 경이 만든 빚은 가족들의 상상을 훨씬 초월하는 금액으로까지 불어나 있었고, 에밀리아나가 결혼을 거부한다면—최악의 상황으로 에도아르도에게 미움을 받는다면—저택을 빼앗긴 채 가족 모두가 거리를 헤매게 될 것이었다.

남자인 아버지는 그렇다 치더라도 아직 어린 미켈레와 곱게 자라서 세상물정 모르는 어머니는 어떻게 해야 할까. 우리 가족은 어떻게 되는 걸까.

머릿속에 그런 생각만 자꾸자꾸 맴돌아서 도무지 잠을 이룰 수 없었다.

에밀리아나는 깃이불을 걷어내고 실내화에 작고 하얀 발을 집어넣었다. 그러고는 잠옷 위에 가운을 걸쳤다. 레이스가 잔뜩 달린 잠옷과 벨벳 가운, 실크 새틴 실내화도 모두 약혼자인 에도아르도에게 받은 선물이었다.

무거운 마호가니 문을 밀어서 천천히 열자, 방 안으로 냉기가 전해져 왔다.

난방 설비가 되어 있지 않은 복도는 싸늘했기 때문에, 모직물이 깔려 있어도 발바닥으로 냉기가 타고 올라왔다. 숨을 쉬자 복도 안쪽에 설치된 각등의 불빛에 입김이 하얗게 서렸다.

에밀리아나는 일등실에 묵는 손님들만 이용할 수 있는 갑판 산책로에 가기로 결심했다. 나무 계단을 소리 없이 올라가서 밖으로 이어지는 무거운 철문을 열었다.

짠 내음이 코를 깊이 찔렀다.

"와아……."

갑판 산책로 위로 별이 총총히 박힌 하늘이 펼쳐져 있었다. 마치 별들이 에밀리아나를 향해서 비처럼 쏟아져 내리는 것 같았다.

기적이 울렸다. 고개를 돌리자 배 후방에 있는 굴뚝에서 어둠과는 다른 색을 띠는 검은 연기가 뭉게뭉게 솟아오르고 있는 것이 보였다.

코스타 멜로그라노는 양쪽 뱃전에 거대한 철제 패들을 장착한 최신형 증기외륜선이었다. 보조용 돛대가 잔뜩 달린 돛이 바람을 품고 부풀어 있었다. 불어오는 바람의 세기와 선체가 일으키는 물보라를 미루어 보아, 배가 꽤 빠른 속도로 파도 위를 달려가고 있다는 사실을 알 수 있었다.

몸이 얼어붙을 것처럼 쌀쌀했지만 바닷바람을 쐬자 침대에서 끙끙대고 있었던 하찮은 생각에서 해방되는 느낌이 들었다.

어디에선가 현악기 소리가 들려왔다. 갑판 아래에 있는 무도장에서 무도회가 열린 것 같았다. 남녀의 웃음소리가 바람에 뒤섞인 채 실려 왔다. 아무리 즐거워 보여도 아직 사교계에 데뷔하지 않은 에밀리아나에게는 상관없는 일이었다.

경쾌하고 화사한 선율을 듣고 있자 주체할 수 없는 공허

함이 솟구쳤다. 에밀리아나는 바다 쪽으로 튀어나온 뱃머리를 향해 걸어가서 아래를 들여다보았다.

충각에 부딪힌 파도가 먼발치에서 산을 이루고 파리한 거품을 내며 좌우로 흘러갔다.

시선 아래에는 먹처럼 검은 바다가 고요히 펼쳐지고 있었다.

혹시 내가 이곳에서 몸을 던진다면 가족들은 어떻게 될까.

에밀리아나의 머릿속에 문득 그런 생각이 떠올랐다.

초상화로만 본, 일면식도 없는 남자에게 시집을 가야 한다면 차라리…….

에밀리아나는 철제 난간을 움켜쥐고 몸을 내밀었다. 난간은 밤이슬에 젖어 얼음처럼 차가웠다.

안 돼. 이런 짓을 저지르면 상황만 나빠질 뿐이야.

쓸데없는 생각을 쫓아내려 머리를 젓자 금빛 머리칼이 부드럽게 호를 그리며 넘실거렸다.

그때였다. 후방에 솟아 있는 굴뚝에서 기적이 세 번 울렸다.

이런 새벽에 대체 무슨 일일까.

마음을 어지럽히는 비명 같은 그 소리에 불안해졌다. 에밀리아나는 방으로 돌아가기 위해 갑판 산책로를 총총걸음으로 걸어갔다

바람이 한층 더 강해지고 돛대에 달린 돛이 펄럭펄럭 소

리를 낼 때였다.

"해적이다!"

갑판 위에 있던 남자의 절규가 울려 퍼졌다.

그리고 그 순간 빵빵빵 하고 연속해서 파열음이 들렸다. 위협사격을 하는 소리였다. 그에 이어서 뛰어다니는 수많은 발소리가 들렸다.

에밀리아나는 조심조심 고개를 내밀어 우현을 보았다. 그러자 새까맣게 칠해진 배가 엄청난 속도로 다가오는 것이 보였다.

어둠 속에서도 갑판에 쭉 늘어선 남자들의 모습이 보였다. 땅딸막한 남자, 키가 멀대같이 큰 남자, 부둥부둥한 남자, 빼빼마른 남자를 비롯하여 많은 남자들이 득실대고 있었는데 다들 하나같이 다부진 근육으로 무장하고 있었다.

어느새…….

어둠 속에서 소리 없이 다가온 수상쩍은 배 그림자에 에밀리아나는 몸이 굳은 채 움직일 수 없었다.

어두운 바다에는 이와 흡사한 배가 몇 척이고 코스타 멜로그라노의 주변을 에워싸고 있었다.

그 돛 끝에 달아놓은 깃발이 불어오는 바람에 펄럭이고 있었다. 검은 바탕에 하얀 해골 문양을 그린 해적깃발로, 이는 어둠에 빛나는 작은 별빛으로도 알 수 있었다.

"해적…….”

에밀리아나의 등줄기에 전율이 일었다.

바다를 제 집인 양 헤집고 다니며 살인과 능욕을 저지르고 약탈하는 자들. 모험소설을 좋아하는 에밀리아는 그들의 존재를 잘 알고 있었다. 그러나 실제로 보는 것은 처음이었다.

요즘 같은 증기기관 시대에 해적이라니 말도 안 돼.

그렇게 생각했지만 에밀리아나의 목 안쪽에서 숨결이 거칠어졌다.

괜찮아. 에밀리아나, 침착하자.

코스타 멜로그라노는 최신 설계 원동 기관을 이용했으며 최근에 첫 항해를 마친 호화여객선이다. 해적 무리의 배 따위는 식은 죽 먹기로 따돌릴 수 있을 것이다.

에밀리아나는 난간을 잡고 몸을 내밀어서 정체불명의 배를 보았다.

…….

하지만 놀랍게도 세계 최고의 속력을 뽐내는 이 배와 해적선이 나란히 나아가고 있었다.

믿을 수 없었다. 지금 무슨 일이 벌어지고 있는 걸까. 옆으로 다가오는 배의 정체는 무엇일까. 자줏빛 눈을 크게 뜨고 에밀리아나는 신음했다.

스무 척 정도 되는 음산한 검은 배는 에밀리아나가 탄 배의 주위를 빙 둘러싼 채 귀에 거슬리는 굉음을 와자지껄하게 내기 시작했다. 갑판에 나와 있는 남자들이 금속제 여물통이나 큰북 등을 저마다 손에 들고 두드리고 있었다.

그렇게 떠들썩한 가운데, 나란히 나아가고 있던 배에서 코스타 멜로그라노를 향해 작은 돌과 흡사한 물건을 던졌다. 선원들이 일제히 물러나자 그 자리에서 연이어 폭발이 일어났다.

수류탄이었다.

그들은 폭발에 깜짝 놀라서 우왕좌왕하는 선원들을 무시하고 갑판에 갈고랑이가 달린 망을 씌웠다. 계속되는 엄청난 굉음과 함께 상대의 배사다리가 갑판 위로 걸쳐졌다. 사다리에 주철 가시가 박혀 있는 것을 보아 무기로 사용할 수 있게 되어 있는 듯했다.

남자들이 어둠에 뒤섞인 채 망과 사다리를 타고 연이어 옮겨오는 것이 보였다. 벌컥벌컥 문을 여닫는 소리, 식기가 깨지는 소리, 여자의 비명 소리, 남자의 고함 소리가 뒤섞였다.

"큰일이다, 괴물선이다."

누군가가 큰 소리로 외쳤다.

괴물?

의미는 알 수 없었지만 악의가 담긴 그 어감은 에밀리아나를 겁에 질리기 하기에 충분했다.

서둘러 방에 돌아가야겠다고 마음먹었다. 문을 꼭 걸어 잠그고 옷장에 숨어서 태풍 같은 이 사건이 지나가기를 얌전히 기다리는 수밖에 없다고 생각했다.

에밀리아나의 무릎이 공포와 추위에 떨렸다. 콧등에 핏

기가 가셔 새하얘진 것이 느껴졌다. 이 시대의 여성이라면 기절하여 쓰러져야 한다고 생각했지만, 이 혼란한 상황에 요조숙녀 흉내를 내고 있어봤자 어쩔 도리가 없었다. 어쨌든 이런 곳에서 갈팡질팡할 여유는 없었다. 가운을 여미고 빠른 걸음으로 선실을 향해 돌아가려고 했다.

거센 바닷바람이 한 번 불자 에밀리아나의 머리칼이 금빛으로 불타는 화염처럼 말려 올라갔다.

"거기 서."

등 뒤에서 나지막한 남자 목소리가 들리자 번개에 맞은 듯 온몸이 움찔거렸다.

혼란과 비명이 한창인 가운데 그 목소리는 귀에 또렷하게 닿았다. 미성이라고 해도 좋을 만큼 맑은 목소리였다. 그러나 에밀리아에게는 공포의 천둥소리가 울려 퍼지듯이 들릴 수밖에 없었다.

목을 움츠리고 조심스럽게 돌아보자 어둠 속에서 검은 그림자로 보이는 남자 한 명이 다가오는 것이 보였다.

"꺄악!"

에밀리아나는 몸을 틀어서 달리기 시작했다.

"누가! 도와줘요!"

달리며 계속 외쳤다. 그러나 넓은 갑판 산책로에는 인적 없이 어둠만이 펼쳐져 있었다. 에밀리아나는 선실로 향하는 문을 향해 달렸다.

어둠 속에서 작은 손이 밤이슬에 젖은 놋쇠 문손잡이를

잡았다.

"앗."

건장한 팔이 에밀리아나의 가느다란 몸을 건져 올리듯 둘러쌌다.

"안 돼!"

달아날 틈이 없었다. 너무나도 충격적인 상황에 에밀리아나는 엉겁결에 소리를 질렀다.

"얌전히 있어. 거칠게 다루진 않을 테니."

남자는 목소리를 누그러뜨렸다. 하지만 그런 말을 믿을 수 있을 리가 없었다.

"놔줘! 난 사실 가난한 귀족의 딸이야. 그러니 한 푼의 가치도 없어."

"말도 안 되는 거짓말이나 지껄이고."

남자는 잠시 웅크려 앉았다가 에밀리아나의 몸에 두른 팔을 들어 올려 그녀를 짐짝처럼 어깨에 짊어졌다. 에밀리아나는 팔을 마구 휘두르며 그의 등을 두드렸고, 다리를 버둥대고 그의 가슴을 차며 저항했지만 단단한 그의 근육은 꿈쩍도 하지 않았다.

남자의 손이 가운 자락을 잡았다.

"이 고급스런 천을 보라고! 진품 레이스를! 게다가 잠옷에 사용된 이건 엄청나게 돈이 많은 귀족들만 사용할 수 있는 기술이야. 네 정체는 아마도 어느 나라의 명문 귀족의 딸이든가 왕족의 관계자겠지."

"말도 안 되는 착각이야. 어쨌든 아니라니까. 믿어줘!"

뭐라고 말해도 이 남자에게는 통하지 않을 것 같았다. 하지만 믿어주지 않으면 곤란하다.

나는 어떻게 해서든 갈로파노에 가서 에도아르도님을 만나야 한다.

그런 상황에서 이따위 해적에게 속수무책으로 당해야 하는 걸까.

혼신의 힘을 다해서 버둥거렸지만 남자는 에밀리아나의 저항을 그리 개의치 않는 듯했다. 동료 해적들이 커틀러스를 휘두르며 남자와 에밀리아나의 곁을 스쳐 지나갔다.

"그만둬! 내려줘!"

다른 승객들과 급사들은 도망치기 위해 우왕좌왕거릴 뿐, 해적 무리의 행패에 맞서는 사람은 누구도 없었다. 유리가 깨지고 집기가 쓰러지는 소리가 울려 퍼지는 가운데 에밀리아나는 홀로 계속 외쳤다.

하지만 남자는 에밀리아나의 몸을 꼭 끌어안은 채 놓으려 하지 않았다. 오히려 고개를 틀어서 에밀리아나의 얼굴을 들여다보며 웃고 있었다.

그때 일등실 홀로 연결되는 커다란 문이 열리며 선내에서 새어나온 빛이 남자의 얼굴을 비추었다.

아앗……

눈에 먼저 들어온 것은 윤기 나는 검은 머리칼이었다.

바닷바람에 흩날리는 머리칼 사이에서 짙은 속눈썹에 둘

러싸인 아몬드 모양의 두 눈동자가 이리저리 움직이고 있었다. 살결은 거무스름하게 햇볕에 그을려 있었고, 시원하게 뻗은 콧등은 섬세한 조형물 같았다. 그리고 우아한 곡선을 그리는 광대뼈 밑으로는 사나이다운 멋진 모양의 입술이 의연하게 닫혀 있었다.

광란과 강탈의 태풍이 시작되려는 가운데, 길고 다부진 팔로 에밀리아나를 끌어안은 채 남자는 거침없이 걸어갔다. 그 움직임은 마치 고양잇과의 맹수를 떠올리게 할 만큼 탄력이 넘쳤다.

에밀리아나를 꼼짝 못하게 한 것은 무엇보다도 남자의 눈이었다. 금색으로 거침없이 빛나는 그 눈동자는 흡사 야생 동물 같았다. 주인 없이 산과 들을 자유롭게 뛰어다니는 야수……

한순간이지만 그 눈동자에 홀렸었다는 사실을 깨닫고 에밀리아나는 학질에 걸린 듯 온몸을 떨었다. 해적과 같은 야만인에게 시선을 빼앗기다니 믿을 수 없는 일이었다. 에밀리아나는 마음을 다잡고 날카로운 눈빛으로 그를 노려보았다.

남자는 키가 컸다. 양털로 짠 두툼한 직물로 만든 외투는, 어딘가의 귀족에게서 강탈한 것일 테지만 천이 고급스러웠고 바느질에도 정성이 느껴졌다. 옷깃 사이로 보이는 폭이 넓은 넥타이는 눈부실 만큼 희었고 단정한 형태로 묶여 있었다. 바지 또한 얼룩 하나 없는 진홍색 직물로 만들어져 있었고 목달이 부츠는 정성스럽게 닦았는지 반짝반짝 빛이 났다.

언뜻 보면 그의 복장은 일등실 승객과 구분이 되지 않았다. 에밀리아나가 손발을 버둥거릴 때마다 그의 옷에 배어든 백단과 송진의 향이 바다 내음과 뒤섞여 고상한 향기가 감돌았다.

해적이란 누더기 옷을 걸치고 온몸에 황금 액세서리를 치렁치렁하게 단, 불결하고 천박스러운 거친 자들일 터였다. 적어도 모험소설에 등장하는 해적은 그랬다. 이렇게 세련된 차림을 한 해적이 있다니, 말도 안 돼.

사이비 신사. 에밀리아나의 머릿속에 그런 말이 떠올랐다.

유심히 보면 허리춤에는 장식이 들어간 두꺼운 벨트를 매고 있었고, 그 벨트에 날카롭게 휘어진 커틀러스와 카빈총을 마구잡이로 쑤셔 넣고 있었다. 해골 문양이 상감되어 있는 총 손잡이는 어둠 속에서도 둔탁하게 빛났다. 그 위험한 무기들이 그를 해적처럼 보이게 했다.

"내려줘!"

에밀리아나가 주먹을 쥐고 그의 가슴을 두드렸다.

"그렇게 무서운 표정으로 버둥대지 마. 얌전히 있으면 아무 일도 없을 거야."

남자가 말했다. 에밀리아나는 미간을 찡그리며 남자를 노려보았다.

"이런 멍청한 짓은 관두고 배에서 내려줘. 이 배는 최신형이야. 그러니 무전기도 있을 거란 말이지. 근처에서 항해 중인 해군이 곧바로 구하러 올 거야."

그 말에 남자는 길게 찢어진 쌍꺼풀진 눈을 한순간 크게 떴다. 하지만 그 직후에 불쾌한 기색을 비쳤다. 그리고는 콧방귀를 뀌었다. 에밀리아나는 자신의 뺨이 급격하게 뜨거워지는 것을 느꼈다. 분노와 수치 때문이었다.

"뭐가 웃긴 거야. 프레지아스카 해군은 지중해에서 제일, 아니, 세계에서 제일 강한 함대야. 당신네들 같은 해적 따윈 단번에 해치울 거야."

"흠. 재밌는 말을 하는군, 아가씨."

그는 입가를 히죽 일그러뜨렸다.

"그 최강 함대가 최고로 빠른 배를 가지고 있어도 항로에서 벗어난 이 배를 구조하러 오기까지는 몇 시간이나 걸릴 거야. 설령 지금 당장 여기에 나타난다고 해도 따라잡질 못할 테지. 왜냐하면 우리 에스피에글 호는 세상에서 제일 빠른 배니까."

에밀리아나는 입술을 깨물었다. 그러고 보니 연기를 뭉게뭉게 내뿜으며 순조롭게 항해하고 있던, 현재 세계에서 가장 빠른 배인 코스타 멜로그라노와 그의 배가 나란히 달리던 모습을 자신의 눈으로 직접 목격했기 때문이었다.

"…이런 짓을 저지르고, 당신들 절대로 도망치지 못할 거야."

"넌 계집아이 주제에 재밌는 말을 하는구나. 마음에 들어."

남자는 오른팔을 뻗어서 어깨 위에 짊어진 에밀리아나의 작은 턱을 잡았다. 그에 에밀리아나는 까칠한 촉감에 흠칫하며 어깨를 떨었다. 역시 손까지는 신사를 흉내 내지 못했던 것이다. 그의 손가락은 바다 사나이답게 뼈마디가 굵었고 두꺼운 피부에 덮여 있었다.

"널 내 걸로 만들어야겠어."

남자는 나지막한 목소리로 말했다. 마치 선언하는 것 같았다. 맞설 틈도 주지 않는 또렷한 목소리였다.

"웃기지 마. 난 당신들이 빼앗는 금화도 홍차도 향신료도 아니야. 난 피가 흐르는 사람이라고."

"그렇지! 인간이 아니면 인질이 될 수 없으니까 말이야."

인질!

이런 곳에서 인질이 되어서는 안 된다. 자신은 에도아르도님을 만나서 어떻게든 결혼 약속을 성립시켜야 하기 때문이다.

그 순간, 난간 아래 멀리서 일렁이던 거무죽죽한 바다가 떠올랐다. 아주 잠시였지만 에밀리아나는 그곳에 뛰어들려고 했었다.

그 사실을 떠올리자 남자의 등을 차던 다리의 움직임이 둔해졌다.

아, 아니야! 아니야!

나는 어떻게 해서든 갈로파노에 가야 한다.

에밀리아나는 고개를 격렬하게 가로저었다.

"나랑 같이 가자."

마치 그 망설임을 꿰뚫어보듯이 남자는 에밀리아나의 얼굴을 들여다보며 말했다. 금색으로 빛나는 두 눈이 에밀리아나의 마음을 거칠게 움켜잡는 듯했다.

거부해야 하는데 풀로 붙인 듯 입술이 움직이지 않았다.

"선장!"

에밀리아나를 끌어안은 남자의 주위로 해적들이 달려왔다. 모두 양손에 약탈한 물건을 들고 있었다.

알이 큼직한 진주 목걸이. 금빛 회중시계. 메추리알만한 크기의 루비 펜던트. 금은으로 상감된 눈부신 팔찌. 게다가 검은담비 모피코트에 레이스가 달린 드레스까지 끌어안고 있는 이가 있어서 에밀리아나는 깜짝 놀랐다.

전부 일등실 승객들에게서 빼앗은 것인 듯했다. 에밀리아나는 그 모습을 보자 가슴속에 거센 분노가 솟구쳤다.

"돈이 될 만한 건 그것뿐이야?"

선장이라고 불린 남자는 고개를 다시 돌려서 에밀리아나의 허리 너머로 달려온 남자에게 물었다. 그와 동시에 남자의 얼굴을 본 에밀리아나는 무심코 숨을 머금었다.

남자는 햇볕에 탔는지 피부가 꽤 까맸다. 한쪽 눈은 다쳤는지 원래부터 그랬는지 알 수 없지만 검은 안대를 하고 있었고 안대 위에는 해골 자수가 놓여 있었다. 입을 경박스럽게 벌리자 고르지 못한 치열이 눈에 띄었다.

에밀리아나는 지금까지 그런 사람을 본 적이 없었기 때문에, 실례라고 생각하면서도 남자의 얼굴을 빤히 쳐다보았다.

"이런 대어가 그럴 리가요. 무기가 산더미처럼 있는데 이 배의 선원들은 사용법을 모르는 것 같아요. 구부정하게 검을 휘두르는 모습은 정말이지 눈뜨고 보기 힘들었습죠."

"그런 얼간이들이라면 선원으로 길들이기도 뭣 하겠군……. 좋았어, 남자들은 모두 밧줄로 묶어서 창고에 처박아 버려."

달려온 또 다른 남자가 외쳤다.

"이 이상 무기와 석탄을 가져가면 무게 때문에 배 속도가 나오지 않을 것 같은데 어떻게 할까요? 선장."

"에스피에글 호의 속도가 떨어지는 건 곤란하지. 뭐든 적당한 게 좋아. 욕심 부리지 마."

"뭘 욕심 부리지 말란 거야! 뻔뻔스럽게 도둑질하는 당신들이 할 말은 아니잖아!"

그렇게 소리 지르는 에밀리아나에게 목걸이를 몇 개씩이나 목에 건 남자가 시선을 돌렸다.

"선장, 이 여자는 뭔가요?"

"가까이 오지 마! 이쪽에 오지 말라고! 빨리 내려줘."

에밀리아나는 또다시 양손과 양다리를 버둥거리며 날뛰었다.

"시끄럽긴 하지만 꽤 미인이군요."

물집이 난 울퉁불퉁한 손이 에밀리아나에게 닿으려고 했다. 하지만 그 손이 에밀리아나의 뺨에 닿기 직전에 선장이라고 불린 남자가 뿌리쳤다.

"아……."

선장의 의외의 행동에 남자는 기가 죽어 눈이 휘둥그레졌다.

"미안. 이 아가씨에게 겁을 더 줘서는 안 될 것 같아서."

다른 해적들이 연이어 주변에 몰려왔다. 하나같이 약탈품을 손에 들고 있는 모습에 에밀리아나는 점점 격분했다.

"도둑놈! 해적! 짐승만도 못한 놈들! 당신들이 저지른 짓은 분명 신이 용서치 않을 거야."

그렇게 외칠 때였다.

"그렇습니다. 저 여자가 말한 대로입니다."

뒤에서 목소리가 들려왔다. 에밀리아나는 불편한 자세로 고개를 틀어서 뒤를 보았다. 그러자 미끄러져 떨어질 것 같은 몸을 선장이라고 불린 남자가 고쳐 안았다.

에밀리아나는 그곳에 있는 남자의 모습을 보고 눈을 크게 떴다. 다른 선원들과 동떨어진 복장을 하고 있었기 때문이다.

그는 부드러운 긴 은발을 뒤로 넘겨 하나로 묶고 있었다. 키는 선장인 남자보다 조금 작은 것 같았다. 나긋나긋한 말투와는 정반대로, 옅은 하늘색의 눈동자에 인정사정없는 눈빛을 띠고 있었다.

"리나르도였군. 네 설교는 진절머리가 나려고 해.

선장이라는 남자가 그의 이름을 불렀다.

리나르도— 그 이름에는 '영민한 남자'라는 의미가 담겨 있었다. 그는 분명 배의 지도자와 같은 역할을 맡고 있을 터였다.

하지만 그의 옅은 하늘색 눈은 선장이 이름을 부르자 한 층 더 날카로워진 눈빛으로 에밀리아나를 찌를 듯 바라보았다.

등줄기에 오한이 가로질렀다. 남성에게, 아니, 여성에게도 그런 노골적인 적대감을 받은 적은 없었기 때문이다. 어째서인지, 무엇이 마음에 들지 않는 것인지는 알 수 없지만 그에게 미움을 받은 것은 확실했다.

"여자를 태우면 바다의 여신의 질투를 받아서 배에 불길한 일이 일어납니다."

리나르도가 나지막하게 말했다.

"맞아. 그런 여자는 놔두고 가야 해."

"그 녀석을 아라비아 국왕에게 팔 생각이야? 어이, 잠깐만. 우린 약탈은 하지만 노예장사는 안 하잖아. 그렇게 말한 건 선장이었어."

그의 말에 선장의 주변을 둘러싼 해적들이 연이어 소리를 높였다.

"시끄러."

쩌렁쩌렁한 목소리에 해적들은 입을 꾹 다물었다.

"너흰 챙길 만큼 챙겼잖아. 이 여자는 오늘 밤 내 사냥감이야."

"하지만……."

남자들은 불만스러워했다.

"바다의 여신이라느니 하는 미신, 증기선이 오가는 요즘 같은 시대에 누가 믿겠어. 불만 있는 녀석은 내 배에서 내려도 좋아."

바다 위에서 선장의 권한은 절대적이라고 한다. 그런 그에게 배에서 내리라는 말을 듣게 된다면 잠자코 있을 수밖에 없었다. 해적들은 떨떠름한 표정으로 물러섰다.

남자는 에밀리아나를 어깨에 짊어진 채 계단 아래에 위치한 이등실로 내려갔다. 문을 억지로 열고 들어서자 어둠속에서 겁에 질려 있는 승객들의 눈이 별빛을 받아 무수히 빛나고 있었다.

이등실 갑판에는 밧줄 형태로 엮인 줄사다리가 걸려 있었고, 해적들은 그 위를 능숙하게 타고 건너서 해적선으로 돌아갔다. 그들은 불안정한 발판 위를 휘청대며 건너면서도 전리품을 바다에 떨어뜨리는 실수는 하지 않았다.

에밀리아나는 해적들이 계속해서 옮겨 타고 있는 그 배를 바라보았다.

호화여객선 코스타 멜로그라노에는 미치지 못하지만 충분히 거대한 배였다. 뱃전 측면에 노를 대신하여 가동식 포대가 쭉 늘어서 있는 것을 보아, 이 배도 코스타 멜로그라노와 마찬가지로 증기를 원동력으로 하는 것 같았다.

뱃머리 아래에는 사자 머리에 물고기 꼬리를 가진 머라이언 상이 상징물로서 달려 있었다.

배 끝자락에 튀어나온 충각은 파도에 가려 사라졌다 보이기를 반복했고, 타르로 검게 칠한 선체는 열심히 갈고 닦았는지 윤기를 내뿜고 있었다. 애정과 존경의 뜻을 담아서 배를 사용하고 꼼꼼히 손질해 온 것이 느껴졌다.

자신의 배를 향한 애착만큼은 있는 듯했다. 에밀리아나는 조금은, 아주 조금은 정체를 알 수 없는 이 해적선의 선장에게 인간미를 느꼈다.

—아니.

이 사람은 코스타 멜로그라노를 습격하여 아무 죄도 없는 사람들에게서 보물을 빼앗고 나를 납치한, 짐승만도 못한 인간이다.

에밀리아나는 공포와 절망에 기력을 잃은 자신의 마음을 질타하며 입술을 꽉 깨물었다.

선장이라 불린 남자는 에밀리아나의 몸을 끌어안고서도 밧줄 형태로 엮은 줄사다리를 능숙하게 건넜다.

그가 건너오자 해적들이 줄사다리를 끊었다. 사다리가 바다로 떨어지는 것과 동시에 해적선이 기적을 울렸다. 그리고 이윽고 에밀리아나의 두 다리는 선미 바닥을 밟을 수 있게 되었다.

배 이곳저곳에 커다란 각등이 불을 밝히고 있었다. 해적들이 손에 든 전리품을 휘두를 때마다 각등의 불빛을 받아 보석들이 반짝였다. 타르를 칠한 갑판은 구석구석까지 꼼꼼하게 손질이 되어 있는 듯 무겁게 빛났다.

빛을 등지고 선 에밀리아나를 본 선장은 아몬드 모양의 멋진 눈을 크게 떴다. 그 모습은 에밀리아나를 보고 놀란 듯이도 보였고 두려워하는 듯이도 보였다. 당연한 일이지만 이 해적 선장과는 첫 대면이었다. 에밀리아나는 그가 자신을 보고 놀랄 만한 구석을 전혀 가늠할 수 없었다.

—뭘까. 이 태도는 뭘 의미하는 걸까.

어차피 내가 비싸게 팔릴지 유심히 보면서 대충 값을 매기고 있는 거겠지.

에밀리아나가 새파랗게 질린 얼굴을 들고 그를 노려보았다.

"에스피에글 호에 온 걸 환영해. 아가씨."

그는 깃털 장식이 달린 삼각 모자를 오른손에 들고 허리를 굽힌 채 고개를 숙였다.

"소개가 늦어져서 미안하군. 내 이름은 장파티스타 델 마티노라고 해. 장이라고 불러줘. 이 배의 선장 겸 해적선단의 단장을 맡고 있지. 누군지는 모르지만 괴물이라는 꽤 위험천만한 이름을 붙여주었더군."

신사다운 그의 행동거지가 오히려 에밀리아나의 분노의 불길에 기름을 끼얹었다.

"뭐, 뭐야. 해적 주제에 점잖은 척 하지 마."

"흐음. 난 이 배에 처음으로 맞이하는 여성에게 경의를 표하고 있는 건데, 아가씨."

"아가씨라고 부르지 마. 나한텐 에밀리아나라는 이름이 있으니까. 신사는 싸워야 할 때만 주먹을 드는 법이야. 적어도 도둑질을 하거나 폭력을 휘두르는 해적이 그리 쉽게 흉내 낼 수 있는 게 아니야."

"하하하."

남자가 호탕하게 웃었다.

"기운이 넘치는데. 에밀리."

에밀리는 에밀리아나의 어릴 적 애칭이었다. 그렇게 부른 사람은 아버지와 어머니, 돌아가신 할아버지뿐이었다.

"……앗."

에밀리아나는 갑자기 옆을 보더니 갑판에 설치된 난간으로 달려갔다. 그리고 난간에서 몸을 내밀어 어둠 속으로 사라져 가는 줄사다리와 코스타 멜로그라노를 보았다.

장은 숨을 크게 들이쉬고 등 뒤의 남자들을 향해 외쳤다.

"출발이다. 전돛 펼쳐, 전속력으로 전진, 우현으로!"

그 소리를 들은 해적들이 연이어 복창했다.

"전돛 펼쳐, 전속력으로 전진, 우현으로!"

해적들이 새끼 거미처럼 배 위로 흩어졌다. 활대를 타고 올라간 남자들이 돛을 활짝 펴서 바람을 받았다. 메인마스트의 돛이 바람을 받자 크게 부풀었다. 배 전방에 펼쳐진 대형 삼각돛은 별빛만 있는 어두운 밤에도 선명할 만치 하얗다.

계속해서 포어마스트, 미즌마스트의 돛이 펼쳐짐과 동시에 강한 바람이 불었다. 에밀리아나가 타고 있던 배만큼은 아니지만 거대한 크기에도 불구하고 배는 경쾌하게 움직이기 시작했다.

코스타 멜로그라노의 특징이기도 한 거대한 외륜이 어둠 속에서 점점 멀어져 갔다. 그 갑판에는 선원과 승객들이 겁에 질린 표정으로 나란히 서 있었다. 하지만 그중에서 해적선을 쫓아와 에밀리아나를 되찾으려고 하는 용기 있는 사람은 나타나지 않았다.

"하아……."

에밀리아나는 무심코 신음했다.

이제 돌아갈 수 없다.

슬픔과 원망이 엉망진창으로 뒤섞인 채 눈시울이 뜨거워졌고 콧속이 시큰거리며 따가웠다. 그 자리에 웅크리고 앉아서 소리 높여 울고 싶었다. 하지만 그래 봤자 아무런 의미가 없다. 해적 무리들이 자신을 더욱 우습게 볼 뿐이다.

앞으로 난 어쩌면 좋을까?

험상궂은 남자들만 있는 해적선에서 자신은 단 한 명뿐인 여자였다. 실컷 능욕을 당한 후에 살해당하여 물고기의 밥이 되든가, 이국의 부자에게 팔려서 노리개 취급을 받으며 일생을 마치게 되겠지.

어차피 살해당하게 된다면, 차라리…….

난간을 잡은 손에 힘을 싣고 머릿속으로 그려보았다. 순결을 지키고 싶다면 이 난간을 넘어서 차가운 바다에 뛰어들면 되는 것이다.

하지만 그러지 못했다.

조금 전에도 그랬다. 결국 자신은 작은 자존심조차 지키지 못하는 것이다.

입술을 악물고 자신을 향한 한심함과 굴욕에 치를 떨고 있던 중, 등 뒤에서 장의 팔이 에밀리아나의 잘록한 허리를 감아 세게 끌어당겼다.

"뭐하는 거야. 놔줘."

"넌 인질이야. 어이없이 바다에라도 뛰어들면 안 되니까 말이지."

금빛으로 빛나는 장의 두 눈은 에밀리아나의 각오와 망설임도 모두 꿰뚫어보고 있는 듯했다. 그 어처구니없는 말을 듣자 머리에 피가 확 솟구쳤다. 에밀리아나는 장의 품 안에서 몸을 뒤집어 오른손을 들어 올려서 그의 뺨을 힘껏 쳤다.

짝, 하고 시원스런 소리가 갑판에 울려 퍼졌다. 밧줄을 감는 이, 돛을 펴는 이, 갑판에서 작업을 하는 이, 모두의 손길이 멈추었다.

"너 이년, 선장에게 무슨 짓이야?!"

주위에 있던 남자들이 격앙된 소리로 말했다. 에밀리아

나는 으르렁대는 그들을 앞에 두고 무릎을 바들바들 떨었다.

"이봐, 겁주지 마."

장은 흥분한 사내들 사이에 서서 에밀리아나의 등을 감쌌다.

"아가씨가 느닷없이 무서운 해적선에 끌려오면 거리에서 주운 아기고양이처럼 가릉가릉거리며 털을 곤두세우는 게 당연하잖아."

"아, 아기고양이라고? 사람 우습게 만들지 마. 난… 숙녀야. 그에 걸맞은 대우를 해줬으면 좋겠어."

"숙녀에 걸맞은 대우란 말이지……."

장은 입술을 삐죽 내밀고 조금 불만스러운 표정을 지었다.

"이건 어때."

그러고는 느닷없이 에밀리아나의 잠옷 자락을 잡고 걷어 올리는 것이었다. 레이스가 풍성하게 달린 드로어즈가 드러났다. 에밀리아나는 재빨리 가운으로 허벅지 부근을 가렸지만 부드러운 천이 바닷바람에 살랑살랑 흔들렸다.

이 모습을 보고 사내들이 와아— 하고 환호성을 질렀다.

어쩜 이렇게 저질스러운 무리가 있을까. 에밀리아나의 뺨이 불에 덴 듯 뜨거워졌다.

"저질!"

에밀리아나는 장의 뺨을 치기 위해서 또다시 손을 휘둘

렀다. 하지만 아슬아슬하게 손목이 잡힌 채 저지당했다. 장의 커다란 손이 에밀리아나의 가느다란 손목을 휘어 감고 바이스처럼 세게 죄어들었다.

에밀리아나는 다른 한쪽 팔을 치켜들었다. 하지만 그쪽도 장의 커다란 손에 잡히고 말았다.

바람이 휘몰아치는 갑판에서 바닷바람으로 차가워진 몸에 그의 체온이 천천히 배어들었다.

"놔, 놔줘!"

"그렇구만. 귀여운 아기고양이가 따로 없어."

에밀리아나와 장을 둘러싼 남자들의 소리가 높아졌다.

"모두 사냥감은 손에 넣었는가?"

장이 남자들에게 물었다.

"난 진주 목걸이만 백 개야."

"난 식품창고에서 홍차 주머니를 잔뜩 훔쳐왔지. 팔면 한몫 단단히 챙길 거야."

"난 진짜 검은담비 모피를 가져왔어."

"그리고 난… 자칭 숙녀라고 하는 아기고양이 한 마리를 데려왔지!"

장의 말에 답이라도 하듯 남자들은 껄껄대며 저질스럽게 웃었다. 그렇게 한바탕 웃은 후, 그들은 저마다 자신의 전리품을 자랑하기 시작했다. 하지만 이것도 저것도 진위를 파악할 수 없는 엄청난 허풍뿐이었다. 게다가 수십 명의 남자가 일제히 떠들어대고 있으니 배가 시끌벅적했다.

거기에 배를 운항하는 선원들의 말소리까지 뒤섞이자 에밀리아나의 고막은 찢어지기 일보직전이었다.

"날이 밝아온다!"

그 말에 에밀리아나는 주위를 다시 둘러보며 깨달았다. 어느새 주변의 어둠이 파랗게 물들어 있었다.

하늘도 바다도 없었고, 위도 아래도 없었다. 온통 파란 세상에 땡— 땡— 땡— 하고 새벽을 알리는 종소리가 울려 퍼졌다.

시선 먼 곳에서 푸른 어둠을 위아래로 찢듯이 빛줄기가 가로질렀다. 그곳이 하늘과 바다의 경계였다.

빨간색, 파란색, 노란색, 보라색, 하얀색, 금색, 은백색, 적동색. 이 세상에 존재하는 온갖 색들이 주위에 용솟음쳤다.

에밀리아나는 숨을 삼켰다. 목구멍에서 꿀꺽하는 소리가 들렸다. 이처럼 강렬한 광경은 본 적이 없었다. 에밀리아나가 자란 리오네는 풍부한 자연에 둘러싸여 경치가 맑고 아름다운 곳이었다. 감수성 깊은 소녀 시절을 그곳에서 보낸 에밀리아나는 밤을 지새운 날이면 동쪽 창에서 비쳐 드는 새벽빛을 수없이 보았다.

그러나 이렇게 압도적인 느낌을 주는 아침은 처음이었다. 차가운 바닷바람이 머리칼을 헤집자 한순간 몸이 공중에 붕 뜨는 것 같은 착각이 들었다. 에밀리아나는 양다리에 힘을 싣고 갑판을 내딛으며 자신이 해적선에 있다는 사실을 다시금 실감했다.

"꺄아아악!"

배가 크게 기우뚱했다. 어느새 등 뒤에 에밀리아나의 승선을 반대했던 남자가 와 있었다. 그가 손을 뻗어서 에밀리아나의 몸을 받쳐 주었다. 다른 해적들에 비해 연약해 보였지만 역시 바다 사나이였다. 에밀리아나의 등을 두른 그의 팔은 충분히 다부졌다.

"고, 고마⋯⋯."

무심코 감사의 말을 입에 올리던 에밀리아나는 깜짝 놀라며 생각을 고쳐먹었다.

나를 강제로 납치한 해적에게 감사 인사를 해서 어쩌겠다는 거야.

"여기에 계시면 방해가 됩니다. 장, 선실로 안내하면 어떨까요."

"리나르도, 에밀리의 승선을 허락하는 건가?"

리나르도라고 불린 사내는 한숨을 한 번 쉬고 어깨를 늘어뜨렸다.

"배에 여자를 태우는 건 반대지만, 배 위에서 여자를 죽게 하는 건 뱃사람으로서 피해야 할 금기 중의 금기이지요."

장의 두 눈에 안도의 빛이 떠올랐다.

"다만 제가 눈을 감아드리는 건 다음 기항지까지입니다. 항구에 도착하면 여자를 놓아주거나 몸값을 요구하세요."

"…응, 알겠어."

그 대답에 납득했는지 못했는지는 알 수 없지만, 리나르도는 에밀리아나의 등을 장이 있는 쪽으로 밀었다.

배가 또다시 크게 흔들렸다. 이번에는 비명을 지르지 않았다. 장은 갑판 위에서 양다리로 힘껏 버티고 서 있는 에밀리아나의 몸에 양팔을 둘러 소중한 물건을 다루듯 꼭 끌어안았다.

"당신 배는 꽤 흔들리네. 고물이라서 그런가 봐."

"불침선으로 유명한 코스타 멜로그라노와 비교하면 어떤 배든 흔들리는 법이지."

장은 소리 높여 즐거운 듯 웃었다.

"하지만 고물이라는 말은 그냥 흘려들을 수 없군. 이 배는 내 자랑거리나 마찬가지인 최신설계 대형범선이야. 세상에서 가장 빠른 속력으로 달리는 배라고."

어차피 어느 군대의 군함이나 화물선을 빼앗은 것이겠지만, 자신의 배를 향한 장의 깊은 애착은 에밀리아나도 확실히 알 수 있었다.

"그럼 이 배를 안내하도록 하지. 친애하는 아가씨."

그렇게 말한 장은 삼각 모자를 가슴에 대고 허리를 굽히며 선실을 향해 오른손을 뻗었다.

제2장 처녀의 조찬

에밀리아나는 장을 따라서 선실로 들어갔다.

어스름한 선실 내부에 눈이 익숙해지자, 효율적으로 정돈되어 있는 의외의 모습에 에밀리아나는 깜짝 놀랐다. 여객선인 코스타 멜로그라노의 내부 장식은 확실히 호화로웠지만, 천장에 달린 샹들리에와 문 하나하나, 들보 구석구석까지 설치된 장식과 윤을 낸 놋쇠 가장자리 등은 지나치게 화려했다.

그에 비하면 에스피에글 호는 실용성을 강조한 것 같았다.

에밀리아나는 배에 관해서 자세히 알지 못했다. 하지만이 배는 밟고 있는 복도를 비롯하여 좌우로 뻗은 기둥에 이르기까지 좋은 자재를 사용한 데다 반질반질 윤을 내어 복도 이곳저곳에 설치된 각등의 불빛에 내부가 둔탁하게 빛나고 있었다. 경의와 애정을 담아서 매일 손질하고 있다는 사실만은 확실히 알 수 있었다.

복도에서 가장 안쪽에 있는 문을 열고 장이 에밀리아나를 실내로 이끌었다.

"와아……."

에밀리아나는 무심코 소리를 높였다.

선장실이라고는 해도 배에 설치된 선실 중의 하나이기 때문에 그다지 넓지는 않았다. 하지만 그곳에는 멋진 고블랭 응접도구와 지도가 펼쳐진 커다란 해도대를 비롯하여 가죽으로 덮인 훌륭한 의자가 있었다. 그리고 건너편에 위치한, 바다를 향해 트인 창문을 통해 날카롭고 눈부시게 빛나는 아침햇살이 비쳐들고 있었다. 한쪽 벽에는 바다를 그린 그림이 걸려 있었고 다른 한쪽 벽에 붙어 있는 책장에는 엄청난 수의 책이 꽂혀 있었다.

이 사람은 보통 해적과 다를지도 몰라.

문득 그렇게 생각했지만, 에밀리아나는 일반적인 해적이 어떤지 알 수 없었다. 아는 것은 책에 쓰인 이야기 속에 나오는 그들의 모습뿐이었다. 그래서 실상과 비교해 어디가 어떻게 다른지는 알지 못했다.

"당신은……."

에밀리아나가 돌아보며 입을 열었다. 하지만 이를 방해

하듯 여물통을 두드리는 소리가 울려 퍼졌다. 그 소리는 배 곳곳에서 들려왔고 에밀리아나는 순간 귀를 막고 웅크렸다.

"무, 무슨 일이야?"

"선원들이 사냥감을 손에 넣었으니 기념의 뜻으로 축하 파티를 시작한 거야."

여물통을 두드리는 소리 사이에 남자들의 경쾌한 목소리와 노랫소리, 갑판을 구르는 수많은 발소리가 뒤섞였다.

에밀리아나라고 해서 수녀처럼 기침도 조심스럽게 하는 생활을 해온 것은 아니었다. 아버지의 빚 문제가 있기 전까지는 지극히 평범한 귀족 가정에서 아주 평범한 생활을 했다. 리오네에서 매년 열리는 풍요제에서 마을사람들과 노래하거나 춤추고 악기를 연주하며 즐거운 시간을 보내기도 했다. 하지만 이렇게까지 소란스러운 것은 처음이었다. 도를 넘어선 요란함에 귀가 어떻게 될 것만 같았다.

"이건 언제까지 하는 거야?"

"흐음, 네가 탔던 배에서 가져온 식량이랑 술이 떨어질 때까진 소란스럽겠지."

"그게 끝나면……?"

"다음 배를 덮쳐야지."

어이가 없었다. 어쩜 이렇게 계획성 없이 행동하는 걸까.

이것이 바로 해적의 삶인 것이다. 에밀리아나는 다시금 그들이 자신과 다른 종류의 인간이라는 사실을 깨달았다.

에밀리아나는 자택 도서실에서 읽었던 해적선 모험담을 떠올렸다.

그 순간 에밀리아나의 배꼽시계가 울렸다. 장이 눈을 가늘게 떴다.

선장실의 미세한 문틈을 통해 고기를 굽는 향기로운 냄새가 풍겨왔다. 향신료가 살짝 탄 그 냄새는 무척이나 먹음직스럽게 느껴져서, 당장에라도 입에서 군침이 배어나올 것 같았다.

에밀리아나의 간절한 표정을 보고 장이 말했다.

"함께 어울리고 싶어? 에밀리."

"웃, 웃기지 마. 누가……."

사내들의 노호가 뒤섞인 합창은 오싹하기 그지없어서 듣고 있기 힘들었지만, 사실은 조금 끌리기도 했다. 그 마음을 꿰뚫어 본 듯해서 에밀리아나는 귀까지 붉게 물들었다.

"잠시 기다려."

장은 에밀리아나를 방에 남겨두고 배다리로 나갔다. 에밀리아나는 그 틈에 자신이 처한 상황을 꼼꼼히 파악하기 위해 주위를 둘러보았다.

창문을 열고 밖으로 뛰어내리는 건 어떨까. 이 주변에서 운항하는 배까지 헤엄쳐 가는 건 어떨까. 에밀리아나는 짙은 녹색 벨벳 커튼을 활짝 열었다. 여긴 선미에 해당하는 걸까, 창밖으로 에스피에글 호가 좌우로 일으킨 물보라가 수평선 멀리까지 흘러가는 것이 보였다. 그 뒤를 따르는 것은 에스피에글 호와 마찬가지로 선체를 검게 칠하고 의기양양하게 해적기를 단 동료 해적선이었다.

이들 이외에 근처를 지나가는 배가 없을까 하고 에밀리아나는 창틀에 매달린 채 밖을 응시했다.

하지만 수평선에는 아무것도 없었다. 괴물이라고 하는 위험천만한 이름 두 자를 떨치는 해적이 두려운 것인지 바다를 지나는 새 그림자조차 보이지 않았다.

"……."

에밀리아나는 말문이 막혔다.

정말로, 정말로 나는 해적선 안에 있는 거구나…….

에밀리아나가 읽었던 『숙녀를 위한 가르침』에서는 귀부인은 이렇게 절박한 위험에 처하게 되면 앞뒤를 가리지 않고 기절하여 신사의 손을 빌리는 것이라 되어 있었다. 하지만 이런 곳에서 기절했다간 도와줄 이가 나타나기는커녕 해적 무리가 자신을 능욕할 절호의 기회를 주는 것이나 다름없었다.

에밀리아나는 자신의 몸을 지키기 위해선 스스로 무언가를 해야 한다는 사실을 마음속 깊이 깨달았다.

그녀는 남자들이 해적과 검을 치고받으며 숨겨진 보물을 찾는 모험소설을 아주 좋아했다. 하지만 책의 세계와 현실은 별개의 이야기였다.

그동안 그렇게 많이 읽어온 모험소설의 주인공들은 어떻게 했더라?

에밀리아나는 수평선을 노려보며 필사적으로 머리를 굴렸다. 관자놀이에 손가락을 대고 엉킨 부분을 풀어가자 잠시 후 드디어 답이 나왔다.

의지할 수 있는 건 자기 자신밖에 없다는 사실이—

"드디어 자신이 처한 상황을 이해한 건가? 아가씨."

웃음 섞인 불쾌한 목소리에 고개를 돌리자, 오른손에 고기 조림이 담긴 접시를 들고 왼손에는 와인이 담긴 고블릿을 든 장이 입구에 서 있는 것이 보였다.

"여긴 바다 위야. 아무리 날뛰고 소란을 피워도 도와줄 사람은 아무도 없지. 포기해야 할 거야."

대충 담긴 조림 요리에서 김과 더불어 향기로운 냄새가 피어올랐다. 곁들여진 빵도 고소해 보이는 옅은 갈색으로 몽실몽실 부풀어 올라 있었다. 에밀리아나는 입속에 침이 천천히 고이는 것을 느꼈다.

이런 천박한 음식에 끌리다니, 예의범절에 어긋나는 일이야.

에밀리아나는 다른 방향으로 고개를 휙 돌렸다. 그 순간 그녀의 배가 또다시 비명을 질렀다.

에밀리아나는 창피스런 마음에 얼굴에서 불을 뿜을 것 같았다.

그녀는 보드라운 손발과 가느다란 허리를 가졌음에도 불구하고 사실은 맛있는 과자와 진수성찬을 앞에 두고서는 사족을 못 쓰는 욕심쟁이였다. 하지만 아무리 그렇다고 해도 생명의 위협을 느끼는 이런 상황에서까지 자신의 주장을 굽히지 않는 배가 원망스러웠다.

장의 입꼬리가 씨익 하고 치켜 올라갔다.

"이것 봐, 정말 먹음직스럽잖아. 네가 타고 있던 배에 귀한 향신료가 산더미처럼 쌓여 있더라고. 요리장도 솜씨를 발휘하는 보람이 있다며 기뻐했어. 자아, 사양하지 말고 들어, 얼른."

놀리듯 웃음 짓는 장의 얼굴을 날카롭게 노려보며 에밀리아나가 말했다.

"그, 그렇게 여유 부리는 것도 지금뿐이야."

"이거 참. 손톱을 세우고 어금니를 드러내면서 꽤 세게 나오는군. 아기고양이 씨. 예쁜 얼굴이 아깝잖아."

이 남자, 바보 아니야?

에밀리아나는 머리로 피가 확 솟구치는 것을 느꼈다.

"프레지아스카 해군이 곧장 군함을 내어 이 배를 쫓아올 거야. 바다 위에 있는 한 세상 어디로 도망가더라도 소용없어."

"…조금 전부터 꽤 자신만만하게 나오는군. 얼마나 유서 깊은 왕실의 따님인지는 모르겠지만 해적에게 납치된 계집아이 하나를 구하려고 어느 해군이 일부러 군함 따위를 보내겠어?"

하하하, 하고 소리 높여 웃는 장을 향해서 에밀리아나는 가슴을 펴고 숨을 힘껏 들이켰다.

"난……."

에밀리아나는 말을 꺼내다 입을 다물었다.

진정해, 에밀리아나.

이 따위 해적에게 정체를 밝힌다고 해서 대체 뭐가 어떻게 되겠어? 더욱 위험에 빠지게 될지도 몰라. 경솔한 행동은 삼가야 해.

"…아무것도 아니야."

입을 꾹 다문 에밀리아나를 금빛 눈이 의아한 듯 내려다보았다.

"선장!"

문을 똑똑똑 두드리는 소리가 들렸다.

"무슨 일이냐."

장은 에밀리아나에게 등을 돌리고 입구로 향했다. 윤기가 흐르는 마호가니 문을 열자 조금 전에 에밀리아나를 둘러쌌던 이빨 빠진 사내가 달려 들어왔다.

"선장. 이 여자는 역시 엄청난 물귀신이었습니다."

"물귀신?"

"저 여자의 짐에서 이런 게 나왔습니다요."

장의 다부진 어깨 너머로 힐끔 보인 것은 그 초상화였다.

에밀리아나는 숨을 머금었다.

"이 녀석은 프레지아스카 해군의 젊은 매, 보르게제 중장이잖아!"

거친 어조로 말하는 장을 향해 초상화를 든 이빨 빠진 사내가 재빨리 걸어왔다.

"잊을 수 없지요. 바자로니 해협에서 안피토리테 호의 옆구리에 대포로 큰 구멍을 뚫은 녀석이지 않습니까요. 어째서 이 여자가 그 자식의 초상화를 애지중지 가지고 있는 걸까요."

초상화의 존재를 이제 막 깨달았다. 그다지 애지중지하며 가지고 있었던 것은 아니다. 우연히 짐에 섞여 있었을 뿐이다.

쩌렁쩌렁한 고함 소리에 에밀리아나의 등에는 식은 땀 한줄기가 흘러 떨어졌다. 아무래도 에도아르도가 해군중장이라는 것은 확실한 듯했다. 그것도 프레지아스카 해군의 젊은 매라는 별칭으로 불릴 정도의 인물일 줄이야.

아버지는 정말로 제대로 된 혼담을 가져온 것이었다.

하지만 지금은 그런 일로 자랑스러워할 때가 아니었다. 어떻게 하지 않으면… 어떻게든 하지 않으면……. 막다른 골목에 몰렸다는 초조함에 목이 바짝바짝 타들어갔다.

침묵이 방 안을 지배했다.

"그래."

이윽고 에밀리아나는 각오를 한 듯 고자세로 나왔다.

"이것 봐, 잘 들어. 난 프레지아스카 제국의 해군중장인 에도아르도 보르게제님과 결혼을 약속한 사이야. 알겠어? 정. 혼. 자. 라고! 지금 당장 근처에 기항해서 날 내려주지 않으면 앞으로 고달파질 거야."

이빨 빠진 사내가 번뜩이는 눈을 빙그르르 돌려 장의 어깨 너머로 이쪽을 보았다.

장도 고개를 틀어서 이쪽을 바라보았다. 그는 눈을 크게 부릅뜨고 양쪽 미간을 제각각 다른 방향으로 일그러뜨리며 입술을 삐죽 내밀었다.

"어이, 정말이야……?"

그리고 테이블 위에 와인이 담긴 고블릿을 놓은 다음, 눈 위에 손바닥을 대고 고개를 천장으로 젖혔다.

"안타깝지만 정말이야."

"서, 서, 선장! 지금 당장 이 여자를 바다 속에 처넣읍시다요!"

바다의 여신의 저주라는 둥, 물귀신이라는 둥, 이러쿵저러쿵 악을 써대는 이빨 빠진 사내를 밖으로 내쫓고 장은 등 뒤로 문을 닫았다.

에밀리아나는 장의 금빛 시선을 정면으로 받았다.

"내 이름은 에밀리아나 레오파르디."

"레오파르디… 내륙의 곡창지대인 리오네를 다스리는 백작가잖아. 그렇다면 넌 백작 영애라는 건가?"

"명문 귀족 집안이긴 하지만 도박이라면 사족을 못 쓰는 아버님이 트럼프에 재산을 다 날리는 바람에 빈털터리가 됐어. 그런데 우리 사정을 보다 못한 에도아르도님의 아버님이 날 담보로 융자를 해주기로 했지. 그러니 우리 집에선 몸값을 뜯어낼 수 없을 거야. 굳이 뜯어내야겠다면 보르게제님에게 해야 할 거야."

속이 후련했다.

할 말을 하고 나서 에밀리아나는 우두커니 서 있는 장의 손에서 접시를 빼앗아 들었다. 그리고 적동색으로 빛나는 데미글라스 소스 속에서 비어져 나온 뼈를 들고 살점을 물어뜯었다. 스스로도 천박한 행동이라 생각했지만 조금 전부터 방 안을 채우고 있는 먹음직스런 향기의 유혹에는 당해낼 재간이 없었다.

이로 물어뜯자 입속에서 고기가 사르르 녹았고 육즙이 좌악 배어들었다. 그와 동시에 복잡하게 배합된 향신료의 산뜻한 풍미가 콧속으로 치솟았다.

찢은 빵에 데미글라스 소스를 듬뿍 찍어서 입으로 옮겼다. 버터의 향기와 고기와 야채에서 가득 배어나온 엑기스가 혀 위에서 춤을 추었다.

아아, 맛있어! 무례하고 천박한 해적을 찍소리도 못하게 만든 후라서 그런지 괜히 더 맛있는 것 같아!

변함없이 갑판에서는 떠들썩한 고함 소리와 저질스런 노래가 들려왔다. 해적선 따윈 최악이라고 생각했지만 요리사의 솜씨만큼은 코스타 멜로그라노에 뒤지지 않았다. 점잔 빼는 귀족가에서 베푸는 어떤 만찬보다도 맛있었다. 마무리로 고블릿에 담긴 와인을 집어 들어 허리에 손을 얹은 다음 단숨에 들이켰다. 산뜻한 신맛과 농밀한 단맛이 입에 밴 기름을 목으로 흘러 보냈다.

당황스러운 듯 곁눈질로 그 모습을 지켜보던 장이 말했다.

"뭐, 상관없나?"

그는 에밀리아나를 따라 허리에 손을 얹고서 고블릿을 들고 와인을 단숨에 들이켰다. 그러고는 에밀리아나가 들고 있던 접시에서 고기를 집어 들어 입을 크게 벌리고 쑤셔 넣었다.

"뭐, 상관없나, 라니……."

이번에는 에밀리아나가 눈을 크게 뜰 차례였다.

"상관있는 일이잖아. 당신, 프레지아스카 해군이 얼마나 강한지 몰라?"

"바다 사나이라면 그 정도는 알고 있지."

입술을 적시는 와인을 소매로 스윽 닦으며 장이 눈을 가늘게 떴다. 그가 갑자기 진지한 표정을 짓자 에밀리아나는 어째서인지 가슴이 뜨끔했다.

배는 중천에 떠오른 해를 등지고 바다를 달려나갔다. 해면에 반사된 햇빛이 선미 누각에 설치된 창유리를 통해 들어왔다. 그 빛이 살랑살랑 움직일 때마다 장의 얼굴에 드리워진 그림자의 형태가 달라지며 그를 다른 사람으로 보이게 했다.

정체를 모르겠어.

무례하고 오만불손한 해적 주제에 점잖은 체하며 숙녀를 대하듯 에밀리아나를 대했다. 하지만 어딘가 모자랐다. 모자라지만 방심할 수는 없다.

"에밀리아나……."

나지막한 목소리로 이름을 불리자 정체를 알 수 없는 전율이 한순간 몸을 지배했다.

나도 참, 뭘 겁내는 거람…….

에밀리아나의 등에 고양이처럼 보드라운 털이 나 있었더라면 그 털을 힘껏 곤두세웠을지도 몰랐다. 그녀는 천천히 뒤로 물러나 장과의 간격을 벌렸다.

"넌 아름다워."

장이 속삭였다. 그의 부하들이 갑판 위에서 와자지껄하게 떠드는 소리가 들렸다. 배가 바다를 가르며 나아가는 거센 물결 소리와 돛대에서 돛이 펄럭이는 소리도 들렸다. 그럼에도 그의 낮은 목소리는 에밀리아나의 귀에 또렷이 닿았다.

그는 손을 뻗어서 에밀리아나의 머리칼 끝을 만졌다. 단지 그뿐이었음에도 온몸에 전류가 흐르듯 짜릿했다.

"이렇게 아름다운 사냥감을 잡은 건 해적 생활을 시작한 후 처음이야."

장은 왠지 자랑스러워하는 듯했다. 자신에게 취한 듯한 말투와 그 태도. 화가 난 에밀리아나는 장의 손을 뿌리쳤다.

"아직도 날 사냥감 취급 할 셈이야? 당신이 자랑하는 해적선단이 아무리 강해도 세계 최강 프레지아스카 제국 해군 앞에서는 찍소리도 못할 거야. 얼른 항로를 바꿔서 항구로 가줘!"

장이 그녀의 손을 다시 잡았다. 그의 높은 체온이 손목을 둘러싼 얇은 피부를 타고 천천히 배어들었다.

"뭐, 뭐야. 놔줘!"

"이렇게 아름다운 아가씨가 얄미운 숙적의 여자라고 생각하니… 더욱 아름다워 보이는군."

나지막한 목소리에 스며든 불길한 느낌. 에밀리아나의 가슴이 쿵쾅쿵쾅 커다란 소리를 내며 요동쳤다.

"간만에 손에 넣은 아름다운 사냥감을 두 눈 멀뚱히 뜨고서 놓칠 순 없지."

장이 눈부신 무언가를 보듯 눈을 가늘게 떴다. 길게 찢어진 쌍꺼풀진 눈의 깊은 곳에서 빛나는 금색 눈동자. 그 눈빛은 흔들리는 배에 맞춰서 날카롭게도 진지하게도 변화했다.

그 눈빛이 사나운 빛을 띤 순간이었다—

"으읍……!"

두 개의 금빛이 급격한 속도로 다가왔다. 달콤한 와인 향기가 짙어지며 뭐가 뭔지 알 수 없는 채, 그의 입술이 에밀리아나의 입술에 닿았다.

에밀리아나는 자신에게 무슨 일이 일어났는지 한동안 알 수 없었다.

"흐흡……? 읍읍……."

숨을 쉴 수 없었다. 그의 손이 우두커니 서 있는 그녀의 양쪽 어깨를 꽉 움켜잡았다. 그러고는 획 하고 끌어당겨서 그녀의 등에 팔을 둘렀다. 그는 각도를 바꾸어 더 깊게 그녀의 입술을 덮었다. 지독한 술 냄새. 미지근한 무언가가 입술을 가르고 들어오자 이상한 감촉에 에밀리아나는 깜짝 놀라며 눈을 크게 떴다.

나, 입맞춤을 당하고 있는 거야!

처음인데, 하필이면 해적 선장 따위와 입맞춤을 하다니!

"싫… 어, 으아악!"

그의 다부진 가슴을 양팔로 퍽 하고 밀쳤다. 에밀리아나의 갑작스런 저항에 장이 뒤로 물러났다. 그는 비틀거리면서도 음흉한 미소를 머금고 자신의 입술을 붉은 혀로 날름 핥았다. 에밀리아나는 그제야 조금 전에 자신의 입을 틀어막은 것은 그의 입술이었으며, 그의 붉은 혀가 자신의 입속으로 들어왔었다는 사실을 알아차렸다.

"다, 당신! 자기가 뭘 했는지 알고 있는 거야?!"

"인사."

"인사라고?"

"귀여운 아기고양이를 발견하면 우선 주워 들어서 뺨을 부비잖아? 그거랑 마찬가지야. 예쁜 아가씨를 만나면 끌어안고 키스를 하지."

진보랏빛 눈동자가 튀어나올 듯한 기세로 에밀리아나는 두 눈을 부릅떴다. 그러고 나서 소매로 입술을 힘껏 박박 문질렀다. 문지른다고 한들 첫 입맞춤을 빼앗겼다는 사실이 변할 리는 없지만 그렇게 하지 않고서는 견딜 수 없었다.

그 모습을 지켜보며 장은 두 눈을 가늘게 떴다. 웃고 있는 것이었다. 갑작스럽게 입맞춤을 당하여 허둥대는 에밀리아나의 모습을 보며 완전히 즐기고 있었다.

"당신, 취했지?"

"멀쩡해."

머리에 피가 확 솟구쳤다.

"취기에 처녀의 가장 소중한 것을 억지로 빼앗다니 그래도 당신이 신사라고 할 수 있어?"

"난 신사가 아냐. 해적이지."

"웃기지 마. 이 짐승만도 못한 저질! 당신 같은 건 지금 당장 바다에 빠져 죽어버렸으면 좋겠어!"

에밀리아나는 입술을 뾰로통하게 세우고, 희미하게 웃음 짓는 장을 날카롭게 노려보며 양팔을 마구 휘둘렀다. 그리고 해도대 위에 있는 갖가지 물건을 손닿는 대로 집어던졌다. 몇 개 정도가 그의 뺨과 머리에 맞았지만 대부분은 빗나갔다. 에밀리아나가 얼굴을 붉히고 식식대면 식식댈수록 장은 유쾌한 듯 웃고 있었다.

"힘이 넘치는군. 팔팔해."

"사람을 생선 취급 하지 마!"

"생선이든 가축이든 팔팔한 게 좋잖아. 이 정도로 팔팔

하지 않으면 에스피에글 호의 뱃짐이라고 할 수 없지."

생선! 가축! 뱃짐! 날 그런 것들과 동급으로 취급하지 마!

에밀리아나의 분노는 정점에 달했다. 너무나도 열을 받은 나머지 그 자리에서 기절해 버릴 것만 같았다.

머리칼 끝도 부들부들 떨렸다. 그러자 장은 그 머리칼 끝을 잡고 정중하게 입술을 갖다댔다.

"건들지 말라니까!"

방심을 해서도 틈을 주어서도 안 된다. 에밀리아나는 장의 얼굴을 향해 오른손을 들어 올렸다.

하지만 장에게 손목을 잡혔다.

"무슨 짓—"

에밀리아나가 고개를 치켜들었다. 그때 놀라울 만큼 맑은 그의 금빛 눈동자와 마주쳤다. 검은 머리칼 틈 사이로 들여다보이는 눈빛은 순수했으며 에밀리아나는 그 고요한 모습에 범상치 않은 기운을 느꼈다.

이 사람은 정말로 취하지 않았다. 장의 눈을 바라보며 에밀리아나는 그렇게 생각했다.

장이 또다시 에밀리아나의 양쪽 어깨를 잡았다. 아까와는 다르게 힘이 꽤 실려 있었다. 사냥감을 잡은 맹금류가 넓은 하늘로 사라질 때와 같은 난폭한 힘이었다. 몸을 움직여도 꿈쩍도 하지 않았다.

장은 에밀리아나를 그대로 건져 올리듯 끌어안았다. 하지만 그녀는 자신에게 무슨 일이 벌어지고 있는지 전혀 알 수 없었다.

그는 그녀의 몸을 한 팔로 가볍게 들어 올린 채 선실 옆에 붙은 방문을 열었다. 그곳에는 목제 침구가 놓고 있었고 새하얗고 청결한 깃이불이 덮여 있었다.

장이 에밀리아나를 침구 위로 내던지자 그녀의 몸이 깃이불 위에서 튕겨 올랐다. 에밀리아나는 반동을 이용하여 일어나려고 했지만, 거센 힘이 실린 그의 팔이 아슬아슬하게 이를 저지했다.

장의 몸이 에밀리아나를 덮치자 와인 향기가 진하게 나며 또다시 입술이 닿았다. 숨을 쉬려고 에밀리아나가 입술을 떼자, 때를 놓치지 않고 그의 혀가 그녀의 입술을 뚫고 입속으로 들어왔다.

에밀리아나는 혼란의 낭떠러지로 내몰렸다. 느닷없이 침대에 내동댕이쳐진 그녀는 위에서 덮쳐오는 남자에게 자유와 입술을 빼앗긴 채 어찌해야 할 바를 모르고 있었다.

이 남자… 대체 뭘 하려는 걸까.

치아에 닿은 그의 혀를 힘껏 깨물었다.

"아얏!"

장이 에밀리아나의 위에서 몸을 벌떡 일으켰다. 그 틈을 노려 에밀리아나는 침대 위를 굴러서 바닥에 내려가려고 발을 뻗었다.

하지만 옆에서 뻗어온 그의 팔에 안긴 채 침대 가운데로 되돌아왔다.

"놔줘!"

고함 소리와 더불어 하아하아 하는 거친 숨소리가 입술을 통해 나왔다. 심장이 고동치고 있었다. 잠옷 속에서는 온몸이 땀에 흠뻑 젖어 있었고 어질어질 현기증이 났다.

"정말 기운이 넘치는군. 이 정도로 난폭한 말이 아니면 올라타는 보람이 없지."

"이번엔 말 취급 하는 거야?"

손을 마구 휘두르고 발을 버둥거렸지만 장은 꼼짝도 하지 않았다. 거센 손이 에밀리아나의 어깨를 잡고 침대에 파묻었다. 그러면서 그는 에밀리아나의 입술에 자신의 입술을 갖다댔다. 이번에는 각도를 바꿔서 진하고 격렬하게.

그 입맞춤에는 피의 맛이 났다.

"난 말을 상대로 이렇게 입 맞추지 않아."

뭐야.

다시 한 번 더 깨물어 줘야겠다는 생각에 입술을 살짝 벌리자, 강한 힘을 실은 그의 손이 그녀의 아래턱을 잡았다.

입을 닫을 수 없도록 고정한 채 장은 또다시 에밀리아나의 입속을 탐했다. 숨을 쉴 수 없었다. 숨을 쉬려고 해도 그조차 자신의 것으로 만들려는 듯한 기세로 장이 빨아들였다. 그에 에밀리아나는 너무나 괴로운 나머지 장의 가슴을 몇 번이고 두드렸다.

"그… 만둬……. 싫… 어……."

싫어, 그만둬. 헛소리를 하듯이 그 말만을 되풀이하는 에밀리아나의 혀를 그의 이가 깨물었다. 혀와 혀가 맞닿은 순간, 정체를 알 수 없는 충격이 등줄기를 수직으로 내달렸다.

"싫……."

혀가 닿고 휘감길 때마다 오한과 흡사한 무언가에 온몸이 지배당했다. 아무리 저항해도 뜨겁고 무거운 몸에 눌린 채 미동조차 용납 받지 못했다.

"에밀리아… 나……."

그가 이름을 불렀다. 낮고 달콤하게 울려 퍼지는 그 목소리는 마치 싱그러운 열매를 혀끝으로 굴리는 듯 보드라움과 사랑스러움으로 가득 차 있었다. 에밀리아나는 어째서인지 가슴이 떨렸다.

그에게 있어서 자신은 코스타 멜로그라노에서 약탈한 향신료와 홍차, 무기나 석탄과 마찬가지로 사냥감에 지나지 않을 것인 데다, 돈으로 교환하기 위한 짐짝일 터였다. 그런데 어째서 이렇게 자상하게 귀를 간질이듯 자신의 이름을 부르는 걸까.

"흐읍……."

에밀리아나의 머릿속은 물음표로 가득했다. 그는 숨이 찬데다 궁금증에 짓눌린 채 멍하니 있는 에밀리아나를 올라타서 혀끝을 교활하게 움직였다. 뜨겁게 젖은 혀가 에밀리아나의 입속을 헤집었다. 그는 뾰족하게 세운 혀끝으로 그녀의 치아를 더듬어서 가르고 들어가 혀를 휘감고 리듬을 실어서 그녀를 농락했다.

불타는 듯한 두꺼운 입술이 에밀리아나의 장밋빛 입술을 세게 물었다. 그러자 츄욱, 하고 소리가 울려 퍼졌다. 그 소리에 어째서인지 등이 휘어져, 에밀리아나는 무의식적인 자신의 반응에 겁이 났다.

침구 틈 사이로 들어온 장의 팔이 에밀리아나의 허리를 둘러서 끌어안았다. 그렇게 장의 단단한 팔에 안긴 채 짙은 입맞춤을 당하고 있음에도 에밀리아나는 자신이 어떤 상황에 처했는지 전혀 알 수 없었다.

나……. 나, 나…….

"싫어, 싫어싫어. 놔줘!"

빈틈없이 밀착한 몸과 몸의 틈 사이로 팔을 비집어 넣어 남자의 몸을 조금이라도 멀리 밀어내기 위해 양팔로 떠받쳤다. 베개 위에서 머리를 좌우로 휘휘 흔든 덕분에 혀가 닿는 입맞춤은 피할 수 있었지만, 장의 입술은 그대로 에밀리아나의 가느다란 목덜미에 닿았다. 장이 에밀리아나의 귓불을 날름 핥자 그녀의 등에 오한이 가로질렀다.

"부탁이니 그만해."

"그만두라고 할 때마다 그만두면 해적으로 살아갈 수 없지, 아가씨."

그 말에 깜짝 놀라며 장을 보았다. 그는 눈을 가늘게 뜨고 히죽거리며 웃고 있었다. 바다 표면에서 난반사된 빛이 선실로 날아들어 장의 금빛 눈을 찔렀다. 금색으로 빛나는 그의 눈동자는 인간이 아닌 야생 동물을 떠올리게 했다. 다른 생물의 목숨을 빼앗아 양식으로 삼는 잔인한 계보를 가진 야수.

"난 내 것으로 만들겠다고 마음먹으면 반드시 그렇게 해. 지금까지도 그랬었고 앞으로도 쭉 그럴 거야."

장은 건장한 어깨로 에밀리아나를 억누른 채 잠옷의 여밈 사이로 손을 집어넣어 좌우로 힘껏 잡아당겼다. 실크 가운과 그 아래에 입은 네글리제가 함께 찢어졌다. 남자의 손에는 두꺼운 천도 종이나 다름없었다. 싸늘한 공기가 가슴 언저리까지 와 닿았고 그 믿을 수 없는 감촉에 에밀리아나는 비명을 질렀다. 장은 크고 메마른 손으로 에밀리아나가 비명을 지르지 못하도록 입을 막았다.

"으읍, 으으읍……."

그가 귀 아래의 여린 살갗을 살며시 깨물었다. 그러자 날카로운 아픔이 용솟음쳤다. 그곳부터 물어 뜯긴다고 생각한 에밀리아나는 더욱 신음하며 그의 무거운 몸 아래에서 양다리를 버둥거렸다.

귀를 틀어막고 싶어질 만큼 꼴사나운 소리에 장은 만족했는지 에밀리아나의 목덜미에서 얼굴을 뗐다. 그리고 물었던 흔적을 확인하려는 듯 그 부분에 혀끝을 미끄러뜨리 듯 움직였다.

그가 그녀의 입에서 손을 떼어냈다.

에밀리아나는 무심코 안도의 한숨을 내쉬었다. 하지만

장은 네글리제가 찢어진 틈 사이로 손을 억지로 집어넣어 더욱 옷자락을 찢었다. 그러나 그녀는 여전히 자신에게 무슨 일이 일어나고 있는지 전혀 알 수 없었다.

"무슨… 짓을 할 셈이야?"

불안감으로 가득한 진보랏빛 눈을 크게 뜨며 에밀리아나는 장에게 물었다. 에밀리아나는 책벌레였기 때문에 독서량이나 지식만큼은 어떤 신사에게도 지지 않을 자신이 있었다. 저택 도서실에 만족하지 않고, 아버지의 친구이자 책이 알차게 구비된 도서실을 소유한 론바르디아 경의 저택에 아버지를 따라가거나 제도 갈로파노에서 책을 공수해서 볼 정도였다.

하지만 그 책들에는 남자와 여자 사이에 일어나는 일에 대해선 단 한 줄도 쓰여 있지 않았기 때문에, 에밀리아나는 알몸이 되었음에도 수치심과 영문을 알 수 없는 행위에 대한 공포심 이외에 어떤 감정을 품어야 할지 알 수 없었다. 그녀의 머리에 맹수의 보금자리에 끌려온 복슬복슬한 토끼가 갑자기 떠올랐다. 그들도 이런 기분을 맛보았을지도 모른다.

"싫어… 싫어……. 그만해……."

이제는 찢어진 천 조각이 되어버린 네글리제와 가운을 장이 거칠게 떼어냈다.

장의 몸 아래에서 에밀리아나는 무슨 일이 일어났는지도 모른 채 망연자실하게 눈을 뻐끔히 뜨고 천장을 올려다보고 있었다. 에밀리아나는 자신이 머리에서 발끝까지 아무 것도 가릴 것 없이 알몸이 되었다는 사실 자체를 이해할 수 없었다.

장은 저항하기를 멈추고 침대 위에 얌전히 누워 있는 에 밀리아나를 보고 금빛 눈을 가늘게 뜨며 웃었다. 그가 혀를 살짝 구부려서 윗입술을 핥았다. 그런 다음 견장이 달린 나 사 소재 재킷의 단추를 손가락으로 하나씩 풀기 시작했다. 재킷을 침대 아래에 내던지고 크라바트를 끌러낸 다음 셔 츠와 함께 침대 아래로 던졌다.

파도에 반사되어 창틈으로 비쳐든 빛이, 그리스 조각상 처럼 다부진 장의 몸에 음영을 새겼다.

그런 다음 그는 에밀리아나의 양쪽 겨드랑이에 손을 대 고 고개를 움직여서 에밀리아나의 가슴 위에서 떨고 있는 탱글탱글한 열매의 정점에 혀를 굴렸다.

"하아……!"

믿을 수 없는 소리가 목을 비집고 나왔다. 동시에 날카로 운 충격이 낙뢰처럼 혀끝에서 온몸으로 흩어졌다. 그 후 달 콤한 여운이 온몸을 적셨다. 에밀리아나의 손가락 끝이 부 들부들 떨고 있었다. 그녀는 자신이 터무니없는 모습으로 남자의 눈앞에 있다는 사실을 마침내 알아차렸다.

"싫어, 싫어… 이런 거……."

"버둥거리지 마."

장은 파르르 떨고 있는 열매의 끝을 깨물었다. 새로운 충격에 에밀리아나의 등이 튕겨 올랐다.

"이렇게 귀엽고 달콤한 체리를 물어뜯고 싶진 않겠지?"

에밀리아나는 어찌해야 할 바를 모른 채 고개만 들어 올려 장의 금빛 눈동자를 들여다보았다. 그의 두 눈에는 겁에 질려 작은 동물처럼 떨고 있는 에밀리아나의 조막만한 얼굴이 비쳤다.

이 사람은 나를 먹어버릴 셈인 건가. 머리부터 와그작와그작 하고.

그 생각을 뒷받침하듯 그가 그녀의 부드러운 젖가슴을 또다시 깨물었다, 에밀리아나는 공포와 정체를 알 수 없는 감각에 몸을 떨었다.

"날… 잡아먹을 생각… 인 거지……?"

"잡아먹는다고?"

엉뚱한 말을 들었다는 듯 장은 에밀리아나의 젖가슴에서 고개를 들었다. 그런 다음 그녀의 얼굴을 바라보며 장난스러운 웃음을 띠웠다.

"…그렇군. 그런 의미라면 그렇지. 널 지금부터 먹어줄게. 머리끝에서 발끝까지 핥고 빨고… 맛보면서."

역시 그런 것이다. 장은 자신을 먹어버릴 셈인 것이다. 너무나도 큰 절망에 에밀리아나의 입에서 한숨인지 신음인지 분간할 수 없는 소리가 새어나왔다.

그러자 장은 느닷없이 고개를 숙이고 에밀리아나의 돌기

를 입에 머금고 빨아들였다. 그의 입술이 닿은 부분에서 허리 깊숙한 곳까지 충격이 내달렸다.

"흐흡!"

지금 당장 잡아먹히려는 상황임에도 불구하고 자신의 목소리에는 믿을 수 없을 만큼 달콤함이 담겨 있었다.

"가슴만으로도 이렇게 느낄 줄이야… 놀랍군."

"느끼… 다니, 뭘……?"

"이제 곧 알게 될 거야."

장이 하는 말의 의미를 전혀 알 수 없었다.

에밀리아나는 마음 깊숙이 공포를 느꼈다. 그녀가 필사적으로 허우적대며 몸을 비틀자 장의 입속에서 열매의 돌기가 날뛰었다. 이를 응징하듯이 장의 하얀 치아가 또다시 힘을 실자 아픔인지 달콤함인지 구분이 가지 않는 감각이 가슴 전체에 퍼졌다.

"그만해, 그만해."

남자의 무거운 몸에 깔린 채 하반신을 꼼짝도 할 수 없었다. 마치 바이스로 세게 조이는 것 같았다. 에밀리아나는 상반신을 비틀며 움직였다. 그 움직임에 맞춰서 장의 얼굴 옆에 있는 다른 한쪽 젖가슴이 흔들렸다. 장은 그쪽에 시선을 힐끔 주더니 손으로 보드라운 젖가슴을 움켜잡았다.

"딱 좋은 크기군."

장이 목 안쪽으로 웃었다.

"모양도 무게도 아주 좋아……."

그는 손가락에 힘을 실어서 그녀의 가슴을 꾸욱 문질렀다. 장이 한쪽 돌기를 입으로 가지고 놀고 다른 한쪽 가슴을 문지를 때마다, 무겁게 가라앉듯 덮쳐오는 충격에 에밀리아나는 정신이 이상해질 것 같았다.

"여러 남자들이 만졌겠지?"

그 말이 귀에 닿은 순간, 머리에 찬물을 끼얹은 듯 모든 감각이 이성을 되찾았다.

이런 비밀스러운 곳을 남자들이 만졌다고?

"웃기지 마!"

하지만 장이 가슴 전체를 길어 올리듯 주무르고 손가락으로 돌기를 만지며 가볍게 잡아당기자 미지의 감각이 피어올랐고, 에밀리아나는 고개를 들어 올려서 목을 휘어 젖혔다.

튀어나온 그녀의 쇄골에 장은 입술을 갖다대고 살짝 깨물었다.

이 남자는 어디부터 물어뜯을지 이렇게 탐색하고 있는 거구나.

에밀리아나는 장의 하얀 치아가 남긴 자국에 겁에 질려 몸이 굳어졌다. 하지만 에밀리아나의 살결에는 그녀가 예상한 아픔은 찾아오지 않았다. 장은 에밀리아나의 튀어나온 쇄골을 치아 끝으로 가볍게 문질렀을 뿐이었던 것이다. 장의 이러한 행동은 또다시 달콤한 고통을 낳았고 에밀리아나의 몸은 휘어졌다.

어느 사이엔가 그의 양손이 그녀의 양쪽 젖가슴에 닿아 있었다. 강약을 주며 주무를 때마다 두 언덕은 장의 손아귀에서 재미있는 모양으로 바뀌었다.

하지만 그와 동시에 그 행위는 에밀리아나의 몸에 아픔을 가져다주었다.

"아파… 아파……."

"아파?"

장은 손에서 힘을 조금 누그러뜨렸다. 하지만 변함없이 그의 양손은 에밀리아나의 보드라운 열매를 움켜쥐고 아래쪽에서부터 천천히 퍼 올리는 행위를 멈추지 않았다. 그렇게 에밀리아나의 가슴을 농락하는 장은 마치 점토 놀이에 몰두한 아이처럼 눈을 빛내고 있었다.

그는 겁에 질린 에밀리아나의 모습을 재미있어 하는 듯했다.

"어지간히 서툰 남자들만 주위에 있었나 보군."

"서툰… 남자……?"

에밀리아나는 장에게 반론했다.

"말… 도 안 돼……. 아버님도… 동생 미켈레도 사냥 솜씨는 으뜸이었어……. 당신 같은 사람은… 모를 거야……."

"사냥 말인가. 그건 됐어."

장이 소리 높여 하하하 하고 웃었다. 그리고 또다시 입을 맞추었다. 혼란과 공포의 정점에서 가쁜 숨을 내쉬고 있던 에밀리아나는 느닷없이 숨을 빼앗긴 괴로움에 눈을 크게 떴다. 입술과 입술을 맞대고 잔뜩 입을 맞춘 후 그가 고개를 들었다.

"사냥이야 나도 해. 게다가 꽤 잘하지. ……물론 사냥감은 다르지만."

그렇게 말하며 금색 눈을 빛냈다.

젖혀진 목덜미에 그가 가볍게 이를 세우고 쇄골에 입맞춤을 했다. 그런 다음 장의 머리는 보드랍고 탱글탱글한 열매를 빨아들이듯 입술을 대고 돌기를 날름 핥고서는 튀어나온 갈비뼈를 향해 내려갔다. 장이 에밀리아나의 몸 위에서 자신의 몸을 띄우자 그녀는 잠깐의 자유를 되찾을 수 있었다. 하지만 에밀리아나는 숨이 간당간당하여 그 자리에서 도망치는 것 따위 이미 생각할 수 없었다.

장의 입맞춤 세례가 에밀리아나의 하얗고 윤기 나는 살결에 쏟아졌다. 뜨거운 각인을 새길 때마다 에밀리아나의 몸은 모래사장에 내던져진 작은 물고기처럼 꿈틀꿈틀 튀어올랐다.

그런 에밀리아나를 개의치 않고 장의 머리는 깎아지른 듯 평탄한 배를 향해 내려갔다. 그러고는 매끄러운 살결의 탄력을 즐긴 후, 뜨거운 입술로 느닷없이 에밀리아나의 배꼽을 내리눌렀다.

"하앗! 안 돼!"

육식 동물이 사냥감을 먹을 때는 내장에 먼저 이를 들이

댄다고 한다. 분명 장은 자신을 배부터 먹을 생각인 것이다.

"싫어, 그만둬. 용서해 줘."

"얌전히 있어. 지금부터 널 데려갈 곳은 천국이니까."

천국, 역시나.

"싫어, 싫어. 어쨌든 안 돼."

이런 곳에서 살해당할 수는 없다. 에밀리아나는 다리를 버둥대며 최후의 저항을 했다.

"이제 포기하는 게 어때."

장이 어이없어하며 말했다. 에밀리아나의 양다리는 여전히 버둥대고 있었지만 장은 그녀의 다리를 아주 손쉽게 잡아서 어깨에 짊어졌다. 그리고 그대로 몸을 숙여서 에밀리아나의 다리 사이의 옅은 수풀 속에 얼굴을 파묻었다.

"…아!"

뜨거운 숨결이 옅은 수풀 사이로 빠져나가 언덕에 닿았다.

"하아, 아아……."

그런 곳에 어째서.

수치심과 혐오와 공포가 뒤죽박죽 섞인 감정이 에밀리아나의 온몸에 가득 찼다. 장의 뜨거운 숨결이 닿은 그곳이 선홍색으로 물들었다. 그런 에밀리아나를 보고, 장은 무척이나 즐거운 듯 웃음을 머금었다.

에밀리아나는 재빨리 두 다리를 오므리려고 했다. 하지

만 다리 사이에 장의 얼굴이 있었으므로 그럴 수 없었다. 장은 팔을 둘러서 에밀리아나의 오른쪽 다리를 크게 구부린 후 왼손으로 에밀리아나의 두 다리 사이를 더듬었다.

츄릅, 하고 습한 소리가 났다.

"하아앗!"

뭐가 어떻게 되고 있는 것인지는 알 수 없었지만 장의 긴 손가락이 그곳을 찌를 때마다 습한 소리와 함께 굉장한 충격이 온몸에 퍼졌다.

그것은 에밀리아나 자신도 모르게 등을 둥글게 말고 상반신을 띄울 만큼의 충격이었다. 에밀리아나가 알고 있는 어떠한 말로도 표현할 수 없는 기묘한 달콤함이 담겨 있는 감각이었다.

"입으로는 싫다면서 시끄럽게 굴지만 네 몸은 좋아하고 있잖아. 이거 기대되는걸."

"기, 기뻐하고 있는 거 아니야!"

장은 얼굴이 새빨개진 채 벌떡 일어난 에밀리아나의 코끝을 검지와 중지로 찔렀다. 두 손가락에는 반투명한 꿀이 뒤엉켜 있었고, 그가 손가락을 천천히 펼치자 두 손가락 사이에서 은색의 점액이 실처럼 늘어났다.

"이래도 즐기는 게 아니라는 얘기야?"

"……."

의미를 알 수 없었던 에밀리아나는 잠자코 있었다. 장의 말도 행동도 모든 것이 의미 불명이었다. 다만 한 가지 확실한 점은 그곳에서 손가락을 움직이면 에밀리아나의 몸에 갑자기 이상한 힘이 역동하며 그녀를 마리오네트 인형처럼 마음대로 움직이게 한다는 것이었다.

"…흐음… 읍, 하아……."

싫다고 말했지만 잠긴 목소리가 응석을 부리듯 헐떡이는 것처럼 들렸다. 볼썽사납고 수치스러워서 에밀리아나는 손으로 자신의 귀를 틀어막았다. 하지만 장이 손가락을 움직일 때마다 나는 츄욱츄욱 하는 소리는 몸을 타고 올라와 그녀의 머릿속에 직접 닿았다.

"아직도 그 소리야?"

장의 높은 콧날이 에밀리아나의 옅은 수풀에 파묻혔다. 그 순간 꽃봉오리에 둘러싸인 돌기에 뜨겁고 미끈미끈한 감촉이 기어 다녔다.

"흐흐흡!"

에밀리아나는 한층 더 높은 비명을 질렀다.

촤악촤악, 음란한 소리가 들려왔다. 믿기지 않는 그 소리는 은밀한 곳을 핥고 있다는 증거이기도 했다. 수치심보다 자신의 몸을 스스로 제어할 수 없다는 공포심이 앞섰다.

장의 행위는 온몸이 달콤하게 잠기는 듯한 짜릿함을 낳았고, 에밀리아나는 손가락 끝까지 경련이 일었다.

다리 사이에서 장이 웃음을 머금고 있다는 것을 느낌으로 알 수 있었다.

"안 돼… 그러지… 마……."

"시끄러워."

꽃봉오리를 빨아들이며 말하자 장의 단단한 이가 그곳을 스쳐 갔다. 그것은 믿을 수 없을 만큼 강렬한 자극이 되어 에밀리아나의 몸을 춤추듯 튕겨 오르게 했다.

슬프지 않은데도 불구하고 진보랏빛의 눈동자가 제멋대로 촉촉해지며 짙은 눈썹 사이로 눈물방울이 흘러넘쳤다. 이 상황이 분해서 또다시 눈물이 났다.

"훗, 이게 좋은가 보군. 그럼, 이쪽은 어때?"

장의 엄지손가락이 장미꽃처럼 포개어진 부분을 벌렸다. 그리고 깍지를 쿡쿡 찌르던 혀가 안쪽으로 미끄러지듯 들어와서 깊숙한 곳에 위치한 꽃잎을 핥았다.

"싫어, 싫어어."

장의 입술은 능숙하게 움직이며 꽃잎을 비집고 들어와 빨아들였다. 에밀리아나는 날카로운 비명을 질렀다. 수치스러운 소리를 지르고 있다는 것도, 그 소리를 누군가가 듣고 있다는 것도, 아무것도 생각할 수 없었다.

"이 정도로 느끼다니. 더 굉장한 걸 해줄게."

장은 장미 꽃잎에 양손의 엄지를 갖다댔다. 그가 손가락에 힘을 싣자 깊숙한 곳까지 싸늘한 공기가 밀려 들어오는 것이 느껴졌다. 그곳에 뜨거운 숨결이 닿았다. 에밀리아나는 팔꿈치로 몸을 지탱하고 상체를 들어 올려서 자신의 허벅지를 내려다보았다.

"맛있는 꿀을 많이도 뿜어내는데."

장이 눈을 치켜뜨고 에밀리아나를 올려다보았다. 꿀빛의 두 눈동자가 반짝 빛났다.

그리고 그와 동시에 겹겹이 싸여 있던 꽃잎 안으로 장의 혀가 미끄러지듯 들어오는 것이 느껴졌다.

날카롭게 세운 장의 혀가 에밀리아나의 몸을 찔렀다. 마치 입맞춤처럼 장의 입술이 꽃잎을 삼키고 못된 혀가 주름진 벽을 철저히 핥아댔다

"하아… 아아……."

츄욱츄욱 하고 다리 사이에서 들려오는 습한 소리. 천천히 뜨거워지는 허벅지. 다리 사이가 촉촉해지는 것을 알 수 있었다. 머릿속은 안개가 낀 듯 멍했다.

에밀리아나는 자신의 몸에 무슨 일이 일어나고 있는 것인지 전혀 알 수 없었다. 장이 에밀리아나를 먹으려고 한다는 사실은 알고 있지만, 그것도 이상했다.

먹혀 버리려고 하고 있는데도, 난 어째서 뜨거워지는 걸까?

이런 곳을 핥는데 멍하니 있다니 난 대체 어떻게 된 걸까.

그러나 달콤하게 저려오는 몸은 손끝마저도 녹아내린 듯 전혀 자유롭지 않았다.

기묘했다. 이것이 바로 포식자에게 잡힌 사냥감이 나타내는 포기의 의사인 걸까?

"이 정도면 될까."

츄욱, 하고 일부러 음란한 소리를 내며 장은 입술을 뗐다. 숨이 끊어질 듯한 에밀리아나는 침대 위에 누워 있는 것밖에 할 수 없었다.

장은 다시 한 번 더 에밀리아나의 양쪽 다리를 어깨에 짊어진 다음 그곳을 헤집고 들어가 검지와 중지를 모아서 뚫었다. 안쪽에서 손가락을 빙글빙글 돌리자 지금까지 맛보던 달콤한 감각을 가르고 날카로운 아픔이 밀려 올라왔다.

에밀리아나는 비명을 질렀다.

"그, 그쪽부터… 찢는 거야?"

"응? 그래. 여기가 두 동강 날 거야."

"싫어. 안 돼!"

장은 웃으며 에밀리아나를 내려다보고 있었다.

자신과 장 사이에 무언가 엄청나게 어긋나고 있는 것 같았다. 에밀리아나는 드디어 그 사실을 알아차렸다. 하지만 서로의 오해가 과연 무엇인지는 이 상황에 이르렀음에도 불구하고 알 수 없었기 때문에, 에밀리아나는 작게 중얼거리고 있을 수밖에 없었다.

"날… 먹지 마……."

눈물이 뒤섞인 목소리였다. 에밀리아나의 얼굴은 눈물에 젖어서 엉망일 터였다. 그런 에밀리아나의 표정이 가여웠는지 장은 손을 뻗어서 그녀의 뺨에 흘러내리는 눈물을 닦아주었다.

"부탁이야……. 다른 거 뭐든지 할게……. 청소도, 세탁도… 그러니까… 그러니까…….”

볼썽사납다고 생각했다. 하지만 이러한 상황에서 목숨을 빌지 않으면 어디서 한단 말인가.

장은 몸을 일으켰다. 그리고 에밀리아나의 허리에 손을 대고 천천히 쓰다듬으며 올라가 몸을 덮었다. 그곳을 향한 공격이 멈추었다는 것만으로도 안도의 한숨을 내쉬는 에밀리아나의 귓가에 입술을 갖다대고 장이 속삭였다.

“난 사냥감에게 청소나 세탁을 시키진 않아. 사냥감은 사냥감으로 대하지. 얌전하게 있어.”

에밀리아나는 눈을 크게 떴다. 그 순간 진보랏빛 눈에 고여 있던 눈물이 방울져 뺨에 흘러 내렸다.

떨리는 에밀리아나의 허벅지에 장이 자신의 다리를 갖다대는 것이 느껴졌다. 찰칵찰칵 벨트를 만지는 소리에 뒤이어 두꺼운 천에서 단추를 푸는 소리가 들렸다.

어째서 옷을 벗는지도 에밀리아나는 알 수 없었다.

장은 얼굴을 움직여서 긴 혀로 에밀리아나의 뺨에 흐르는 눈물을 핥은 다음, 귓불을 머금었다.

강한 힘이 담긴 이에서 절대로 사냥감을 놓치지 않겠다는 포식자의 집념이 느껴져서, 에밀리아나는 목청껏 비명을 질렀다.

“그럼, 즐거운 아침식사를 시작하겠어.”

“하아―”

무척이나 즐거워하는 듯한 그 목소리와는 반대로, 에밀

리아나의 온몸을 꿰뚫은 것은 말로 할 수 없을 정도의 격렬한 고통이었다.

너무나도 큰 아픔에 온몸이 죄어들었다. 조금 전까지 자신을 흠뻑 적시고 있던 달콤한 감각이 전혀 묻어나지 않는 진정한 격통이었다. 마치 녹이 슨 철봉을 억지로 삼키고 있는 듯한 느낌이었다. 지금까지 겪었던 그 어떤 아픔보다도 날카롭고 둔탁한 고통이 에밀리아나를 괴롭혔다.

산채로 배를 가르는 것은 이 정도까지의 아픔을 동반하는 일인 것일까?

"…아, …아, ……아!"

에밀리아나는 자신의 몸에 무슨 일이 있어났는지 갈피를 잡지 못한 채 천장의 한 점만을 바라보고 있었다. 천장에는 수많은 나뭇결이 있었고, 그 나뭇결은 고뇌하는 사람의 얼굴처럼 보였다.

에밀리아나는 장이 자신의 몸을 두 갈래로 찢었다고 생각했다. 닭고기를 가를 때처럼 양다리를 좌우로 잡아당겨서 말이다. 그런 것이 틀림없었다. 그렇지 않으면 이런 아픔이 이 세상에 존재할 리가 없다. 심장이 여전히 계속 고동치고 있다는 사실이 에밀리아나에게는 기적으로 느껴졌다. 하지만 이 또한 머지않아 멈추리라.

나는 이대로 죽는 것이다. 해적선에 납치당하여 그 배 위에서 몸이 두 동강난 채로.

의식이 멀어졌다. 천장의 나뭇결이 흐릿해졌다…….

잠시 후 에밀리아나의 뺨을 커다란 손바닥이 톡톡 두드
렸다.

"…이봐, 이봐, 이봐!"

그런 다음 그 손이 천을 구기고 있는 어깨에 미끄러지듯
내려왔다. 사냥감을 가지고 사라질 때의 맹수처럼 힘을 실
고 몸을 흔들었다. 그때마다 다리 사이에서 격통이 덮쳐왔
고 에밀리아나는 꼼짝없이 현실로 돌아왔다.

"죽었다고 생각했잖아."

"…웃."

현실로 돌아온 에밀리아나를 기다리고 있던 것은 둔탁하
고 뻐근한 아픔이었다.

"죽, 죽었다고가 아니라… 날 진짜로 죽일 생각이었으면
서."

조금 전과는 비교할 수 없지만, 허벅지에는 여전히 욱신
거리는 아픔이 남아 있었다.

"이봐……. 죽이라고 말한 적은 있어도 실제로 죽인 적
은 없어."

"…죽이라고 말할 때 애초에 위험한 짓을 하고 있다는
자각은 없어?"

장은 깜짝 놀라며 정신을 차린 듯한 표정을 지었다.

"너… 너… 설마……."

그리고 에밀리아나와 몸을 이은 채, 자신의 허벅지를 보
고 빈사 상태의 금붕어처럼 입을 뻐끔거렸다.

"처음이야?"

"…뭐가 처음이야. 당연한 거 아냐? 이렇게 고통스러운 경험은 처음 해봐!"

에밀리아나가 그렇게 겨우 대답하자, 불쌍할 만큼 축 처진 장의 금빛 눈동자가 공중에서 헤매고 있었다. 만약 그에게 강아지처럼 꼬리와 귀가 달려 있었다면 납죽하게 엎드려서 꼬리를 다리 사이에 말고 있을지도 몰랐다.

"왜 그래, 해적 선장님."

"처음인 사람은 나… 처음이란 말이야!"

이번에는 에밀리아나가 눈이 휘둥그레질 차례였다.

"대체, 무슨 말을 하는 거야……?"

"넌 아기가 어떻게 생기는지 모르는 거야? 이건… 그러니까, 즉…….."

장은 어째서인지 얼굴을 붉히며 머뭇거렸다.

"설마… 사랑의 행위!"

에밀리아나는 진보랏빛 눈을 빠질 듯 부릅뜨고 장을 올려다보았다. 겨우 알아차렸다. 많은 책에도 사랑의 행위에 대한 상세한 방법은 어렴풋이 에둘러서 쓰여 있었다.

"당신과 '사랑의 행위'를 하다니 웃기지 마. 처녀의 순결은 그 사람에게 있어서 무엇보다 소중한 거야. 그런데 그걸… 그걸…….."

순결이라는 말이 머리를 스쳐 지나갔다.

만약 해적선에서 순조롭게 도망친다고 한들 순결을 빼앗

겼다는 사실은 변하지 않는다. 결혼은 깨끗한 몸으로 하는 것이 조건이다.

깨끗한 몸이 아닌 자신을 에도아르도님은 분명 받아들이지 않을 것이다.

"흐읍… 흑……."

커다란 눈물방울이 뺨에 툭툭 떨어져 관자놀이를 타고 흘러내렸다. 아픔도 있었다. 하지만 그 이상으로 에밀리아나를 덮친 것은 한심함이었다. 아픔과는 또 다른 의미로 눈물이 흘러넘쳤다.

상스러운 것이라고 치부하여 그 이상 알아보려고 하지 않았던 자신이 저주스러웠다. 자택 도서실에 그 정도 되는 책이 있었던 만큼 무엇이든 자세히 공부해 두었어야 했다. 그랬더라면 분명 이런 식으로 순결을 빼앗기기 전에 스스로 목숨을 끊고 명예와 순결을 지킬 수 있었을 것이다.

시집도 가지 않은 처녀가 가장 소중히 여겨야 할 것. 그것을 빼앗기고 말았다. 나는 이제 가족을 구할 수 없다…….

"그런 얼굴로 울지 마. …뭐, 됐어. 어딘가에서 한 번은 뚫릴 길이었고 닳는 것도 아니니."

장은 어이없다는 듯 말하며 에밀리아나의 뺨에 흐르는 눈물을 날름날름 핥았다. 말투는 무뚝뚝하지만 위로하는 듯한 태도였다.

장은 뺨과 이마와 귓불에 입맞춤 세례를 퍼부으며 허리

를 천천히 움직였다. 그 순간 얼얼한 아픔이 에밀리아나를 파고들었다. 달군 철봉과 같은 뜨거운 무언가를, 사내의 육체를, 자신이 받아들이려고 한다는 사실을 에밀리아나는 이제 드디어 깨달았다.

장은 울면서 비명을 지르는 에밀리아나를 전혀 개의치 않고 허리를 앞으로 보냈다. 몸속의 보드라운 그곳을 스윽 스윽 에워 파자 따끔따끔한 격통이 솟구쳤다. 무딘 칼로 닭고기를 써는 장면밖에 떠오르지 않았다. 몸을 비틀 틈도 주어지지 않은 채 에밀리아나는 괴로운 신음 소리를 냈다.

온통 아픔으로 물든 머릿속에 한순간 다른 감각이 스쳐 지났다.

"하아아……."

울부짖기만 하던 에밀리아나의 입술에서 무척이나 달콤한 목소리가 새어나왔다. 그녀의 몸속을 자신의 물건으로 문질러대고 있던 장이 그것을 놓칠 리가 없었다.

"그렇군, 여긴가 보네."

장이 기쁜 듯 웃었다. 에밀리아나는 그가 허리를 움직일 때마다 찾아오는 아픔은 여전히 고통스럽지만 뾰족한 그 끝이 스쳐 지나간 부분에서 새로운 감각이 피어오르고 있다는 사실을 알아차렸다. 동통 같기도 하고 온몸을 떨게 하는 오한 같기도 한, 정체를 알 수 없는 감각이었다.

"하아아… 뭐지……?"

"이게 바로 진정한 '사랑의 행위' 야."

어깨를 잡고 있던 손이 아래로 스윽 내려왔다. 그 손은 그녀의 양쪽 젖가슴을 길어 올리듯 주무르고 가냘픈 갈비뼈를 더듬어서 가느다란 허리에 이르렀다. 열기를 띤 커다란 손이 그녀의 허리를 단단히 부여잡고 그 부분을 정확하게 겨냥해 갔다.

두 다리와 몸통의 경계 부근에 찾아오는 격렬한 고통이 여전히 그녀를 괴롭혔다. 그럼에도 장이 허리를 계속 앞으로 밀어 올리며 에밀리아나의 몸속 가장 깊은 곳의 살짝 볼록하게 솟아오른 부분을 찔러댈 때마다 답답하고 애절한 감촉이 그녀의 온몸에 흩어졌다.

"그래, 착하지. 넌 안쪽에서 느끼나 보구나."

무척이나 기쁜 듯 신난 목소리로 장이 말했다. 미지근한 감촉과 함께 장이 그의 물건을 뽑았다가 다시 꽂아 넣었다. 츄욱츄욱 하고 음란한 소리가 났고 그의 뜨거운 물건이 또다시 그녀의 꽃봉오리에 닿았다.

"아! 하아… 하아……."

격렬한 동통은 여전히 에밀리아나를 괴롭혔다. 어릴 적에 자갈이 깔린 정원에서 넘어졌을 때 느꼈던 따끔거리는 아픔이었다. 하지만 깊은 곳에서 솟구치는 그 감각은 에밀리아나의 미지의 부분을 일깨우는 것 같았다. 그 감각이 점점 강해져서 아픔을 뛰어넘기 시작했다.

"싫어… 싫… 어……."

에밀리아나는 망설이는 듯한 소리를 질렀다. 아픔의 한

가운데에 피어오른 이상한 감각은 이제 무시할 수 없을 만큼 커져 있었다.

"히익!"

장이 또다시 안쪽의 돌기를 문질렀다. 에밀리아는 온몸을 잔뜩 비틀며 영문을 알 수 없는 감각을 견뎌냈다. 그렇게나 에밀리아나를 괴롭히던 고통은 이미 머릿속에서 사라진 후였다.

"이런 거… 이런 거, 싫어……."

"뭐가 싫다는 거야. 완전 느끼고 있으면서."

"아… 니야……!"

장이 면박을 주듯이 가볍게 허리를 움직였다. 하지만 그 정도의 자극으로도 에밀리아나의 온몸은 번개를 맞은 듯 경련했다.

"아니야. 넌 느끼고 있어. 첫 '사랑의 행위'에서."

장은 웃으며 그렇게 말하고 에밀리아나의 코끝을 날름 핥았다. 맛있는 과자 끝에 놓인 크림을 핥듯이.

먹는다는 건 이런 의미였구나…….

머리부터 와그작와그작 물어뜯는 것만 생각했다. 이 행위 또한 그에게 있어선 '먹는다'는 것이었다.

"여기 기분 좋지?"

그가 또다시 그녀의 돌기를 파고들었다. 어떤 모양인지는 알 수 없지만, 에밀리아나의 몸속을 채우고 있는 것은 압도적인 질량이었다. 그의 물건이 들어갔다가 나올 때마다 애절하고 감질 나는 무언가가 손끝까지 용솟음쳤다. 에밀리아나를 지배하고 있는 것은 고통이 아니었다. 섬뜩할 만큼이나 몹시 기묘하고 감미로운 감촉이었다.

아슬아슬하게 발끝이 닿지 않는 얕은 바다에 몸이 흔들리는 듯한 기분이었다. 돌아가려고 하면 돌아갈 수 있지만 방심하면 밀물에 쓸려서 먼 바다까지 흘러가 버리고 말 것이다. 그냥 빠져 버리고 싶은 마음과 해안에 돌아가야 한다는 마음이 에밀리아나의 마음을 두 동강으로 갈랐다.

느껴서는 안 된다. 그 생각에 사로잡혀서는 안 된다.

"기분… 안 좋아……."

뜨거운 숨결에 입술이 데였다.

"거짓말쟁의의 입은 이렇게 해줘야지."

장은 목 안쪽으로 쿡쿡 웃으며 에밀리아나의 입술에 자신의 입술을 갖다대고 아랫입술을 살짝 물었다. 그 순간 머릿속에서 피어오른 따끔한 충격이 등줄기를 가로질러 장의 물건을 머금고 있던 여린 살결에서 날뛰었다.

온몸이 수축하며 전율했다.

"으차."

허리를 튕겨 올리며 장이 살짝 몸을 일으켰다.

"큰일 날 뻔했네. 하마터면 처녀에게 할 뻔했어."

"할 뻔하다니?"

"네 몸속에 정액을……."

노골적인 말투에 에밀리아나는 귀까지 뜨거워졌다.

"바보! 당신 같은 거… 난 몰라!"

에밀리아나는 떨리는 손으로 주먹을 쥐고 장의 가슴을 두드렸다. 몇 번이고 가슴을 주먹으로 두드리는 사이에 그의 맨가슴에 맺힌 땀 때문에 손이 미끄러졌다. 양쪽 손목을 장이 잡았다. 그러고는 부드럽게 끌어당겨 단단하게 움켜쥔 주먹의 새끼손가락 부근에 살짝 입을 맞추었다. 그와 동시에 장은 에밀리아나의 몸을 한층 더 깊게 뚫었다.

그것조차도 믿을 수 없을 만큼 기분이 좋았다. 매끄러운 시트에 닿은 등도, 단단한 가슴에 안긴 몸도, 몸 전체가 자상한 애무를 받고 있는 것 같았다.

"바보… 바보…. 싫… 어……."

얇은 천과 에밀리아나의 등 사이에 장의 팔이 비집고 들어와 그녀의 몸을 끌어당겨 안았다. 다부진 근육으로 무장한 그의 팔에 그녀는 단단하게 끌어 안겼다. 불타는 듯한 뜨거운 육체에서 전해져 오는 것은 체열뿐만이 아니었다. 그 사실을 알고 싶지 않았던 에밀리아나는 이를 악문 채 이제 갓 배운 쾌감에서 눈을 돌리려고 했다.

"에밀리."

그렇게 부르지 말라고 말하고 싶었지만 입술이 떨려서 말이 나오지 않았다. 그런 에밀리아나의 금빛 머리칼을 손으로 감아서 부드럽게 쓸어내리며 장은 허리를 앞으로 보냈다. 격렬한 움직임에 에밀리아나의 가슴에 놓여 있는 두 열매가 흔들렸다.

"하아… 하아………."

에밀리아나는 장의 품 안에서 등을 활 모양으로 휘어 젖히며 경련했다. 그런 에밀리아나의 몸을 조이듯이 끌어안고 장은 계속해서 허리를 앞으로 세게 밀어댔다.

흠뻑 젖은 에밀리아나의 몸속에서 장은 한층 더 격렬하게 고동치며 힘을 얻었다. 조금 전과 비교해 장의 물건은 에밀리아나의 몸속에서 점점 더 커져 갔다. 에밀리아나는 겁에 질려서 눈을 크게 떴다.

"아앗, 아앗, 하아……."

그 순간 파도가 갑자기 밀려오자 에밀리아나의 몸은 높고 먼 곳으로 쓸려갔다. 몸 이곳저곳에 힘이 들어간 채 부들부들 경련했다. 에밀리아나는 죄어든 자신의 몸속에 뜨거운 무언가가 물보라 치는 것을 느꼈다. 용암보다 뜨거운 무언가가 그녀의 몸속에서부터 모조리 불태우고 있었다.

파도가 물러나자 에밀리아나는 쾌락의 해변에 홀로 남겨졌다. 반복해서 밀려오는 파도는 애무처럼 에밀리아나를 달콤하게 농락했다. 눈꺼풀 뒤편으로 하얀 거품이 사라져가는 것이 보였다. 그리고 재차 밀려온 파도에 휘말려, 에밀리아나의 의식은 또다시 바다 밑바닥으로 쓸려갔다.

제3장 운명과 모험의 항구

맨가슴 위에 놓인 팔 무게를 견딜 수 없었던 에밀리아나는 잠에서 깼다.

알, 알몸……?

몸을 일으키자 에밀리아나를 덮고 있던 무거운 몸이 움직여 그녀의 가느다란 허리를 꼭 끌어당겼다.

남자의 뜨거운 팔과 무거운 몸을 맨 살갗으로 느낀 그 순간, 에밀리아나는 자신의 몸에 무슨 일이 일어났는지 전부 떠올리고 말았다.

"흐으윽……."

목구멍에서 신음이 솟구쳤고 천장이 희미해졌다. 눈동자를 덮고 있던 수막이 부풀어 오르다 터져, 눈가에서 뜨거운 물방울이 되어 관자놀이를 향해 흘러 떨어졌다. 에밀리아나는 분하고 슬퍼서 그저 눈물을 계속 흘릴 수밖에 없었다.

난 이제 순결한 몸이 아니니 결혼할 수 없어.

에도아르도는 해적에게 납치된 에밀리아나를 자신의 위신을 걸고 구하러 올 것이다. 하지만 무사히 에도아르도의 곁으로 돌아간다고 해도 순결을 잃은 에밀리아나를 그가 받아들여 줄지는 미지수였다.

최악의 경우에는 레오파르디가로 돌아가서 가족과 함께 거리에 나앉게 될 가능성도 있겠지.

순결과 가족의 평화로운 삶. 나는 이런 해적 따위에게 내 가장 소중한 것을 빼앗기고 말았다…….

"…무슨 일이야?"

새근새근 숨소리를 내고 있어서 자고 있다고만 생각했는데 그렇지 않은 듯했다. 장이 천천히 고개를 돌리자 윤기나는 검은 머리칼 사이로 금색으로 빛나는 그의 두 눈이 들여다보였다.

"무슨 일이냐고?! 이 짐승만도 못한 인간!"

에밀리아나는 주먹을 쥐고 장의 어깨며 가슴을 마구 두드렸다. 탁탁 두드리며 몇 번이고 몇 번이고 흐느꼈다. 그때마다 이상하게도 목구멍에서 경련이 나며 얼얼하게 아팠다.

"아파, 아파. 기분 좋게 해줬으니 때릴 필요는 없잖아."

"웃기지 마. 아플 뿐이지 전혀 기분 좋지 않았어."

"기분 안… 좋았구나. 그랬구나……."

입술을 삐죽 내밀고 가여울 정도로 축 처진 장의 어깨와 가슴을 에밀리아나는 계속 두드렸다. 애초에 장의 반밖에 되지 않는 두께와 크기의 손으로 힘껏 때린다고 한들 단단한 근육이 얼마나 아픔을 느낄지는 알 수 없지만 에밀리아나는 그렇게라도 하지 않고선 견딜 수 없었다.

가족의 인생도, 내 인생도 전부 엉망이 됐어…….

"…웃."

때리는 대로 몸을 맡기고 있던 장은 갑자기 몸을 일으켰다. 그러고는 침대 위에서 양다리를 모으고 무릎을 꿇은 후 에밀리아나의 손을 잡았다.

"다음에는 훨씬 더 기분 좋게 해줄 테니 용서해 줘. 이것밖에 할 말이 없어. 확실히 나는 처녀는 처음이었지만, 다른 상대에겐 모두 천국을 보여줬다고."

"뭐어?"

에밀리아나는 무심코 소리를 질렀다.

"그러니 다음번엔 분명히 더 잘 할 수 있을 거고, 다음다음번엔 더욱 더……."

에밀리아나는 자신의 귀를 의심했다. 설마 이 해적 선장은 내가 기분이 좋지 않았기 때문에 화를 내고 있다고 생각하는 걸까?

"…제정신이야?"

아무리 길어도 마르지 않는 우물처럼 뚝뚝 흐르던 눈물이 수도꼭지를 잠근 듯 멈췄다.

"내가 화난 건 그것 때문이 아니야."

"그럼, 왜 화난 거야?"

멋진 모양의 입술을 일그러뜨린 채 장이 의아한 표정을 지으며 물었다. 구김살 없는 아이처럼 올곧은 시선으로 바라보는 것에, 에밀리아나는 화가 나 있는 자신이 왠지 바보처럼 느껴졌다.

아니, 조금도 바보스럽지 않아. 처녀에게 있어서 평생 한 번뿐인 소중한⋯⋯.

그 사실을 열심히 설명해 봤자 이 남자에게는 통하지 않을 것이다. 그런 기분이 들었다. 동물에게 이러쿵저러쿵 말해도 그들이 사람의 말을 이해하지 못하는 것과 마찬가지다. 해적에게는 해적의, ⋯남자에게는 남자의 세계가 있고 이치가 있다.

"⋯됐어."

에밀리아나는 발치에 포개어져 있는 깃이불을 잡고 머리 위로 힘껏 끌어당겼다.

"에밀리, 울지 마아."

그가 에밀리아나의 이름을 부르는 동시에 근육으로 울퉁불퉁한 가슴이 깃이불을 가르고 들어와 에밀리아나의 등에 닿았다. 그러고는 다부진 팔로 그녀를 끌어안았다.

그 순간. 몸속에서 달콤하고 고통스러운 듯한, 애절한 듯한 감각이 천천히 솟구치는 것에 에밀리아나는 황급히 몸을 뗐다.

하지만 그의 거센 팔은 에밀리아나를 빈틈없이 끌어안은 채 이를 용납하지 않았다. 그는 그녀의 귓가에 입술을 갖다 대고 가볍게 물었다.

이러한 행위가 먹기 위해 하는 짓이 아니라는 사실을 지금의 에밀리아나는 알고 있었다. 이는 애무라고 불리는 행위로, 쾌감을 불러일으키기 위해 하는 것이라는 사실 또한 알고 있기도 했다.

아무것도 모른 채 순진무구했던 자신으로는 이제 돌아갈 수 없다—

그 사실이 괜히 서글펐다. 에밀리아나는 입술을 악물고 또다시 솟구쳐오는 오열을 참았다. 하지만 목 안에서 제멋대로 울음소리가 났고 등줄기에 전율이 일었다.

"미안."

에밀리아나의 귀에서 멀어진 장의 입술이 눈물에 젖은 그녀의 뺨을 기어 다녔다. 뺨을 날름 핥은 후 장난스런 혀끝이 에밀리아나의 입술에 닿아 멋진 모양의 입술로 그녀를 빈틈없이 덮었다.

뜨거운 입맞춤이었다.

에밀리아나의 몸 위를 덮고 있던 장은 그녀의 혀끝을 가볍게 깨문 후에 점막이라는 점막은 모조리 핥았다. 뜨겁고 무거운 몸에 깔린 채 격렬하게 입술을 빨렸다. 등줄기를 오

싹오싹 기어오르는 느낌의 정체를, 에밀리아나는 알고 있
었다.

"싫… 어……."

에밀리아나는 고개를 좌우로 저으며 입맞춤에서 벗어나
려고 했다. 그러나 침구에 파묻힌 뒤통수는 움직이지 않았
고 장은 그런 그녀를 마음껏 탐했다. 날뛰고 버둥거리자 숨
이 가빠졌다.

그때 느닷없이 장이 입맞춤을 풀었다.

그리고 상체를 일으켜 침대에서 내려갔다. 삐걱삐걱 판
자 소리를 내며 걸어간 장은 느닷없이 침실에 있는 문을 열
었다.

"으앗!"

문 밖에 있던 선원 여럿이 급히 선장실을 뛰쳐나갔다. 하
지만 장의 팔이 그보다도 빨리 움직여서 선원 둘의 목덜미
를 움켜잡았다.

"여기서 뭐하는 거냐."

"흐흡, 우리 몫도 있을까 해서……."

다른 한 선원이 실실 웃으며 말했다.

"배의 것은 내 것, 내 것은 배의 것. 그렇게 말했던 건 선
장입니다요."

"바보 자식."

주먹으로 퍽퍽 하고 누군가를 때리는 소리가 연이어 들
려왔다. 침대에서 몸을 웅크리고 있던 에밀리아나에게 장

이 선원 하나의 목덜미를 잡고 높이 치켜드는 것이 보였다.

"이 여자는 소중한 짐이다. 털끝 하나라도 건드리면 가만히 두지 않을 거야."

"하지만 선장은 맛보셨잖습니까."

장이 침대에 있는 에밀리아나를 향해 시선을 돌렸다.

"닥쳐! 이 여자는 큰 거래에 사용할 중요한 인질이다. 내 허가 없이 건드리면 그땐……."

장이 다시 한 번 더 뜨거운 맛을 보여주기 위해 주먹을 높이 치켜들었다.

"그만둬!"

에밀리아나는 침대에서 뛰어 내려와 가운을 걸쳤다. 그 순간 다리 사이에 둔탁한 아픔이 덮쳐왔지만 개의치 않고 장의 등 뒤로 돌아, 치켜든 그의 손에 매달렸다.

"내가 보는 앞에서 폭력은 관둬."

"어이, 웃기지 마. 이 녀석들이 너한테 무슨 짓을 할 생각이었는지 전혀 모르나 본데."

에밀리아나는 두꺼운 소나무 가지처럼 근육이 감긴 팔에 매달려서 간절히 말했다.

"어쨌든 난 누군가가 두들겨 맞거나 심한 짓을 당하는 게 보기 싫어. 부탁이니 내 눈앞에선 이런 짓 하지 마."

장은 쯧 하고 작게 혀를 찼다.

"알겠어."

그렇게 말하고 그는 선원의 목덜미에서 손을 뗐다. 바닥에 떨어진 선원이 엉덩방아를 찧었다.

"잘 들어. 다른 녀석들에게도 똑똑히 말해둬. 이 여자는 소중한 짐이다. 적당한 수단으로 적당한 장소에서 돈과 교환할 거야. 돈은 평소대로 너희들과 나눌 테고. 그 돈으로 항구에 가서 최고의 여자를 사."

"선장, 이 여자는 그 악명 높은 공포의 보르게제 중장의 여자이지 않습니까. 전 왠지 꺼림칙합니다요. 프레지아스카 해군을 상대로 몸값이라니. 선장은 뭔가 특별한 생각이라도 있습니까?"

"생각은……."

장은 문살에 등을 기대고 팔짱을 꼈다. 에밀리아나와 선원들의 시선이 장을 향해 모여들었다.

"없어."

어깨가 털썩 떨어졌다.

"당신 정말 바보 아냐? 아무리 괴물이라고 불리며 우쭐해 있대도 진짜 해군과 정면으로 승부하면… 분명 그냥 끝나진 않을 거야. 모두 잡혀서 목이 날아갈 거라고."

에밀리아나는 자신의 말을 들으며 의아한 기분을 느꼈다. 상대는 자신을 코스타 멜로그라노에서 납치한 유괴범이다. 게다가 에밀리아나의 순결을 빼앗아간 증오의 대상일 터인데 어째서 장의 편에 서서 말하고 있는 걸까?

"바보라도 괜찮아. 내 행운을 믿어봐. 지금까지도 어떻게든 헤쳐 왔잖아? 다음에도 분명히 잘될 거야."

장은 그렇게 말한 후 하얀 이를 내보이며 하하하 하고 호기롭게 웃었다.

에밀리아나는 아연실색했다. 저 근거 없는 자신감은 어디에서 나오는 것인지 도무지 갈피를 잡을 수 없었다.

어느 샌가 기울어지기 시작한 햇살이 선미에 설치된 유리창을 통해 숨어 들어왔다.

"세면기에 물이랑 깨끗한 천 준비해 줘."

장이 선원에게 명령했다.

"깨끗한 수건 말인가요?"

선원이 이상한 듯 되물었다.

"그래. 이 아가씨를 단장시켜야지. 중요한 인질이니까. 예쁘게 단장하지 않으면 거래할 때 값이 떨어질지도 몰라."

"알겠습니다."

선원은 밖으로 나가 분부 받은 물건을 챙겨서 곧바로 돌아왔다. 물건들을 받아 든 장은 침대 곁에 있는 작은 테이블에 그것들을 올려놓았다.

그리고 그는 방에서 나가 양손에 화려한 옷을 한가득 들고 방에 들어왔다.

"어이. 마음에 드는 거 골라봐."

침대 위에 늘어놓은 것은 귀부인이 입음직한 화려한 드레스들이었다. 깜짝 놀랄 만큼 커다란 가운부터 에밀리아나에게 딱 맞을 법한 날씬한 드레스까지 알록달록한 드레스들이 정원에 가득한 꽃처럼 늘어서 있었다. 드레스를 집어 들어 어깨에 대보자 가볍고 고급스러운 실크의 감촉에 기분이 황홀해졌다. 하나같이 최고급 천을 사용한 것이라 가볍기가 깃털 같았다.

에밀리아나는 자신이 타고 있던 배가 해적선단에 습격당했던 광란의 어젯밤 일을 떠올렸다. 해적선의 선원들은 그 짧은 시간에 돈이 될 만한 물건과 그렇지 않은 물건을 구분하여 강탈했던 것이다. 해적이란 그렇게 험상궂은 얼굴을 하고 있어도 누구나 이렇게 상당한 안목이 있다는 사실에 에밀리아나는 무심코 감탄했다.

에밀리아나는 자신이 묵었던 일등실에서 가져온 트렁크가 침대 곁에 마구잡이로 놓여 있다는 사실을 알아차렸다. 그 트렁크를 보자 어깨에서 힘이 살짝 빠졌다. 저것만으로는 드레스를 입을 수 없다. 코르셋과 쥐프라고 불리는 속치마 등이 필요했지만 트렁크 안에는 자질구레한 속옷류만이 가득했기 때문이다.

"에밀리. 이건 어때? 아니면 이런 드레스도 어울릴 것 같은데."

장이 고른 드레스는 가슴 언저리가 깊게 파여 있거나 딱 달라붙어서 허리 라인이 드러나는 것이라든가 해서, 어쨌든 전부 다 너무 선정적이었다.

에밀리아나가 한숨을 후우 내뱉었다.

"잠시 기다려. 신사는 숙녀의 드레스를 고르면 안 돼. 당신이 신사라면 내가 혼자서 고를 수 있도록 내버려 두겠지."

"난 신사가 아니야. 해적이라고 했잖아."

자신을 신사라고 했다 해적이라고 했다, 자기 입맛대로 갖다 붙이는 남자였다.

장이 히죽 웃으며 에밀리아나의 가운을 벗겼다. 살결에 갑작스레 닿은 냉기에 에밀리아나의 탄력 있는 두 젖가슴이 파르르 떨렸고 그 끝에 놓인 빨간 진주가 급격하게 단단해졌다.

그 모습을 본 장은 눈을 가늘게 떴다. 그가 장난기를 머금은 눈동자를 빛내며 에밀리아나를 바라보자 그녀는 자신이 알몸을 드러내고 있다는 사실이 갑자기 부끄러워졌다. 에밀리아나는 양팔로 재빨리 가슴과 아래쪽 풀숲을 가렸다.

"이리 와, 예쁘게 해줄게."

"그, 그러지 않아도 괜찮아. 스스로 할 수 있으니까. 수건을 빌려주는 것만으로 충분해."

장이 뻗은 손을 에밀리아나가 뿌리치자 그가 웃었다.

"사양하지 않아도 돼. 짐을 관리하는 것도 선장의 임무니까."

그렇게 말한 후 그는 법랑 세면기에 새하얀 천을 담근 후 세게 짰다. 그러고 나서 왼쪽팔로 에밀리아나의 어깨를 끌어안고서 목덜미에 천을 미끄러뜨렸다.

"흐응……."

에밀리아나는 무심코 신음했다. 땀으로 흠뻑 젖은 몸을

깨끗한 천으로 닦는 감촉은 무어라고 표현할 수 없을 만큼 기분이 좋았기 때문이다.

남자 앞에 알몸을 드러낸 것은 무척이나 부끄러운 일이 지만 이 상쾌함에는 비할 바가 아니었다. 에밀리아나는 장의 손에 몸을 맡겼다.

천을 몇 번이고 세면기에서 헹궈내며 장은 에밀리아나의 몸을 닦았다.

하지만 그것만으로 끝낼 장이 아니었다.

무척이나 기분 좋은 감촉에 굳게 닫혀 있던 허벅지가 풀리기 시작했다. 그 틈을 타서 그는 에밀리아나가 필사적으로 감추고 있던 비밀스런 곳에 천을 미끄러지듯 밀어 넣었다.

"…흐읍!"

갑작스러운 행동에 에밀리아나는 신음하고 말았다, 그녀는 그의 곁에서 떨어지려고 버둥거렸다. 하지만 어깨를 꽉 붙잡은 손은 그것을 용납하지 않았다.

뺨이 불에 덴 듯 뜨거워졌다.

허벅지를 억지로 벌리려는 듯 장이 오른쪽 손을 비집어 넣었다. 다리와 몸통 사이를 비집고 들어온 천이 꽃봉오리에 닿아 꽃잎 한 장 한 장까지 정성스럽게 닦아주었다.

"흐으응……"

에밀리아나의 목구멍에서 신음 소리가 흘러나왔다. 결이 고운 매끈한 천임에도 불구하고 그것이 예민해진 꽃봉오리를 문지르자 열 배의 자극이 되었다. 불이 붙은 듯 온몸이 새빨갛게 물들었다. 더군다나 몸속 가장 깊숙한 곳에서 무언가가 천천히 뿜어져 나오고 있었다.

너무나도 부끄러웠던 에밀리아나는 장의 손을 그곳에서 떼어내기 위해 필사적이었다. 하지만 몇 번이고 뿌리쳐도 그의 손은 그곳으로 돌아와 깨끗한 물에 적신 수건으로 에밀리아나의 비밀스런 부분을 깨끗하게 닦아주었다.

벽을 집중적으로 닦기 시작하자 에밀리아나의 다리 감각이 마비되어 갔다. 침대에 쓰러져 있는 에밀리아나의 등 뒤로 팔을 둘러 그녀를 끌어안고, 장은 여전히 꽃잎의 안쪽 부분을 닦는 손을 멈추지 않았다.

그곳에서 정체를 알 수 없는 열이 몰려왔고 에밀리아나의 몸은 제멋대로 뜨거워졌다. 방금 막 닦았음에도 불구하고 몸은 또다시 땀으로 살며시 젖기 시작했다.

내 몸은 어쩜 이렇게 제멋대로인 걸까.

에밀리아나는 마음이 울적해졌다. 단 한 번의 행위에 빠져, 자신의 몸이 금단의 맛을 알아버린 듯했기 때문이다.

"넌 의외로 음란한 것 같아."

"느닷없이 무슨 소리야."

장이 정곡을 찌르자 에밀리아나는 엉겁결에 고개를 들었다.

"깨끗하게 해주려는 것뿐인데… 이것 봐."

장은 에밀리아나의 다리 사이를 닦던 천을 펼쳐 보였다.

그곳에는 불투명한 색의 꿀이 묻어 있었다.

에밀리아나는 말문이 막혔다. 갓 짠 우유 같은 하얀 온몸이 수치심으로 새빨갛게 물들었다.

"넌 재밌는 여자야. 삶은 문어처럼 새빨개졌어."

"누가 문어야? 그런 기분 나쁜 생물이랑 동급으로 취급하지 마."

에밀리아나의 팔에 소름이 돋았다.

"진정해. 그렇게 싫어하지 마. 문어도 삶으면 꽤 맛있으니까. 우리한텐 귀중한 영양분이기도 하지."

그런 생물을 먹다니 역시 해적과 우리는 사는 세상이 다르다.

장의 손가락이 천과 함께 그곳으로 또다시 돌아왔다. 그가 능숙하게 손가락을 움직이며 비밀스럽게 갈라진 깊숙한 부분에까지 천으로 더듬으며 들어오자 에밀리아나의 숨이 가빠졌다.

"흐흡… 싫어……."

상반신에 힘을 주지 않고서는 앉아 있을 수 없었다. 무심코 몸을 뒤집어서 장의 어깨에 매달렸을 때였다.

"이제 됐지?"

그가 손을 떼고 그녀의 등을 툭 하고 밀었다. 마침 장은 세면기에 천을 집어넣던 참이었다.

어중간한 상태에서 중단되어, 분함에 몸이 떨려왔다. 에밀리아나는 그런 자신이 너무나도 수치스럽게 느껴졌다.

"숙녀가 옷을 갈아입을 땐 도움이 필요하지 않아?"

장이 얼굴 전체에 웃음을 머금고 양팔을 펼쳤다.

이 남자는, 나를 가지고 놀고 조롱하면서 이를 즐기고 있는 것이다.

너무 화가 났다.

장의 이런 태도에도, 그런 그에게 느끼고 만 자신의 몸에도.

에밀리아나는 여전히 웃고 있는 장을 향해 세면기의 물을 끼얹었다.

"푸우!"

"옷을 갈아입는 건 나 혼자서도 할 수 있으니까 그냥 나가!"

"괜찮아. 사양하지 말라니까."

"사양하는 거 아니야. 어쨌든 방해가 될 뿐이야."

에밀리아나는 머리카락에서 물을 뚝뚝 흘리면서도 계속 웃고 있는 장의 등을 밀치며 침실에서 내쫓았다. 등 뒤로 문을 닫고 에밀리아나는 후우 하고 한숨을 내쉬었다.

바로 정면에 위치한 선미 유리창을 통해, 기울어진 해를 반사하여 반짝반짝 빛나는 장대한 바다가 한없이 늘어선 모습이 보였다. 장의 배를 선두로 산 형태를 만들 듯 괴물 선단의 배들이 열을 지어 계속 나타났다.

도망칠 곳은 없어.

하지만 저 기분파 선장에게 아양을 떨며 살아가는 것은

에밀리아나의 신념을 거스르는 일이었다.

게다가 자신의 몸은 이제 순결하지 않다.

하지만… 어떻게 해서든 에도아르도님을 만나 이 상황에서 벗어나야만 한다.

그러기 위해서는.

에밀리아나는 자신의 몸을 내려다보았다. 맨발에 하얀 발톱이 보였고 이는 가느다란 장딴지와 작은 무릎으로 이어졌다. 장과 비교하면 자신의 알몸은 너무나도 연약하고 못미더워 보였다. 그러나 에밀리아나에게 남겨진 무기는 이 몸 하나밖에 없었다.

레오파르디가의 외동딸로서 이 상황을 의연한 태도로 헤쳐 나가야 한다.

에밀리아나는 트렁크를 열어서 속옷 종류를 꺼냈다. 드로어즈를 입고 속치마를 걸쳤다. 그런 다음 코르셋을 몸에 두르고 등 뒤 달린 끈을 세게 동여맸다. 허리를 바짝 조이자 이윽고 잠기운이 달아났다.

그래. 난 리오네의 영주인 레오파르디가의 장녀, 에밀리아나야.

침대에 내던져진 드레스 가운데 가장 고급스러워 보이는 것을 골라서 소매에 팔을 넣었다.

목이 꽉 조이는데다 턱 바로 아래에까지 높은 깃이 달려 있었으며 심플한 프릴이 둘러져 있었다. 허리를 바짝 조이는 스타일이었지만 몇 겹이고 겹쳐진 풍성한 천에 덮여서 몸의 곡선은 드러나지 않았다. 에밀리아나보다 키가 큰 여성의 것이었는지 드레스 자락이 바닥에 조금 끌렸다.

비즈 자수가 달린 사보 슈즈에 발등을 넣고 등에 달린 단추를 능숙하게 잠근 후 방 구석에 놓인 거울로 모습을 확인했다. 평소에 반복해온 특별할 것 없는 일련의 동작. 그럼에도 오랜만에 제대로 된 옷을 입고 있는 듯한 느낌이 드는 것은 왜일까.

나는 이제 꿈을 꾸는 소녀가 아닌 것이다.

에밀리아나는 금빛 머리칼을 빗으로 빗고 단정하게 땋아 올렸다. 침대 위에는 진주가 박힌 목걸이와 은 세공품과 눈부신 머리 장신구 등이 내던져져 있었다. 에밀리아나는 멋진 세공에 한순간 시선을 빼앗겼다.

하지만 그 고가의 물건들도 에밀리아나가 타고 있던 배에서 빼앗은 전리품일 터였다. 타인에게서 빼앗은 물건을 몸에 걸칠 기분은 털끝만치도 없었다. 에밀리아나는 냉정하게 머리만 땋고 장의 침실에서 나왔다.

그런 에밀리아나의 모습을 보고 장은 무척이나 불만족스러운 듯 입술을 일그러뜨렸다.

"뭐야, 그 수녀 같은 모습은. 취향이 나쁘군. 더 좋은 드레스가 잔뜩 있는데 하필이면 그걸 입을 줄이야."

"난 이게 마음에 들어."

장이 바라는 여자 따위는 되지 않을 테다. 에밀리아나는 불쾌한 표정을 짓는 장을 보고 기분이 좋아졌다.

에밀리아나는 장의 곁을 스쳐 지나가서 문을 열었다. 눈앞에는 어두운 복도가 이어져 있었고 막다른 곳에 작은 불빛이 보였다. 아마도 저곳이 밖으로 통하는 문인 듯했다.

"잠시, 기다려. 어딜 가는 거야?"

"밖에 나가서 바닷바람을 쐬려고."

"바닷바람은 어떻든 상관없잖아? 매일 불고 있으니까."

"머지않아 해가 저물 거잖아? 난 바닷바람 쐬면서 지평선에 저무는 저녁노을 보는 거 좋아해."

절반은 진실, 절반은 거짓이었다. 솔직히 더 이상 장과 둘이서 좁은 공간에 있고 싶지 않았다.

왠지 장과 있으면 이쪽의 상태가 이상해질 것 같았다. 에밀리아나가 아무리 화를 내도 그는 뻔뻔한 태도로 받아넘긴다. 소귀에 경 읽기란 이런 상황을 뜻하는 거겠지. 굉장히 유치한 이유로 화를 내고 곧바로 표정으로 드러낸다. 이성적이고 어른스러운 행동 따윈 전혀 기대할 수 없다. 그럼에도 이 괴물 선단을 이끌고 있다고 하니 놀라울 뿐이다.

어떻게 이런 사람이 선장, 아니, 선단장이라는 중책을 맡게 된 걸까.

의심을 담아서 곁눈질로 장의 얼굴을 힐끔 보았다. 그의 옆모습은 그리스의 조각상처럼 오밀조밀했다. 높고 멋진 모양의 콧날, 광대뼈에서 턱으로 이어지는 아름다운 곡선, 육감적인 입술, 그리고 무엇보다도 인상적인 것은 깊게 파인 아몬드 모양의 눈이었다. 쌍꺼풀진 눈의 중심에 위치한 금빛으로 빛나는 눈동자는 호안석처럼 보는 각도에 따라서 색이 달라졌다.

겉으로 봐서는 미장부라고 할 만했다. 겉모습만으로는.

정말로 정체를 알 수 없는 남자다.

에밀리아나는 한숨을 후우 내쉬고 눈앞에 가로막고 서 있는 장의 몸을 밀어젖힌 후 무거운 문을 열었다. 석양이 밀려오는 복도는 이미 어스름했고 갑판으로 올라가는 승강구도 짙은 보랏빛 그림자에 잠겨서 겨우 보였다.

에밀리아나는 그 속에서 앞으로 나아갔다. 밀려오는 파도와 삐걱삐걱 울리는 나무 소리 사이에서 사보 슈즈가 또각또각 바닥을 부딪치는 소리가 울려 퍼졌다. 선내는 어느 곳 할 것 없이 청결했고 광이 났다. 상갑판을 제거하여 빛을 쬐면 분명 반질반질 빛나 보이겠지.

에밀리아나는 승강구를 지나서 갑판으로 나갔다. 바다는 잠잠했다. 한낮의 소란스러움이 거짓말이었던 것처럼 갑판은 다시 고요해져 있었다. 그 정도로 크게 소란스러웠는데 술병 하나 뼈다귀 조각 하나조차 굴러다니고 있지 않았다. 갑판 위는 아무 일도 없었던 듯 깨끗하게 정돈되어 있었다.

남자들은 모두 자신의 자리로 돌아간 듯, 술에 취해서 나뒹구는 자도 없었다.

해적은 무법자 집단일 터인데 이렇게 질서정연한 행동은 대체 뭐란 말인가.

커다란 자줏빛 태양이 수평선 너머로 저물던 참이었다. 태양 주위는 붉게 물들어 있었고 그 주변을 보랏빛 구름이 둘러싸고 있었다. 마치 한 폭의 그림 같았다. 게다가 그 그림은 시시각각 표정을 바꾸어갔다.

휘이잉 하고 불어오는 바람이 넓은 드레스 자락을 흔들었다. 바람은 무겁고 눅눅한 기운과 차가운 기운을 함께 머금고 있었지만 무척이나 상쾌했다. 성큼성큼 다가온 일몰의 향기가 에밀리아나의 가라앉은 마음을 보듬어주었다.

에밀리아나가 무심코 흘린 감탄의 한숨을 장이 놓칠 리가 없었다.

"마음에 들어? 아기고양이 씨."

에밀리아나는 다른 쪽을 향한 채 장의 말에 대답하지 않았다.

뱃머리 쪽으로 가서 뱃전에서 아래를 들여다보자 높은 파도가 정면을 향해 밀려와, 철썩 하는 소리와 함께 하얀 물보라가 되어 부서졌다. 에밀리아나의 얼굴에 거품이 된 파도가 진탕 쏟아졌다.

"꺄악!"

의외로 차가운 바닷물에 에밀리아나는 무심코 소리를 질렀다. 마음을 다잡고 이제 막 갈아입은 드레스였는데 바닷물에 젖고 만 것이다.

"이봐."

장은 가슴팍에 달린 주머니에서 손수건을 꺼내 에밀리아

나의 뺨에 묻은 거품을 닦아주었다.

"이제 됐지? 아기고양이는 얌전히 선실로 돌아가는 거야."

장은 에밀리아나의 손을 잡고 억지로 끌어당겼다. 하지만 에밀리아나는 머리를 가로젓고 그 자리에서 버티고 섰다.

"제멋대로 구는 것도 적당히 해. 이 배는 아기고양이가 타고 있던 배와는 달라. 더 큰 파도가 오면 넌 간단히 휩쓸려 갈 거야… 으악."

그때 배가 휘청 흔들렸다. 장은 다리로 버티고 섰지만 때마침 발이 닿은 부분의 바닥이 젖어 있어서 요란하게 미끄러지고 말았다.

"휩쓸려 가는 건 당신이 먼전가 본데."

멍청한 남자. 이런 인간이 선단장이라니 어이가 없어. 이런 남자가 이끄는데도 다른 사람들이 불만을 갖지 않는다는 게 의아할 정도야.

에밀리아나는 허리를 문지르며 일어난 장에게 차가운 눈초리를 보냈다.

"쌀쌀맞은 여자로군."

"…난 휩쓸리고 싶어."

에밀리아나가 불쑥 말을 꺼냈다.

"차라리 이대로 바다에 떨어져서 고기밥이라도 됐으면 좋겠어."

"뭐라고?"

바로 위에서 석양을 맞은 장의 눈이 위태로운 빛을 띠었다.

"해적의 인질이 된 것도 모자라서… 그런 짓까지 당하고 아무렇지도 않게 살아갈 수 있을 만큼 숙녀의 세계는 만만하지 않아."

그렇게 말하고 나자 왼쪽 뺨이 화악 뜨거워졌다.

귀 부근에서 짝 하는 작은 소리가 났다. 에밀리아나는 이윽고 자신이 뺨을 맞았다는 사실을 깨달았다.

아프지는 않았지만 콧속이 시큰하게 얼얼해졌고 눈시울이 뜨거워졌다. 에밀리아나는 자신의 뺨에 손을 갖다대고 외쳤다.

"숙녀를 때리다니, 최악이야!"

"스스로 자기 목숨을 버리려고 하는 녀석이야말로 최악이야!"

장의 기세에 눌린 에밀리아나는 두 눈을 크게 떴다. 그 순간 눈물이 멈추었다.

"이 세상에는 말이야, 내일을 살고 싶지만 살 수 없는 녀석도 있다고. 숙녀가 다 뭐란 말이야! 그게 있고 없는 걸로 네 가치가 달라진다는 얘기야?"

"달라져. 당신은 모르겠지만 그런 세계도 있는 거야."

눈물이 다시 울컥 하고 흘러 내렸다. 그 눈물을 소매로 닦으며 에밀리아나는 격양되어 말했다.

"난 에도아르도님에게 시집갈 거야. 그때 처녀가 아니란 걸 알면 분명 에도아르도님은 날 버릴 테지. 그렇게 되면 우리 가족이 어떻게 되는지 알아? 저택에서 내쫓겨 가족 모두가 길거리에 나앉게 된다고."

"…그런 호화여객선에 타는 여자는 모두 남자와 논다고 생각했는데."

"그렇게 자유로운 연애를 즐기는 아가씨도 있어. 하지만 난 달라."

안타깝게 됐군요. 메롱, 하고 혀를 내밀었다. 입술 주변에 묻어 있던 바닷물이 혀에 배어들자 짠맛이 났다.

장은 울적한 듯 휴우 하고 한숨을 내뱉은 다음, 에밀리아나의 어깨에 양손을 얹고 꽉 움켜쥐었다.

"잘 들어. 숙녀가 아니라고 해서 네가 가치 없다고 생각하는 세계라면 그냥 버려."

"쉽게 말하지 마. 버려서 어쩌겠다는 거야. 난 가족의 미래를 어깨에 짊어지고 있어."

"애초에 영감이 도박으로 만든 빚이잖아. 그걸 네가 대신 짊어질 필요가 어디 있어?"

아버지를 '영감'이라고 부르는 것에 처음에는 당황했지만, 생각해 보니 그가 말하는 대로였다.

차가운 바람이 부는 가운데 에밀리아나의 몸은 앞뒤로 흔들리는 것 같았다.

장에게 해야 할 말을 찾아서 머뭇거리는 에밀리아나를

앞에 두고 그는 빙그레 웃었다.

"안심해, 에밀리. 넌 예뻐. 처녀든 뭐든 관계없어. 난 널—"

눈물로 젖은 뺨을 커다랗고 마른 손이 감쌌다. 불어오는 차가운 바닷바람이 부는 가운데 그의 손이 닿은 부분부터 체온이 천천히 스며들었다.

가슴이 두근두근 뛰었다. 어째서인지 알 수 없었다.

"비싸게 팔아줄게."

아, 그랬던 것이다.

"걱정하지 마. 비싼 값을 치르고 돌려받은 신부야. 보르게제 녀석이 널 무엇보다 소중히 여길 거야."

어깨에서 힘이 빠지자 자신이 꽤 긴장했었다는 사실을 알 수 있었다. 그럼에도 뺨을 감싼 손은 계속 그 자리에 있었다.

"때려서 미안해."

에밀리아나를 코스타 멜로그라노에서 납치하여 순결을 빼앗은 주제에. 약하긴 했지만 에밀리아나의 뺨을 친 주제에.

꿈의 세계에서 끌고나와 잔혹한 현실에 내동댕이친 남자 주제에.

이때만은 의아하게도 밉다는 생각이 들지 않았다.

에밀리아나는 장의 얼굴을 멍하니 올려다보았다. 때마침 그때였다.

장의 등 뒤에 있는, 메인마스트에 설치된 망루에서 리나르도가 차가운 시선으로 이쪽을 내려다보고 있었다. 그는 한손에 헬리오그래프를 들고 있었다.

"조금 전 후방 선단에 있는 테오드라 호의 선장에게서 긴급신호가 있었습니다. 원동 기관에 이상이 있다고 합니다. 근처 항구에서 정비를 하고 싶다는 요청이었습니다."

"지금은?"

"원동기를 끄고 바람이 불어 가는 쪽에서 대기하고 있습니다."

그는 장의 곁에 있는 에밀리아나를 차가운 시선으로 힐끗 보았다. 짙은 하늘색 눈으로 노려보는 것만으로도 그녀의 몸이 부들부들 떨리는 것 같았다.

"테오드라 호의 고장으로 다른 배의 선원들에게서도 배의 여신의 분노를 산 것이라는 불안의 목소리가 높아지고 있습니다. 저도 그렇게 생각합니다. 여자를 배에 태우는 게 아니었습니다."

"흐음. 너희들은 정말로 시대에 뒤떨어진 이야기를 좋아하는구나."

"선장은 진심으로 저 여자를 거래에 이용할 생각입니까?"

장은 잠자코 있었다.

"이대로라면 선단 전체의 기강에 영향을 끼칩니다. 이탈하는 배가 나올지도 모릅니다. 한시라도 빨리 저 여자를 건

네고 몸값을 받아야 합니다. 그럴 수 없다면 항구에서 적당한 노예상인에게 파십시오. 어쨌든 프레지아스카 해군의 관계자는 위험하니 배에 태워둘 수 없습니다. 이건 저만의 의견이 아닙니다. 괴물 전체의 의견입니다."

"…알겠어."

장은 에밀리아나를 힐끗 보고 답답한 듯한 한숨과 함께 말을 꺼냈다.

"이곳에서 가장 가까운 항구는 어디야?"

"동쪽으로 육십 마일 떨어진 곳에 에우스타키오 항구가 있습니다. 도크도 있고 증기기관을 수리할 수 있는 수리공도 있습니다."

"육십 마일이군. 내일 아침에는 도착하겠어. …좋아, 테오드라 호를 에우스타키오까지 예항한다. 전원 배치해."

"전원 배치. 자고 있는 녀석은 두드려 깨워."

리나르도가 장의 목소리를 복창하자 남자들이 한층 더 커다란 소리를 질렀다.

"완료!"

남자들이 거미새끼 흩어지듯 일제히 움직였다. 기관실로 향하는 이들 외에 활대에 올라가는 이들도 있었다. 성큼성큼 저무는 석양 속에 그들의 호령에 맞추어 나무가 삐걱대는 소리가 울려 퍼졌고, 돛의 방향이 천천히 바뀌었다.

돛을 한껏 펼치자 추진력이 붙은 에스피에글 호는 파도를 헤치며 동쪽을 향해 바다 위를 달리기 시작했다.

그 뒤를 선단의 배들이 뒤따랐다.

에밀리아나는 눈을 크게 떴다. 범선은 밤이 되면 돛을 접고 바다 위에 머문다고 생각하고 있었기 때문이었다.

"이제부터 해가 저물고 캄캄해질 거야. 어디에도 부딪히지 않고 좌초하지 않고서 어둠 속을 달리겠다니… 무모한 짓이야."

"그게 우리들, 해적의 일이야. 어둠에 섞여 배를 덮치지."

중얼거리는 에밀리아나에게 장이 대답했다.

"이런 자연의 세계에 칠흑 같은 밤은 없어. 한곳에 집중해 눈을 크게 뜨면 어디에 육지가 있고 어디에 바위가 있는지 정도는 알 수 있는 법이야."

"바다 속에 있는 건 어쩔 거야? 얕은 물에 올라가서 좌초되거나 하지 않아?"

장은 한바탕 웃은 후 에밀리아나에게 추를 보여주었다. 그 추에는 일정한 길이마다 손으로 만졌을 때 알 수 있도록 매듭을 지은 밧줄이 묶여 있고, 그 끝에는 구멍이 나 있었으며 끈적한 기름이 채워져 있었다.

"이 기름에 모래나 돌이 달라붙어. 이걸 만져서 바다 밑이 어떤 상태인지, 모래나 암초인지를 판단하는 거야."

"자신의 배가 이 커다란 바다 어디쯤에 있는지 어떻게 알아? 그게 화물선의 항로가 아니면 완전히 헛수고잖아."

"이걸 사용해서 천체를 관측한 다음 현재 위치와 항로를 파악하는 겁니다."

이번에는 망루에 있던 리나르도가 외쳤다. 그는 손에는 육분기가 들려 있었다.

"시야가 선명하지 않을 때는 육지에 접근하지 않도록 합니다. 해가 높이 떠 있는 동안에 시야에 들어오는 걸 기록해 두면 나중에 진로를 틀리지 않고 움직일 수 있습니다."

"리나르도는 보기 드문 천재 항해사야. 이 녀석의 옅은 하늘색 눈 봤지? 우리 괴물 선단에 있어선 그게 말 그대로 눈이 되어주고 있어."

"…상당히 믿고 있네."

왠지 복잡한 기분이 들었다. 에밀리아나는 이유도 모른 채 리나르도에게 미움 섞인 눈초리를 받았기 때문이다.

아니, 에밀리아나는 이 배의 모두에게 노골적인 적개심을 받고 있었다.

여신의 저주. 배에 여자를 배워서는 안 된다는 해적의 규율. 장의 말을 빌리자면 증기선이 다니는 요즘 시대에 말이다. 시시하기 그지없었다.

"난 동료 모두를 신뢰해. 그렇지 않으면 소중한 배를 맡길 수가 없지."

보랏빛 석양 속에서 오―! 하고 깨끗하게 다듬어진 호령 소리가 울렸다. 에밀리아나는 한층 더 고독한 기분이 들었다.

밤바람을 받으며 괴물들은 동쪽으로 향했다. 에밀리아나는 어제의 소동이 끝나고 남은 고기 조림과 폭신폭신한 빵을 먹은 후 선장실 안쪽에 있는 장의 침실로 들어갔다.

에밀리아나는 드레스를 벗고 가운으로 갈아입은 뒤 침대에 들어갔다.

지친 탓인지, 배가 부른 탓인지, 아니면 둘 다인지, 에밀리아나에게 금방 졸음이 덮쳐왔다. 하지만 장이 들어와 어제의 그 음란한 행위를 뒤이어 할지도 모른다는 위험이 늘 옆에 도사리고 있었다. 배가 흔들려 삐걱삐걱 소리를 낼 때마다 에밀리아나는 깜짝 놀라며 잠에서 깨어나 어두운 방 주위를 둘러보았다.

그곳에는 아무도 없었고 검푸른 어둠만이 뭉쳐 있었다.

꾸벅꾸벅 졸면서 몽롱한 상태를 몇 번쯤 반복한 후, 눈부신 해가 눈앞을 비추자 에밀리아나는 침대 위에서 몸을 일으켰다.

장은 밤새도록 키를 잡고 있었던 듯했다. 결국 이곳에는 찾아오지 않았다.

배가 조용하게 흔들리고 있었다.

거친 파도를 헤치며 바다를 달릴 때와 같은 거친 요동은 느껴지지 않았다.

너무나도 고요한 분위기에 불안해진 에밀리아나는 선미 유리창으로 달려가서 밖을 내다보았다. 모양이 비뚠 유리창 너머로 부두에 정박해 있는 배 여러 척이 보였다.

"항구……?"

유리에 비친 에밀리아나의 얼굴이 화악 빛났다.

아마도 이곳이 장과 리나르도가 말한 에우스타키오 항구인 듯했다. 에밀리아나는 드레스 더미 속에서 몸의 굴곡이 드러나지 않고 아주 수수해 보이는 옷 한 벌을 꺼내어 재빨리 갈아입었다.

마음이 급해진 탓에 등에 달린 단추를 잠그는 손이 답답하게 느껴졌다.

드레스 더미 속에는 천으로 된 구두가 몇 켤레 있었기 때문에 사이즈가 맞는 것을 골라서 발을 집어넣었다. 커다란 리본과 복잡하게 자수가 놓인 천 구두는 새틴 소재로 만들어져 있었다. 화려해서 마음에 들지 않았지만 어쩔 수 없었다.

"누구 물건인지는 모르지만 잠시 빌릴게요."

선장실 문을 열자 인적 없는 복도가 이어졌다. 벽에 붙어서 어슴푸레한 어둠 속을 걸어 나아갔다. 바로 정면에 있는 계단으로 올라가서 두꺼운 선실 문을 어깨로 밀어젖히자 뜨뜻미지근한 바람에 앞머리가 날렸다.

바닷바람이 아닌 공기를 가슴 한가득 들이켜자 육지에 온 실감이 났다. 오랜만에 맡는 향기였다.

바람에 문이 활짝 열렸다. 배에 남은 보초들이 수상하게 여기지 않을까 하는 생각에 등이 움찔거렸다.

하지만.

크게 코고는 소리가 들려 에밀리아나는 발치에 시선을 떨어뜨렸다. 그러자 그곳에는 소중하게 술병을 끌어안고 잠든 이빨 빠진 사내가 나뒹굴고 있었다.

"혹시, 이 사람이 날 감시하고 있는 건가?"

구두 끝으로 남자의 무릎을 살짝 걷어찼다.

"으으음……."

사내는 가볍게 신음하며 술병을 다시 끌어안을 뿐 눈을 뜨려는 기척은 조금도 없었다.

에밀리아나는 커다란 진보랏빛 눈동자를 한계치까지 크게 뜨고 주위를 유심히 둘러보았다. 깨끗하게 정돈된 배가 남쪽에 떠 있는 태양빛에 반짝였다. 갈매기가 파란 하늘을 날아다녔다. 하지만 작업하는 사람의 그림자조차 보이지 않았다. 뜨뜻미지근한 바닷바람이 휘잉 불어댈 뿐, 그 외에는 고요했다.

아무래도 지금 에스피에글 호에는 이 남자와 자신밖에 없는 듯했다. 보나마나 습격했던 배에 실려 있던 향신료나 무기, 그 외의 잡다한 물건을 돈으로 바꾸러 나갔을 터이다.

가장 고가의 거래가 될 터인 나는 어떻게 된 거야.

에밀리아나는 졸고 있는 이빨 빠진 남자만을 보초로 세워뒀다는 사실이 너무나도 조심성이 없게 느껴졌고 자신을 우습게 본다는 생각이 들었다.

부두나 선창에는 여러 나라의 화물선과 여객선이 정박해

있었고 다른 배의 인부들은 뱃짐을 싣고 내리느라 여념이 없었다. 에밀리아나는 무심코 선미를 보았다. 상선기가 의기양양하게 펄럭이고 있었다. 그녀는 가슴을 쓸어내렸다. 장도 해적기를 당당히 내걸고 항구에 들어올 만큼 바보는 아닌 듯했다. 그런 짓을 한다면 항구가 대혼란에 빠지게 된다는 사실쯤은 알고 있는 것이다.

나란히 정박한 괴물선단의 다른 배들 또한 선미에 얌전히 상선기를 달고 있었다.

여기서 소리치면 어떻게 될까. 여기 있는 배는 전부 해적선이라고 외치면 다른 배의 인부들은 쏜살같이 도망갈까.

에밀리아나는 그런 망상을 하며 남자의 곁에서 떨어져 우현을 들여다보았다. 화물선치고는 조금 위험스럽게 보이는 쇠갈고리가 달린 배사다리가 부두에 걸려 있었기 때문이었다. 평소에는 이것도 무기로 사용한다. 코스타 멜로그라노의 아름다운 갑판이 있던 좌현에 이 쇠갈고리가 걸쳐져 있던 모습을 에밀리아나는 직접 보았다.

에밀리아나는 남자가 있는 쪽을 다시 한 번 바라보았다. 모래와 타르로 까맣게 칠한 바닥에 나뒹굴고 있던 그는 드디어 본격적으로 코를 골기 시작했다. 쩍 벌린 입에서 삐뚤삐뚤한 치열이 보였다가 사라졌다.

갑작스럽게 하늘이 주신 절호의 기회에 에밀리아나는 무심코 우두커니 서 있었다.

머리 위에서 갈매기가 새된 소리를 지르며 날아다녔다.

그 소리에 정신이 돌아왔다. 가슴 속에서 심장이 두근거리며 굉장히 빠른 속도로 고동을 새겨 나가기 시작했다.

도망친다면 지금이야.

드레스 자락을 잡고 배사다리에 다리를 올렸다. 높이 차이가 꽤 되었다. 발소리를 내지 않으며 조심스럽게 배사다리를 내려왔다. 이때만큼 자신이 나무 구두가 아닌 천 구두를 신어서 다행이라고 생각한 적은 없었다.

안녕, 해적 씨.

에밀리아나는 마음속으로 중얼거리며 혀를 쏙 내밀었다.

배사다리의 마지막 단은 양 무릎을 모아서 뛰어내렸다. 발밑에서 쿵 하는 소리가 났지만 개의치 않았다.

에밀리아나는 부두 위를 전속력으로 달렸다. 드레스가 들러붙어서 뛰기 힘들었지만 열심히 뛰었다. 달리던 중에 에스피에글 호를 한 번 돌아보았다. 뱃전에 달린 머라이언 상이 드레스 자락을 움켜쥐고 달리는 에밀리아나를 내려다보고 있었다.

실패를 처음 알아차린 것은 시장 노점을 가로질러서 좁은 골목에 몸을 숨겼을 때였다.

계속해서 달리자 반듯하게 땋아 올린 머리칼이 헝클어졌다. 돌담에 몸을 숨기고 다시 땋아 올릴 때 그 사실을 알아차리고 만 것이다.

빗도 머리끈도 없다. 손에는 장식이 없는 가느다란 핀 하나뿐이었다.

에밀리아나는 머리를 땋아 올리던 것을 그만두고 머리에서 손을 뗐다. 순식간에 가느다란 금빛 머리칼이 작은 강을 이루듯 등에 퍼졌다.

어스름한 골목을 비추는 햇볕을 쬐자 머리칼이 눈부시게 빛났다.

"…실패야."

에밀리아나는 깊은 한숨을 내쉬었다.

장에게서 받은 드레스와 액세서리 중에는 값비싼 빗과 장신구가 몇 개나 있었다. 그것들을 팔아서 돈으로 바꾼다면 적어도 오늘 하룻밤은 안전하게 보낼 수 있는 여관을 확보할 수 있을지도 모른다. 하지만 그런 짓을 하면 에밀리아나도 해적과 마찬가지로 훔친 물건을 돈으로 바꾸는 인간이 되는 것이다.

"적어도 내 트렁크는 가져왔어야 했는데."

트렁크 안에는 보석 상자가 있었고, 그 안에는 에도아르도에게 받은 진주 목걸이와 귀걸이가 들어 있었다. 긴급사태였다. 그것들을 팔았으면 좋았을 텐데, 지금 에밀리아나는 걸치고 있는 옷 외엔 가진 게 없었다.

하지만 트렁크를 가지고 나왔으면 그 덜떨어진 보초라도 역시 알아차렸을 것이 분명했다. 그렇게 되면 지금쯤 이런 곳에서 잠깐의 자유를 맛보지 못했을지도 모른다.

그럼 어떻게 해야 할까.

별수 없는 일을 언제까지고 생각해 봤자 어쩔 수 없다.

에밀리아나는 어깨에 떨어진 금빛 머리칼을 걷어 올리고, 담벼락에서 왼쪽 눈만 내밀어 골목 안을 들여다보았다.

북적대는 사람 속에 에스피에글 호에서 보았던 얼굴이 있는 듯한 느낌이 들어서 서둘러 고개를 움츠렸다.

운 좋게도 여기까지는 에스피에글 호 일당에게 발각되지 않고 어떻게든 올 수 있었다. 하지만 이제부터 해적들의 눈을 피해서 에우스타키오를 나가야 한다고 생각하자 마음이 무거워졌다. 빼앗은 무기와 향신료와 보석을 내다팔기 위해서 녀석들은 온 마을에 흩어져 있을 터였다.

해가 남쪽에 가까운 시각에 에밀리아나는 에스피에글 호에서 도망치고 있었다. 하늘 꼭대기에 있던 해는 이 시간이 되자 이미 기울어져 있었고 오렌지 빛을 띠기 시작했다. 에밀리아나의 탈주 소식이 슬슬 장의 귀에 들어가도 이상하지 않을 무렵이었다.

발아래에서 모래가 자글자글한 소리를 냈다.

가로로 비쳐오는 햇볕을 쬐며 에밀리아나는 눈을 가늘게 떴다. 그러자 눈꺼풀 뒷면에 윤기 나는 검은 머리칼을 나부끼는 금빛 눈을 한 남자의 그을린 얼굴이 한순간 떠올랐다가 사라졌다.

그는 내가 도망쳤다는 사실을 알면 어떻게 할까? 아이처럼 발을 동동 구르면서 화를 낼까. 아니면 온 마을에 흩어져 있는 부하들에게 지시를 내려 나를 찾아오라고 할까.

자신은 큰 거래에 쓰일 중요한 인질일 터였다.

아이 같은 면은 있어도 일단 괴물을 이끄는 선단장이기에 아무 일 없이 넘어갈 것이라고는 생각지 않았다.

에밀리아나는 오렌지 빛을 띠며 저물기 시작한 하늘을 잠시 올려다보았다. 지면에서 보이는 하늘은 그 부분만 잘라낸 그림 같았다. 그 그림 속에 무수한 돛이 뻗어 있는 것이 보였다. 에밀리아나가 도망쳐온 항구의 풍경이었다.

그래.

에도아르도님이 주둔하는 갈로파노까지 누군가 배를 태워 주면 좋을 텐데. 배가 이만큼이나 많은 항구다. 창고에 숨어서라도 출항하면 해적이라 한들 어디로 갔는지 알 수 없을 터였다.

숙녀로서 뻔뻔한 바람인 듯했지만 큰일을 위해서는 작은 것쯤은 포기해야 했다.

그럼 문제는 그 배의 선장을 어떻게 찾을까 하는 것이다…….

담벼락에서 또다시 상황을 살피자 혼잡한 시장의 한구석에 '술집'이라고 쓰인 간판이 걸려 있는 것이 보였다.

그러고 보니… 에밀리아나는 머리를 굴렸다.

모험소설에서 등장하는 남자들은 마을 술집에서 선원을 모으고 있었어. 그런 곳이라면 화물선 선장이 있을지도 몰라.

지금이라고 생각했다. 에밀리아나는 혼잡한 사람들의 틈을 가르고 밀어 헤치며 간판 아래에까지 힘껏 달렸다. 가슴속에서 심장이 고통스러울 만큼 빨리 뛰었다. 스쳐 지나가는 사람의 파도 속에 에스피에글 호에서 보았던 얼굴이 있었던 듯한 느낌도 들었지만 상관없었다.

에밀리아나의 손이 철문 손잡이를 잡았다. 그런 다음 술집 문을 살짝 열어젖혀서 미끄러지듯 들어가 재빨리 등 뒤로 문을 닫았다.

어스름한 가게 안을 휘익 둘러보았다. 그곳에는 다행히도 에밀리아나의 얼굴을 보고 고함을 지르는 이는 없었다. 안심한 그녀가 한숨을 크게 내뱉고 들이쉬자 폐에 술과 담배의 불쾌한 냄새가 가득 차는 것이 느껴졌다.

"그렇게 서두르고, 무슨 일 있어?"

근처 테이블에서 뿔잔에 담긴 맥주를 들이켜던 남자가 갑자기 에밀리아나가 있는 쪽으로 고개를 돌렸다.

"여긴 계집애들이 오는 곳이 아니야."

퉁명스런 목소리가 날아들자 다리가 후들거렸다. 에밀리아나는 어떻게 해서든지 갈로파노로 향하는 배를 찾아내어 태워달라고 할 생각이었다.

에도아르도님을 만나기 위해서, 그리고 자신의 가족을 구하기 위해서.

가게 안에 있는 남자들의 인정사정없는 시선이 그녀를 찔러댔다. 에밀리아나는 어금니를 악물고 그 시선들을 견

더내며 가게 안쪽을 향해 말했다.

"저는 에밀리아나 레오파르디라고 합니다. 코스타 멜로
그라노가 해적들에게 습격당한 사건을 알고 계신가요? 저
는 그 배의 승객으로 있다가 해적에게 납치당한 후, 그 해
적선에서 목숨을 걸고 탈출하여 지금 이 가게까지 왔습니
다."

"뭐라고? 너 그 코스타 멜로그라노에 타고 있었던 거
야?"

날아온 목소리에 에밀리아나가 천천히 고개를 끄덕이며
답했다.

"코스타 멜로그라노를 습격한 건 분명······."

"공포의 무법자, 괴물이잖아."

"웃기지 마. 괴물과는 엮이고 싶지 않아."

남자들은 일제히 에밀리아나에게서 등을 돌렸다.

장이 해적으로서 그렇게 두려운 존재인 줄 몰랐다. 에밀
리아나가 알고 있는 장은 덜렁이에 촐랑대는 사람에 지나
지 않았다. 장이 아닌 다른 사람이 괴물이라는 같은 이름으
로 불리는 선단을 지휘하고 있는 것이 아닐까 하고 생각했
을 정도였다.

"들어주세요. 전 갈로파노까지 태워줄 배를 찾고 있는
것뿐이에요. 부탁입니다. 창고 구석에 태워주기만 해도 괜
찮아요. 청소든 세탁이든 뭐든지 할게요. 물론 공짜는 아닙
니다. 갈로파노에 도착하면 요금을 지불할게요. 전 해군중

장인 에도아르도 보르게제님과 약혼한 사이입니다."

"아무리 보르게제 경이라는 든든한 배경이 있는 아가씨
라도……."

에밀리아나는 물고 늘어졌다. 하지만 고개를 드는 선장
은 없었다. 필사적으로 외치는 에밀리아나의 목소리가 점
점 작아지고 가늘어졌다.

"누군가……."

"기다려."

가게 구석에서 목소리가 들렸다. 그쪽으로 시선을 돌리
자 중년의 남자 한 명이 의자에 앉아 있는 모습이 보였다.
나이는 오십쯤 된 듯했다. 흰머리가 섞여 있었고 뱃사람답
게 다부진 체격을 하고 있었다.

"뱃사람은 모두 신사잖소? 숙녀의 부탁을 들어주는 건
신사로서 당연한 일이지."

"당신은 바다의 여신의 분노가 두렵지도 않은 겐가? 괴
물과 엮이게 돼도 곤란하지 않은 거냐고?"

술집 구석에서 혼잣말도 아니고 비난도 아닌 목소리가
들려왔다.

"정말이지 한심한 이야기군. 오늘도 많은 숙녀를 태운
대형여객선이 운행하고 있소. 바다의 여신이 어떻다는 둥
하는 구닥다리 이야기에 얽매이는 건 시대에 뒤떨어진 뱃
사람뿐일 거요. 난 해적 따위 두렵지 않소."

에밀리아나는 그렇게 단언하는 남자가 한순간 믿음직스

럽게 여겨졌다.

"그럼, 내 배로 가지."

남자가 자리에서 일어났다. 그리고 문 입구에 있는 에밀리아나의 어깨에 팔을 둘렀다. 바다 내음에 섞여서 짙은 담배 냄새가 났다.

이상하게 들러붙는다는 느낌은 있었지만 에밀리아나는 그에게 이끌려 가게를 나섰다.

이미 해는 저물었고 시장의 노점상 대부분이 문을 닫은 상태였다. 남자의 그림자에 숨어서 한산한 시장 거리를 지나 서둘러서 선착장으로 갔다.

남자의 배는 괴물선단이 머무는 선착장과는 반대쪽에 위치한 곳에 정박해 있었다.

그 배는 코스타 멜로그라노 정도는 아니었지만 충분히 컸다. 에스피에글 호도 큰 배였지만 그 이상으로 컸다. 어둠을 배경으로 검은 돛 네 개가 하늘을 향해 솟아 있었다. 뱃전에는 상선기가 펄럭이고 있었다.

하지만 그 배에는 에스피에글 호와 코스타 멜로그라노가 갖춘 우아한 멋은 찾아볼 수 없었다.

실용성을 중시한 화물선에 멋을 기대해서는 안 되는 법이다.

에밀리아나는 그렇게 생각하며 억지로 자신을 납득시켰다.

배사다리를 올라가자 갑판이 나왔다. 밤이 되어도 바다

를 가로지르는 바람은 뜨뜻미지근한 기운을 머금고 있었다. 앞으로 나아갈 때마다 구두 아래로 묘하게 까슬까슬한 느낌이 들었다. 에밀리아나는 천 구두를 신고 있었기 때문에 거친 갑판이 신경 쓰였다.

배가 생명인 해적과 다르게 화물선은 상업적인 도구에 지나지 않았다. 배도 취급하기 나름인 법이다.

아주 잠시 구석구석 공을 들인 에스피에글 호가 그리워져서 배가 있는 방향으로 고개를 돌렸다. 갈색을 띠는 어둠에 무수한 돛대가 뻗어 있었다. 그중에서 에스피에글 호를 찾는 것은 모래에서 바늘 찾기였다.

"왜 그래?"

앞장서서 걷던 남자가 에밀리아나를 돌아보았다.

"아… 아무것도 아니에요."

"그거 다행이군. 그럼 이쪽으로 들어가시죠. 아가씨."

남자의 목소리에 끈적한 무언가가 담겨 있는 듯한 느낌에, 등에서 땀 한줄기가 흘러 떨러 떨어지는 것을 느꼈다.

정중히 문을 열고 선장이 에밀리아나를 선실 안으로 이끌었다. 남자 세 명이 그 안에서 테이블을 둘러싸고 트럼프를 하고 있었다.

"어이, 돌아왔어."

선장의 말에 세 남자가 일제히 트럼프에서 고개를 들어 에밀리아나가 있는 쪽을 보았다. 우람한 몸집, 번득이는 눈. 그 남자들을 보고 좋지 않은 예감을 느낀 에밀리아나의 등줄기가 제멋대로 긴장했다.

"나, 역시……."

에밀리아나는 뒤로 물러났다. 그러자 허리 부근에 근육질의 허벅지가 닿았다. 그리고 동시에 등에서 찰칵 하는 소리가 들렸다. 문을 잠근 것이었다.

에밀리아나는 돌아보며 고개를 들었다. 선장의 눈이 음란하게 가늘어져 있었다.

"기뻐해라, 얘들아. 오늘 밤엔 엄청난 먹잇감을 손에 넣었다."

선장은 에밀리아나의 가느다란 몸에 팔을 두르고 자기 쪽으로 끌어안았다. 아뿔싸. 갑작스럽게 둘러진 커다란 팔에 에밀리아나는 깜짝 놀라서 말문이 막혔다.

소매로 들여다보이는 팔에는 거뭇거뭇한 털이 소용돌이치듯 휘감겨 있었다. 오싹해져 소름이 돋았다.

에밀리아나는 순식간에 바닥에 쓰러졌다.

남자가 커다란 손으로 입을 틀어막자 그녀의 비명은 전부 그 손바닥에 흡수되었다.

"조용히 해, 아가씨. 울고 고함질러도 주변에는 사람 없는 배뿐이야. 아무도 신경 쓰지 않을걸."

"귀엽군. 갈로파노까지 가고 싶다고? 아아, 데려가 줄게. 도중에 우리와 사이좋게 지내준다면 말이지."

그럼에도 에밀리아나는 아직 자신에게 무슨 일이 벌어진 건지 알 수 없었다.

에밀리아나는 도움을 청하려고 선장을 보았다.

그는 웃고 있었다. 남자들의 몸 아래에서 버둥대고 괴로워하며 날뛰는 에밀리아나를 보고 그는 입술 끝을 끌어올린 채 잔혹한 미소를 머금고 있었다.

아아.

에밀리아나는 절망과 후회로 탄식했다.

여자 혼자 몸으로 신사의 선의를 기대하기에는 이 세상은 만만하지 않구나…….

까슬까슬한 바닥에 구르자 드레스 가슴 언저리가 찢어졌고 공포로 그녀는 목이 메었다. 그럼에도 에밀리아나는 용기를 쥐어짜서 자신의 입에 갖다 댄 남자의 손을 물었다.

"아얏, 이게 무슨!"

"어이, 그만둬. 거칠게 다루지 마."

선장이 주먹을 치켜든 남자를 저지하며 말했다.

"이 아가씨가 자기는 갈로파노에서 주둔 중인 보르게제 중장의 약혼자라고 하더군. 많이 가지고 놀아줘야지."

"흐음, 어쩐지. 이런 시골 항구에서 보기 드문 미인이라고 생각했더니."

남자는 그렇게 말한 후 에밀리아나의 드레스를 걷어 올려 속옷을 끌어내렸다. 위에 가득 차 있던 구역질이 목구멍 바로 아래에까지 솟구쳤다.

"아가씨……."

가슴 언저리부터 아랫도리의 옅은 수풀에까지 싸늘한 공

기가 감쌌다. 눈을 감아도 네 남자의 시선이 에밀리아나를 핥듯이 몸 위를 기어 다니는 것 같았다.

"굉장해. 맛있는 몸을 가지고 있군, 이 녀석. 항해 중에 천국을 계속 맛보게 되겠는데."

한 남자가 비열한 얼굴로 아랫입술을 핥았다. 남자는 에밀리아나의 양다리를 크게 벌려서 들어 올리고 자신의 바지를 풀어헤친 후 몸으로 내리눌렀다.

그만둬!

"흐으읍!"

비명이 말로 나오지 않았다.

에밀리아나는 올라간 양다리를 필사적으로 버둥거리고 압박된 손 아래에서 머리를 좌우로 흔들며 저항했다.

마른 꽃잎이 단단하게 입을 닫고 있었다. 하지만 남자의 물건이 꽃잎의 가장자리를 따라 위아래로 움직이며 저질스러운 열기가 수풀에 닿은 순간, 에밀리아나의 등이 휘어졌다.

이제 안 돼……. 나, 나… 더러워질 거야…….

그때 질끈 감은 눈꺼풀에 떠오른 것은 부모님의 얼굴도 초상화에 그려진 에도아르도의 모습도 아니었다.

장…….

그 순간 쿵쿵 하고 무언가 두드려 부수는 커다란 소리가 울려 퍼졌다.

"뭐야? 크헉!"

남자가 개구리가 발에 밟혔을 때와 같은 소리를 냈다. 그리고 에밀리아나의 몸이 가벼워졌다. 집기가 쓰러지는 소리. 주먹을 치고 박는 소리, 가여운 비명 소리 등이 연이어 들려왔고 에밀리아나는 조심스럽게 눈을 떴다.

"위험했잖아. 아기고양이."

시선 앞에 날아든 것은 이마에 비지땀이 맺힌 윤곽이 또렷한 얼굴이었다.

그가 자신의 어깨에 걸치고 있던 외투를 벗어서 찢어진 드레스 사이로 드러난 에밀리아나의 살결을 가려주었다.

"사람 조마조마하게 만들지 마. 가뜩이나 짧은 수명이 더 줄잖아."

장은 그렇게 말하며 싱긋 웃었지만, 방에 달린 각등의 불빛이 비춘 그의 얼굴은 창백해 보였다.

장?

견장이 달린 재킷도, 군복을 본뜬 듯한 바지도, 좌우로 뻗은 머리 스타일도 점잖은 체 멋을 부리던 여느 때와 같았지만 사람을 잡아먹을 듯한 웃음이 떠나지 않던 입술만은 한 일자로 굳어진 채 진지해 보였다.

어떻게 그가 이곳에 왔고 자신을 위험천만한 순간에 구해 줬는지, 이유를 알 수 없어서 잠시 멍하니 장의 얼굴을 바라보고 있었다.

"어떻게 된 거야. 에밀리. 너무 무서운 일을 당해서 정신이 나간 거야?"

방구석까지 내동댕이쳐진 남자들이 저마다 허리와 배를 끌어안고 구르며 신음했다.

열린 문틈으로 천천히 선실로 들어오는 남자를 보고 에밀리아나는 숨을 들이켰다.

"아기고양이는 순조롭게 도망쳤다고 생각하는 것 같은데 그때 망루에서 아기고양이의 일거수일투족을 보고 있던 녀석이 있었어."

"정박 중에도 배의 안전을 지키는 것이 항해사의 일이니까요."

리나르도의 옅은 파란색 눈이 빛났다.

"곧장 추격자를 보내 뒤를 쫓았는데… 눈치채지 못하셨군요."

그 말을 듣고 에밀리아나는 그 자리에 털썩 주저앉고 말았다. 어째서인지 두 다리에 힘이 들어가지 않았다.

모르는 남자들에게서 능욕을 당할 뻔했던 것이 무서워서가 아니었다. 장에게서 감쪽같이 벗어났다고 생각했던 것이 단순히 자만이었다는 사실을 알게 되자, 슬픔과 억울함에 마음이 엉망진창이 되었기 때문이다.

"흑……."

에밀리아나를 둘러싼 망토 자락에 눈물방울이 떨어져 작은 얼룩을 만들었다. 눈물이 연이어 흘러넘쳐 뺨을 타고 턱에까지 흘러내렸다.

"그렇게 무서웠던 거야?"

장은 과장스럽게 웃어 보이며 에밀리아나의 앞에 무릎을 꿇고 양팔을 펼쳤다.

"내 가슴에 뛰어들어."

"싫어!"

에밀리아나는 흐느껴 울며 장의 금빛 두 눈을 노려보았다.

"뭐야, 뭐야! 해적 일당 모두가 날 악착같이 따라다녔던 거야? 그럼 내가 거리에서 떨고 있던 모습도 다들 지켜보고 있었던 거잖아. 내가 무서운 일을 당해서 돌아왔으면 좋겠다고 생각했지? 하지만 난 해적선에 돌아가지 않을 거야. 절대로! 난 도망칠 거니까!"

에밀리아나는 장의 가슴을 힘껏 밀어젖혔다. 그가 비틀거렸다. 에밀리아나의 손에 장의 다부진 가슴 근육이 느껴졌다.

"미안해."

장의 양팔이 낚아채듯 움직여서 에밀리아나를 끌어안았다. 그때 처음으로 장의 상처투성이의 손이 커틀러스를 세게 쥐고 있다는 사실을 알아차렸다.

재미 반 장난 반으로 여기에 온 게 아니었어…….

에밀리아나는 장의 어깨에 눈가를 눌렀다. 펠트 천에 눈물이 촉촉이 스며들었다. 이와 동시에 에밀리아나의 가슴속에 가득 차 있던 참을 수 없는 분노와 슬픔도 그곳에 스며들었다.

이상한 기분이었다. 가슴이 죄어들며 아팠다.

어째서 이런 기분이 드는 걸까. 이 사람은 나의 모든 것을 빼앗아 간 증오스러운 해적이다. 그럼에도 길고 다부진 팔로 그가 꼭 끌어안고 높은 체온으로 감싸자, 그것만으로도 손끝까지 정체를 알 수 없는 감정으로 부풀어 오르는 기분이 들었다.

그는 위험한 곳에까지 필사적인 각오로 달려와 주었던 것이다……

아니야! 아니야!

에밀리아나는 고개를 가로저었다.

나는 에도아르도님과 결혼을 약속했어. 한시라도 빨리 에도아르도님이 기다리는 갈로파노로 가야 해. 이런 곳에서 멍청히 있을 틈이 없어.

—하지만, 나.

무슨 낯으로 에도아르도님을 만나야 할까……

그런 생각이 들자 그의 가슴에 안겨 있는 것이 갑자기 싫어졌다. 에밀리아나는 장의 가슴을 억지로 떼어내 그의 곁에서 떨어졌다. 장이 걸쳐준 망토를 가슴 앞으로 여미고, 선이 뚜렷한 그의 얼굴을 날카로운 눈빛으로 바라보았다.

"저… 절대로 당신 해적선에는 돌아가지 않을 거야."

말은 그렇게 했지만 해적선에 돌아가지 않는다고 해도, 이런 시골 항구에서 옷 하나만 달랑 입고 내쫓겨서는 에밀리아나 같은 여자아이가 갈로파노에 가는 것은 불가능했다.

"날 배에 태우면 바다의 여신의 질투를 받아 저주에 걸리잖아? 얼른 노예상인이든 누구한테든지 간에 팔면 되잖아."

"…그렇긴 하지. 여자는 역시 불길해."

장은 그렇게 말하고 조금 생각하는 듯한 몸짓을 취했다.

혹시 날 이 항구에 버려두고 가는 거야?

에밀리아나는 커다란 진보랏빛 눈을 더욱 크게 떴다. 그 눈에 불안의 기색이 조금 담겨 있었을지도 모른다. 그 불안을 알아차린 듯 장이 답했다.

"우선 네 신병은 우리 쪽에서 맡도록 하지. 이런 촌구석 항구에는 감정에 능한 상인도 없을 뿐더러 거래에 응할 만한 프레지아스카 해군 나리들도 없을 테니까."

에밀리아나는 리나르도 쪽을 힐끔 보았다. 그녀는 옅은 하늘색 눈에 여전히 차가운 빛을 띠고 있는 그의 속마음을 가늠할 수 없었다.

에밀리아나가 리나르도의 쪽을 보고 있다는 사실을 알아차리고 장이 말했다.

"리나르도. 부탁해."

"…어쩔 수 없군요."

리나르도는 무표정한 얼굴로 한숨을 후욱 내쉬었다.

그때였다.

"이 어리석은 해적 놈들."

선장이 갑자기 일어나서 키 옆에 걸려 있던 줄을 잡아당겼다. 그와 동시에 배 후방에서 커다란 소리가 빵 하고 세 번 울려 퍼졌다. 에밀리아나가 유리창 너머로 밖을 내다보자 밤하늘에 불꽃이 호를 그리며 천천히 불탄 후 바다로 떨어지고 있었다.

　"무슨 짓을 한 거야?"

　에밀리아나는 바짝 밀려오는 긴장감에 다그치듯 물었다.

　"긴급신호를 보냈지. 해상 경찰대가 이 배로 달려오는 것도 시간문제야. 도망칠 수 있다면 도망쳐 보시지."

　"이거 큰일이군."

　장은 이를 드러내며 싱긋 웃은 후에, 에밀리아나를 향해 또다시 손을 뻗었다.

　"어, 잠깐만……."

　그가 그녀의 손목을 잡고 휙 끌어당겼다. 불만을 표시할 틈도 없이 에밀리아나는 장에게 또다시 안겼다. 그가 그녀를 짐짝처럼 어깨에 둘러맸지만 알몸인데다 망토 한 장만 걸치고 있을 뿐인 불안한 상태로는 이전처럼 버둥버둥 날뛸 수조차 없었다.

　"그럼, 선장. 우리 배의 화물은 돌려받는 걸로 하지."

　"또 날 짐짝 취급이나 하고!"

　에밀리아나는 주먹을 쥐고 장의 등을 때렸다.

　장은 갑판으로 나가서 에밀리아나의 몸을 끌어안고 에스

피에글 호를 향해 부두 위를 한달음에 달려갔다.

"어째서 도망쳐야 하는 거야? 나쁜 짓을 한 건 저쪽이잖아."

"흠. 우리가 해적이라는 사실을 잊어버린 거야? 귀찮은 일은 사양하고 싶어."

장은 그렇게 대답하고 리나르도를 향해서 말했다.

"테오드라 호의 수리는?"

"완료했습니다."

배사다리를 달려서 올라가자 때마침 도망쳐 나온 배가 있는 곳이 소란스러워졌다. 해상 경찰대가 찾아온 것이었다. 그 모습을 멀리서 지켜보며 장이 외쳤다.

"오케이! 밧줄을 풀어! 출항이다."

"오오!"

어느새 배에 돌아와 있던 걸까. 남자들이 일제히 배에서 소리를 높여 답하는 것에 에밀리아나는 깜짝 놀랐다.

"밤바람을 받는다! 무조건 먼 바다로! 먼 바다로 추적자들이 다가오지 못하도록 도망친다!"

"선장은 저녁 항해를 좋아하나 보군요."

어이없다는 듯 누군가 말했다.

"응, 아무렴. 어둠에 뒤섞여 배를 덮친다. 그게 바로 괴물이라는 증거다."

장은 에밀리아나를 다시 끌어안고 뱃머리의 갑판으로 내려왔다.

에밀리아나가 신고 있던 구두 왼쪽이 벗겨져 있었다. 그 사실을 알아채지 못할 만큼 장도 마음이 급했다는 것이다.

"아……."

에밀리아나는 발끝을 보고 한숨을 쉬었다. 그 모습을 본 장이 말했다.

"그런 구두쯤은 내 방에 산더미처럼 있다고."

"그게 아니야. 한쪽을 잃어버렸으니 원래 주인에게 돌려줄 수 없게 됐잖아."

"돌려줄 생각이었어?"

그 질문에 에밀리아나는 어깨를 늘어뜨리는 것으로 대답했다. 물론 돌려줄 생각이었다. 구두뿐만이 아니라 드레스도 그러했다. 에밀리아나가 아무 생각 없이 구기며 입었던 드레스도, 사실은 누군가의 추억이 담긴 옷이었을지도 모른다.

구두도 드레스도 이미 돌려줄 수 없게 되었다.

에밀리아나는 문득 남자용 외투 한 장을 걸치고 있는 자신의 모습이 굉장히 불안하게 느껴져서 필사적으로 가슴 앞을 여몄다.

"갈아입고 와도 될까?"

"응, 이번엔 훨씬 멋진 걸로 입어줘."

에밀리아나는 오른발에서 구두를 벗은 후 가슴에 끌어안고 두 다리로 야무지게 갑판을 내딛었다. 매끈매끈하게 손질한 차가운 판자 위를 맨다리로 걷자 찰팍찰팍하는 소리가 났다.

결국 나는 이곳으로 돌아와 버리고 말았어…….

아니, 이곳으로 돌아올 수밖에 없었던 거야.

에밀리아나는 장이 있는 쪽을 돌아보았다. 그는 그녀의 시선은 개의치 않고 산발이 된 검은 머리칼을 밤바람에 나부끼며 허리에 손을 대고 선원들에게 척척 지시를 내리고 있었다.

그 모습은 골리앗에게 대항하는 청년 다윗의 조각상을 떠올리게 했다.

그는 에밀리아나가 타고 있던 배를 덮쳐 아무 죄도 없는 사람들에게서 금은보석을 빼앗았고, 자신을 납치했을 뿐만 아니라 순결마저 억지로 빼앗은 사람이었다. 그 일은 절대로 용서할 수 없다.

게다가 자신은 거래를 위한 인질이다. 그들이 빼앗은 무기나 보석과 마찬가지로 돈과 교환하면 그때야말로 안녕이다.

마음 깊숙이 그 순간을 간절히 바라고 있을 터인데 어찌된 일인지 가슴이 죄어들 듯 괴로웠다.

에밀리아나는 울적한 얼굴로 돛대를 올려다보았다.

에스피에글 호와 다른 배들은 항구를 나서자 모든 돛을 펼쳤다. 새하얀 돛이 바람을 잔뜩 받아서 속도를 높였다. 항구에 머물러 있던 미지근한 해변의 바람과는 달랐다. 바다를 가로지르는 차갑고 상쾌한 바람이 에밀리아나의 금빛 머리칼을 흔들며 빠져나갔다.

선장실로 들어가자 그곳은 에밀리아나가 허겁지겁 도망칠 준비를 했던 모습 그대로였다.

호화스런 드레스들이 침대에 산더미처럼 쌓여 있었고 천으로 된 구두와 장식이 잔뜩 달린 나무구두가 바닥에 굴러다녔다.

에밀리아나는 그것들을 주워 모아서 옆에 정리하고, 트렁크를 열어서 속옷을 끄집어냈다. 그리고 한숨을 후욱 내쉬고 어깨에서 외투를 벗었다.

선장실에 달린 각등의 희뿌연 불빛이 실크처럼 하얀 살결을 금빛으로 물들였다.

에밀리아나는 여전히 가능한 한 수수해 보이는 드레스를 골라서 어깨에 대고 길이와 치수를 가늠했다. 애초에 장이 코스타 멜로그라노의 승객에게서 빼앗은 드레스들은 하나같이 너무 화려해서 에밀리아나가 좋아하는 수수하고 고급스런 느낌이 나는 것이 적었다.

모처럼 괜찮다고 생각한 드레스도 허리가 헐렁하거나 소매 길이가 짧아서 포기할 수밖에 없었다.

"그— 러— 니— 까—"

말을 쭉쭉 늘리는 소리에 깜짝 놀라서 돌아보자 장이 문을 등지고 서 있었다.

"수녀나 선교사 같은 차림은 관두라고 했을 텐데?"

"꺄아아악, 어느 틈에!"

에밀리아나는 귀까지 새빨개진 채 드레스 몇 벌을 앞으로 끌어 모아서 속옷 차림인 자신의 몸을 가렸다.

"처녀에게 있어 속옷 차림인 모습을 보이는 건 정말 수치스런 일이라고! 그것도 당신 같은 사람에게……! 이게 벌써 몇 번째야?!"

에밀리아나는 방구석으로 재빨리 뛰어가서 적당해 보이는 드레스에 몸을 집어넣었다. 다행이었다. 우연히 고른 드레스였지만 몸에 딱 맞았다. 번개처럼 재빠른 손놀림으로 등에 달린 단추를 잠갔다.

"뭐 어때서. 속옷 정도는. 더 굉장한 것까지 봤는데."

장은 입술에 웃음을 머금은 채 눈을 가늘게 뜨고 에밀리아나를 보았다. 그 뜨거운 시선에 에밀리아나의 얼굴은 파란 하늘 아래의 시장에 진열된 토마토보다 훨씬 빨갛게 무르익었다.

"나, 나, 나……."

"오오, 그 드레스 괜찮은걸. 굉장히 잘 어울려. 여자의 매력이 가득 담겨 있는 것 같아서 좋아."

"뭐어?"

에밀리아나는 자신의 모습을 다리부터 다시 살펴보았다. 옅은 복숭앗빛 드레스 자락에 조금 짙은 색의 프릴이 잔뜩 달려 있었다. 그리고 넓게 펼쳐진 드레스 자락은 허리로 갈수록 조여들었고 그곳에도 프릴이 달려 있었다. 가느다란 허리를 강조하기 위해 고래의 수염을 넣어 꿰맨 허리 곡선은 요골 바로 위에서 잘록하게 급경사를 그리고 있었다. 나이에 비해 그리 풍만하지 않은 가슴이었지만, 위에서 내려다보니 지금은 탐스럽게 여문 열매 두 개가 나란히 자리 잡고 있었다. 하필이면 가슴을 가운데로 모아서 치켜 올리는 스타일의 드레스였기 때문이다.

원래는 위에 모피 숄이라도 걸치는 옷일 터였다. 드레스는 뾰족한 어깨도 등도 숨김없이 그대로 노출하고 있었다. 가슴골까지 푹 파인 그 옷은 에밀리아나의 아름다운 몸의 곡선을 아낌없이 드러냈다. 어떤 의미로는 알몸 이상으로 요염하게 보였다.

"아, 이건……."

에밀리아나는 말문이 막혔다. 어째서 이런 드레스가 있는 걸까. 아무리 자신이 고른 옷이라고 해도 너무 음란해 보였다.

마치… 마치…….

"날 유혹하는 것 같군."

그 말과 동시에 장의 팔이 에밀리아나의 몸을 감쌌다. 그대로 휙 낚아채듯이 침대 위에 누이자 그녀의 몸이 통 하고 튀어 올랐다.

장난이 아니잖아.

에밀리아나가 일어나려는 것을 장이 덮쳐서 제압하자 그녀는 고개를 좌우로 흔들었다.

장은 엄지와 검지로 그녀의 갸름한 턱을 잡았다. 그리고 날뛰는 에밀리아나를 어르며 자신이 하는 말을 듣게 하려는 듯 입술에 뜨거운 각인을 새겼다.

가까이 다가오는 금빛 눈동자에 각등의 불빛이 비치자 욕망에 젖어 있는 것처럼 보였다. 그가 그녀의 입술을 자신의 입술로 막고 아몬드 형태의 두 눈으로 응시하자 그녀의 몸속이 아련하게 저릿해졌다. 어째서인지 저항할 수 없었다.

그 두 눈은 여느 때처럼 입을 벌린 채 웃고 있는, 기분파 장의 것이 아니었다. 조금 전에 에밀리아나를 구하기 위해 홀로 쳐들어왔을 때에 보여주었던, 사냥감을 노리는 맹수의 시선이 에밀리아나를 꿰뚫어보고 있었다.

두꺼운 가슴에 손을 갖다대고 그를 밀쳤지만 가슴이 살짝 휘어졌을 뿐 힘이 들어가지 않았다.

어째서? 어째서 그를 거부하지 않고 휩쓸리는 거야?

장의 커다란 손에 손목이 잡힌 채 깃이불에 파묻혔다.

"그만—"

"제멋대로 굴지 마."

그 말이 오늘의 실수를 가리키고 있다는 사실을 알아차리고 에밀리아나는 가만히 있었다. 침묵과 함께 또다시 분노가 솟구쳤다. 고개를 숙인 에밀리아나에게 장의 얼굴이 가까이 다가왔다. 이로 악문 아랫입술에 장의 입술이 닿았다. 한숨과 함께 에밀리아나의 입술이 느슨해지자 그곳으로 장의 혀가 미끄러지듯 들어왔다.

"흐읍… 읍……."

장난스런 혀끝이 입천장을 간질이듯 핥았다. 그 순간 에밀리아나의 등이 부르르 떨려왔다. 깜짝 놀랐다. 고작 입맞춤에 이렇게 반응할 줄이야.

보드라운 감촉이 짙어졌다. 입맞춤을 당하고 있다는 생각을 할 틈도 주지 않고 장은 에밀리아나의 숨결을 통째로 깊이 빨아들였다.

치아 끝을 비롯하여 혀뿌리, 부드러운 뺨의 뒷면까지 빠짐없이 혀로 핥으며 빨아들이자 에밀리아나는 숨을 쉴 수 없는 그 고통에 목이 멜 것 같았다.

손목을 잡고 있던 그의 손이 움직여서 그녀의 어깨를 살포시 감싸듯 잡았다. 커다랗고 까칠한 손에서 느껴지는 의외의 자상한 손길에 에밀리아나는 무심코 황홀하게 몸을 맡겼다.

"그 선장이 어디까지 만졌어?"

"어디까지… 라니……."

그 말에 다리 사이로 느낀 역겨운 감촉이 떠오르자 혐오감에 소름이 끼쳤다.

"만… 졌던 것뿐이야……."

"뭐어? 어디야? 어딜 만진 거야?"

그 말에 대답할 수 없었다. 말로 할 수 없어서 고개를 도리도리 흔들자 장의 시선에서 날카로운 빛이 짙어졌다. 어깨를 잡고 있던 손을 떼고 에밀리아나의 몸을 뒤집었다.

"꺄아악!"

눈앞에서 천장이 빙그르르 돌았다. 순식간에 벌어진 사태에 에밀리아나는 자신에게 무슨 일이 일어났는지 알 수 없었다. 어느새 에밀리아나는 침대 위에서 네 발로 선 자세를 취하고 있었다.

장이 드레스 자락을 걷어 올리고 속옷을 내렸다. 방안을 메우고 있는 공기는 너무나도 고요하고 싸늘했다. 살결에 직접 닿은 차가운 공기에 몸이 움츠러들었다.

"여기야?"

드레스 자락이 허리까지 걷어 올려져 있었다. 장이 에밀리아나의 엉덩이를 문지르듯이 만졌다. 그의 손은 바다 사나이답게 거칠고 마디가 굵었다. 그런 손에 붙잡힌 에밀리아나의 등줄기에 전율이 내달렸다.

"아니면… 여기야?"

그가 갑자기 정곡을 찔렀다. 엉덩이를 좌우로 갈랐을 때 드러난 부분을 엄지손가락으로 건드린 것이었다.

"흐읍……."

갈라진 틈을 따라서 엄지손가락이 위아래로 움직였다. 그러자 그 부분에서 습한 소리가 울려 퍼졌다. 꽃을 흩뜨려 놓았을 때의 격통을 떠올리자 에밀리아나는 움츠러들었다. 무서워. 아파. 그런데도 그 부분에서는 꿀이 콸콸 흘러넘쳤다.

"대답해."

엉덩이에 숨결이 닿은 그 순간 미끈한 무언가가 닿았다. 에밀리아나는 그것이 장의 혀라는 사실을 알아차리고 몸을 비틀었다. 어떻게든 이 수치스러운 고문에서 벗어나야 한다고 생각하여 엉덩이를 흔들었지만, 그의 혀는 집요하게 에밀리아나의 살결을 쫓았다. 츄룩 하는 소리가 울려 퍼질 때마다 그 부분에서 작은 요동이 일었다.

"아무 짓도……."

에밀리아나의 목소리는 격양되어 있었다.

"당하지 않았어……. 그 전에 당신이… 구해줬으니까……."

"그래? 하지만 배에서 얌전하게 기다리지 못한 아기고양이는 거짓말도 태연하게 하겠지."

장이 에밀리아나에게서 떨어지는 기척이 들렸다. 아무리 말해도 그는 분명 에밀리아나의 말을 믿어주지 않을 것이다. 자신이 저지른 일이 초래한 상황이라고는 하지만 에밀리아나는 기분이 울적해졌다.

"벌이야."

벌이라니… 대체 무슨 짓을 할 생각일까. 숨이 금방이라도 끊어질 듯한 에밀리아나가 베개에 뺨을 파묻고 있자 갑자기 다리 부근이 밝아졌다.

"앗! 무슨……?"

에밀리아나가 어깨 너머로 고개를 돌리자 믿을 수 없는

광경이 눈앞에 펼쳐지고 있었다.

장이 왼손으로 각등을 들고 에밀리아나의 다리 사이를 비추고 있었다. 그러고는 오른손으로 엉덩이를 들고 엄지손가락으로 포개어진 꽃잎을 만지기 시작했다.

몇 겹으로 포개어진 꽃잎으로 가려진 그 부분이 훤히 들여다보였다—

"뭐하는 거야."

"정말로 아무 일이 없었는지 보고 있는 것뿐이야."

"…싫어, 안 돼. 변태!"

에밀리아나는 양쪽 뺨을 새빨갛게 물들이고 다리를 버둥거렸다. 그 양쪽 허벅지를 꽉 잡고 장이 말했다.

"정말 더럽혀지지 않았다면 내가 확인해도 상관없잖아."

장이 그렇게 말하자 에밀리아나는 아무런 대답도 할 수 없었다.

각등이 가까운 곳에 있었기 때문에 빛이 엉덩이에 닿아 은은하게 뜨거워졌다. 그 뜨거운 열기에 자신이 지금 무슨 짓을 당하고 있는지 확실히 깨달은 에밀리아나는 용암의 바다에라도 떠밀린 듯 온몸이 뜨거워졌다. 자신도 본 적 없는 그런 곳을 타인이, 그것도 해적이 보고 있다는 수치심에 정신이 이상해질 것 같았다.

투박한 손가락이 포개어진 꽃잎을 벌렸다. 에밀리아나는 베개에 얼굴을 파묻고 있었기 때문에 어떤 일이 벌어지고 있는지 알 수 없었지만, 열기로 느끼고 있었다. 안쪽의

안쪽까지 열기로 애무 당하자 에밀리아나의 신경은 달구어
진 채 끊어지기 일보직전이었다.

"…예뻐."

장이 내뱉듯 말했다. 아아. 에밀리아나는 절망도 포기도
아닌 신음 소리를 흘렸다.

"이렇게… 아름다운 곳에 내가 들어가는 거로군……."

자상한 목소리였다. 어떤 표정을 짓고 그런 말을 속삭이
는지 보고 싶었지만 고개를 돌려도 둥그스름한 엉덩이의
그림자에 가려져 장의 얼굴이 보이지 않았다.

그때 까칠한 손가락이 꽃잎의 테두리를 벌렸다. 그러자
스스로도 느껴질 만큼 많은 양의 꿀이 콸콸 흘러넘치는 것
이 느껴졌다.

"보는 것만으로도 이렇게 젖었군. 음란한 아기고양이."

에밀리아나는 대답할 수 없었다. 터무니없이 부끄러운
곳을 보이며 수치스러운 말을 들으니 숨이 넘어갈 것 같았
지만 꿀은 멈추지 않았다.

"슬슬 됐을까."

그곳을 향한 자극이 멈추었다. 등 뒤에서 옷깃이 스치는
소리가 들리자 그가 옷을 벗고 있다는 사실을 알 수 있었
다. 에밀리아나는 허리를 치켜든 부끄러운 자세를 취한 채
베개에 뺨을 파묻고 거친 숨을 내쉬고 있을 수밖에 없었다.

그때와 마찬가지로 지금부터 시작되려고 한다…….

등줄기에 전율이 내달렸다.

"추워?"

에밀리아나는 베개에 얼굴을 파묻은 채로 고개를 가로저었다. 춥지는 않았다. 오히려 몸속에서 솟구치는 열기에 당장에라도 녹아내릴 것 같았다.

"지금부터 따듯하게 해줄 테니까."

두 사람의 무게를 받아들인 침대가 삐걱삐걱 소리를 냈다. 에밀리아나는 긴장하여 숨이 멎을 것 같았다.

장이 등 뒤에서 몸을 덮었다.

상반신에는 코르셋과 드레스가 걸쳐져 있었고 등에는 걷어 올린 드레스 자락이 말려 올라와 있었다. 그럼에도 그의 체온이 여실히 느껴졌다. 그 열기는 에밀리아나의 체온보다 훨씬 뜨거웠기 때문에 자신의 몸이 얼마나 차가운지를 알 수 있었다.

그 순간 참을 수 없는 포근함과 안도감이 에밀리아나의 온몸을 감쌌다.

하아, 대체 나는 왜 이러는 걸까…….

"왜 그래?"

에밀리아나가 작은 신음 소리를 내자 장이 상반신을 밀착시키고 귀를 쫑긋 세웠다. 하지만 그녀는 입술을 앙다물고 완강하게 고개를 저었다.

"정말 고집이 센 여자로군……."

장은 목구멍 깊은 곳에서 웃음소리를 내며 에밀리아나의 어깨에 턱을 얹었다. 그러자 그의 가슴과 드레스 뒷면이 푹 파인 그녀의 등이 빈틈없이 포개어졌다. 왼쪽 어깨뼈 위에서 거세게 고동치는 그의 심장. 다부진 가슴의 울퉁불퉁한 근육. 에밀리아나를 감싸는 뜨거운 체온.

하지만 그것이 단순히 몸을 맞대는 행위가 아니라는 사실을, 엉덩이 사이에 닿은 뜨거운 욕망의 존재가 주장하고 있었다.

휩쓸리면 안 돼.

에밀리아나는 입술을 앙다물고 장을 노려보았다.

"보기만 할 거라고… 했잖아……."

"그러니까…… 맛보는 것뿐이라고."

장은 장난스런 웃음을 머금은 채 크게 입을 벌리고 에밀리아나의 가는 어깨뼈를 물었다. 목구멍에서 비명이 솟구쳤다. 그와 동시에 달구어진 철봉처럼 뜨거워진 장의 육체가 에밀리아나의 다리 사이에 미끄러져 들어왔다.

장이 변덕스럽게 허리를 움직이자 구불구불한 혈관이 드러난 그의 물건이 에밀리아나의 민감한 꽃잎을 문질렀다.

"흐읍."

장의 몸과 닿은 곳에서 일어난 짜릿짜릿한 느낌이 온몸에 흩어졌다. 에밀리아나의 몸이 순간 움츠러들었다.

"거, 거짓말쟁이!"

"거짓말쟁이라도 상관없어. 난 어차피 하찮은 해적이니까."

그의 열기와 단단한 몸이 다시 떠올리게 한 것은 그녀를 처음 엉망으로 만들어놓았을 때 느꼈던, 양다리를 두 갈래로 찢는 듯한 아픔이었다. 전율이 멈추지 않을 만큼 두려웠지만 어째서인지 에밀리아나의 다리 사이에서는 음란하고 미끌미끌한 체액이 끊임없이 흘러나와 다리를 더럽혔다.

"어… 째서……?"

어째서 내 몸은 이렇게 되는 걸까? 에밀리아나는 자수정 눈망울에 곤혹스러운 빛을 한가득 띠며 장을 돌아보았다.

"아직도 모르겠어? 넌 날 기다리고 있었던 거야."

장의 까칠하고 긴 손가락이 꿀단지 입구에 부드럽게 들어왔다.

"…하앗."

안에서 손가락을 스윽스윽 움직이자 기억이 떠올랐다. 그날의 그 경험은 단지 아픔만으로 끝나지 않았다. 장의 육체가 에밀리아나의 몸속의 한 곳을 지나는 것만으로도 오싹한 쾌감이 등줄기를 가로질렀었다.

그때의 일을 떠올릴 수 있도록 장의 손가락이 계속 움직였다. 흠뻑 젖은 꽃잎에 손가락을 넣고 휘저은 다음 번지는 체액을 손가락에 묻혀서 펴 발랐다.

"하아… 아… 앗……."

장의 손가락이 우연히 에밀리아나의 새싹에 닿았다. 그곳은 뾰족하게 튀어나온 채 완전히 노출되어 있었기 때문에 까칠한 손가락이 닿은 것만으로도 마르지 않는 샘처럼 안에서 꿀이 흘려 넘쳤다.

"싫어… 안 돼……."

이를 휘젓고 손가락으로 휘감으며 장은 안쪽으로 찔러 들어갔다.

"굉장해. 엄청 느끼는군."

어깨뼈를 깨물며 장이 속삭였다.

"넌 날 기다리고 있었던 거야. 이렇게 젖어서 남자를 받아들이길 바라고 있었던 거지."

"아니야……."

그것은 숙녀로서 바람직하지 못한 태도였다. 결혼도 하지 않은 두 사람이 성행위를 하다니, 발칙한 행동이었다. 그럼에도 에밀리아나의 몸은 장의 생각대로 되어버렸다.

그를 받아들일 형태가 되어갔다.

"아니긴 뭐가 아니야."

장의 엄지와 검지가 새싹을 꼬집었다. 에밀리아나는 비명과 같은 소리를 질렀다.

투박한 장의 손가락은 믿을 수 없을 만큼 능숙하게 움직였다. 꽃잎을 따듯 손끝으로 문지르며 녹아내린 꿀을 길어서 안쪽으로 발라 들어갔다. 정성스럽게 다듬은 커다란 손톱이 새싹에 닿은 것만으로도 에밀리아나의 허리가 움찔움찔 튕겨 올랐다.

"기분 좋아?"

"좋을 리가……."

에밀리아나가 고개를 가로젓자 안에서 날뛰던 손가락을

두 개로 늘렸다. 민감한 새싹을 문지르는 것만으로도 에밀리아나의 온몸이 날뛰었다. 벗겨진 새싹의 포피 안쪽에 손톱을 세우자 몸이 갈기갈기 찢어질 것만 같은 충격이 피어올랐다.

"하아아, 하아……."

자신의 몸에 그런 곳이 있고 그곳에 손길이 닿는 것만으로 이렇게나 느낄 줄은 몰랐다. 침대에 세운 양쪽 무릎이 무너져 내릴 것 같았지만 등 뒤에서 감싼 팔이 이를 지탱해 주었다. 자세가 바뀐 것만으로 몸속에 들어가 있는 장의 손가락을 충분히 힘껏 조이게 되자 에밀리아나는 당혹스러웠다.

"안 돼, 그만… 그만… 해……."

"넌 그 말만 하는구나."

어깨를 물고 있던 장의 입술이 귀로 이동했다.

"실은 조금도 그렇게 생각하지 않으면서."

"……!"

귀에 숨결이 닿는 것만으로도 에밀리아나의 어깨가 떨렸다. 장의 하얀 앞니가 에밀리아나의 귓불을 깨물었다. 그는 그녀의 귓바퀴에 뾰족하게 세운 혀를 내밀어서 귀 전체를 핥으며 달콤한 꿀이라도 들이켜듯 귓구멍까지 미끄러져 내려갔다. 그것만으로도 에밀리아나의 입에서는 뜨거운 신음이 새어 나왔다.

"……밝히는군."

그것은 모욕적인 말일 터였다. 그럼에도 그 말은 에밀리아나의 귓속으로 달콤하게 떨어져 그녀의 어깨를 떨게 했다.

"엊그제까지는 아무것도 모르는 처녀였으면서. 그렇게 아파하고 울었던 주제에. 지금은 이렇게 꿀을 잔뜩 흘리면서 내가 들어오기를 기다리고 있다니……."

"그만… 해……."

에밀리아나의 비밀스런 곳은 그의 손가락 두 개를 뿌리 끝까지 머금고 있었다. 그가 손가락을 빙글빙글 돌리자 음란한 소리가 귀에 닿았다. 몸속에서 흘러넘치는 무언가를 헤집으며 벽에 발라대는 행위조차 지금의 에밀리아나에게 있어서는 충격이었다.

"갖고 싶다고 말해."

"ㅎㅎ흡… 읍……!"

"날 갖고 싶다고 말해 줘. 에밀리."

능글맞다. 이런 때 그런 목소리로 에밀리라고 부르다니.

허리 안쪽이 달콤하게 꿈틀거렸다. 귀에 닿은 목소리에 그날의 일을 떠올리듯 반응했다. 장을 머금고 있던 곳이 꼬옥 조여들었다.

부족해. 이것만으로는 너무 부족해.

그러한 자신의 음란한 마음을 알아차린 에밀리아나는 진보랏빛 눈을 크게 떴다. 휩쓸리고 싶지 않다. 에밀리아나는 마음을 다잡고 장의 몸 아래에서 빠져나오려고 버둥거렸다.

그러나 지금 그녀의 몸은 꼭두각시인형이나 다름없었다. 뒤에서 음란하게 찔러 넣은 손가락과 귀를 물고 있는 거센 치아로, 장은 에밀리아나의 몸을 마음대로 조종했다. 버려야 돼. 에밀리아나의 마음속의 자신이 외쳤다. 그럼에도 장의 몸이 에밀리아나를 무겁게 누르고 있었기에 그녀는 침대에 파묻힐 수 밖에 없었다.

"그만, 그만… 해."

"여기까지 왔는데 그만둘 리가 있겠어."

목덜미에 숨결이 닿았다. 귀를 향해 뻗어가던 그의 입술이 다시 움직여서 보드라운 목덜미를 빨아들였다. 에밀리아나의 온몸에 전율이 짜릿하게 내달리는 것을 등에 밀착하고 있던 장이 알아차렸다.

"네가 바라는 게 지금 눈앞에 있어……. 자아, 손을 뻗어 잡는 거야."

"바랄 리가……."

그러나 그쯤에서 에밀리아나는 입을 다물었다. 장의 손가락이 천천히 빠져나가려고 했기 때문이다. 그러자 에밀리아나의 비밀스러운 그곳은 제멋대로 움직여서 장을 떼어놓지 않겠다는 듯 조여들었다.

"…음란하군."

장이 중지와 검지를 모아서 그녀의 몸에 또다시 난폭하게 꽂았지만 그 부분을 단지 휘젓는 것만으로는 부족했다.

촉촉해져 가는 것을 스스로도 알 수 있었다. 애를 태우고 있는 것이다. 그 사실을 깨닫는 데에는 오래 걸리지 않았다. 애가 달아서 등이 휘어졌다.

"하앗… 하아……."

장이 보드라운 육체를 휘저으며 섬세한 신경을 자극하자 에밀리아나는 자신의 몸에서 그곳만이 존재하는 듯한 느낌을 받았다. 장과 맞닿은 등이 불타듯 뜨거웠다. 그 열기에 온몸이 녹아내릴 것 같았다.

"자아, 갖고 싶지? 여기에―"

장의 손가락이 그녀의 몸을 난폭하게 뚫었다. 그리고 탐스럽게 벌어진 꽃잎에 믿을 수 없을 만큼 뜨거운 그의 물건을 갖다댔다. 그것이 흥분한 그의 물건이라는 사실을 지금의 에밀리아나는 알 수 있었다.

그의 물건은 끝자락의 오목한 곳에서 꿀을 흘리고 있었고, 그 꿀은 에밀리아나의 꽃의 꿀과 뒤섞여 음란한 물소리를 냈다.

"하아아아……."

에밀리아나는 팔을 돌려서 재빨리 귀를 막았다. 그럼에도 그곳에서 나는 소리는 척수를 타고 머릿속까지 울려 퍼졌다.

몸속에 받아들인 그 단단한 물건은 손가락보다도 더욱 깊은 곳을 후벼 팠다. 깊고 깊은 곳에 있는 도톰하게 솟은 부분을 문지르는 장면을 상상하는 것만으로도 에밀리아나의 다리 사이에 위치한 샘은 더욱 꿀을 뿜어냈다.

"내 물건이 마구 뚫어주기를 바라는 거지? 퍼부어주길 바라는 거지?"

"그런… 짓……."

입으로는 거부했지만 짜릿짜릿한 전율이 찾아오며 에밀리아나의 살갗에 소름이 돋았다. 장의 몸이 무거웠기 때문에 그녀의 몸은 촉촉하게 땀이 밸 정도로 뜨거웠다. 그런데 어째서 몸이 떨리는 걸까.

"정말 고집 센 녀석이군."

한숨과 함께 질렸다는 듯한 말이 장의 입에서 나왔다. 그와 동시에 그의 물건의 끝자락이 살며시 들어왔다. 꽃잎이 바깥으로 젖혀졌다. 커다랗게 부푼 아가미 부분마저 밀고 들어오자 에밀리아나는 숨을 머금었다. 비밀스런 그곳이 다른 생물체인 양 장을 휘감고 안으로 끌어당기려 한다는 사실을 스스로도 알 수 있었다.

"싫, 싫어……."

"그래? 싫어?"

그렇게 말하고 장은 갑자기 자신의 물건을 빼려고 했다. 퐁 하는 소리가 너무나도 음란해서 듣기 싫었다.

"둘이 같이 기분 좋아지려고 했는데 싫다면 어쩔 수 없지."

짓궂은 목소리가 등에 닿았다.

"싫… 싫……."

에밀리아나는 뺨을 붉게 물들이고 쥐어짜듯이 말했다.

"싫지 않아……."

지옥의 문은 어쩜 이렇게 유혹으로 가득 찬 것일까. 그곳을 빠져 나가면 두 번 다시 돌아올 수 없다는 것을 알면서도 말이다.

뒤통수에 놓인 손에 힘이 살짝 들어가자 에밀리아나는 고개를 들어 올렸다.

"자아, 말해봐. 어떻게 해주길 원하는 거지?"

장의 금빛 눈은 절박한 욕망으로 빛나고 있었고, 사냥감의 머리 위에 발톱을 펼친 맹금류를 떠올리게 하여 에밀리아나는 숨을 머금었다.

이렇게 스스로 그의 품에 안기기를 기다리고 있는 것이다.

"당신이랑… 하고 싶어……."

말이 이어지지 않았다. 잡아먹을 듯한 느닷없는 입맞춤에 숨을 쉴 수 없었다. 강제로 벌려진 치아의 틈 사이로 들어온 혀에 종횡무진 유린당했고, 미처 다 들이키지 못한 침이 턱으로 흘러넘쳐 목을 타고 떨어졌다.

"흐으음……."

호흡을 전부 빼앗겨 숨이 넘어갈 듯한 에밀리아나의 가슴에 장의 손이 닿았다. 드레스 틈으로 숨어들어 온 손이 에밀리아나의 오른쪽 가슴을 길어 올리듯 만지자 그녀의 가슴이 갓 구운 푸딩처럼 탄력 있게 굴러 나왔다. 손가락으로 그 끝을 장식하는 빨간 진주를 만지자 어째서인지 몸이 움찔 움츠러들었다.

"하아아……."

"이쪽도 만져 줬으면 좋겠어?"

장이 목구멍 깊은 곳에서 웃음소리를 냈다.

"가슴은 좀 더 큰 편이 낫겠어. 드레스에 꽉 차서 터질 정도로, 아름답게 무르익은 열매처럼 만들어줄게."

"해주겠… 다니……."

"엊그제까지 처녀였으니 모르는 게 당연한가. 여자의 젖가슴은 문지르면 커지는 법이거든."

"안, 안 돼……."

이 이상 가슴이 커지면 드레스를 입을 때도 곤란하지 않을까. 하지만 장은 에밀리아나의 거부 의사에 귀를 기울이지 않고 보드라운 열매 같은 젖가슴을 힘을 조절하며 주무르기 시작했다. 그의 뜨거운 손가락이 가슴을 움켜쥘 때마다 붉은 꽃망울에서는 달콤하기도 하고 고통스럽게도 한 감각이 피어올라 에밀리아나를 괴롭혔다.

"느끼고 있지?"

이 말과 동시에 포개어진 꽃잎을 또다시 걷어 올리며 그의 난폭한 물건이 살며시 들어왔다. 손가락보다도 얕은 위치에서 움직이다가 물건을 빼내자 어찌할 수 없는 답답함이 온몸을 가로질렀다.

"싫어… 싫어… 싫어……."

에밀리아나는 철없는 아이처럼 고개를 가로저었다. 그

때마다 금빛 머리칼이 아름다운 호를 그리며 침대 위로 펼쳐졌다.

"그러니까 뭐가 싫은 거야?"

장의 말에 살짝 안달이 났다.

이제 참을 수 없어. 이젠 견딜 수 없어.

에밀리아나는 근처에 있는 산처럼 쌓인 쿠션에 얼굴을 파묻고 허리만 높이 치켜들었다.

"애… 태우지 마. 얼른… 넣어줘……."

침묵이 흘렀다. 에밀리아나의 몸은 격렬한 수치심에 당장에라도 사라져 버릴 것만 같았다.

"…알겠어."

하지만 장은 에밀리아나를 우롱하는 듯한 말을 한마디도 뱉지 않고 뜨거운 손을 엉덩이에 걸쳤다. 그리고 그 둥그스름한 형태를 즐기듯 부드럽게 주무른 후 뒤로 다가왔다.

그러고는 손가락으로 꽃잎을 헤집지도 않고 느닷없이 에밀리아나를 뚫었다.

"아아……! 하아아……."

은밀한 그곳을 헤집고 남자의 열기가 잠입했다. 그 열기는 에밀리아나의 민감한 새싹을 말아 올리며 들어왔다. 찌릿한 아픔이 내달렸다. 그 일이 있고 난 후에도 그곳은 여전히 파열되는 아픔을 기억하고 있었다.

"아, 하아아아……."

아팠지만 그 아픔을 능가하는 쾌감이 에밀리아나의 몸을

가로질렀다. 꿀이 콸콸 흘러넘쳐서 그와 그녀가 접한 부분의 윤활유가 되어주었다. 파르르 떨리는 그곳을 장이 집어삼켰다. 장의 물건은 에밀리아나의 살을 가르며 깊숙한 곳을 향해 나아갔다.

"흐으읍……."

"맛… 좋군. 굉장히 좋아. 넌 어때?"

갈라진 목소리로 장이 물었다.

"하아아아……."

대답할 수 있을 리가 없었다. 좋았다. 어쨌든 굉장히 좋았다. 에밀리아나는 무아지경으로 고개를 끄덕였다.

"그거 정말 다행이군. 요전번엔 기분이 좋지 않아서 화를 냈으니까."

"흐아아……."

에밀리아나가 화를 낸 것은 기분이 좋지 않아서가 아니었는데도 말이다. 하지만 이를 타박하기 전에 밀려온 높은 파도에, 의식 전부가 휩쓸려 버렸다.

압도적이었다.

"좋아… 좋아아……."

완전히 녹아버린 꿀단지를 장의 물건이 후벼팠다. 무릎이 후들후들 떨렸다.

"이봐."

찰싹. 엉덩이를 작게 후려치는 소리가 났다. 에밀리아나가 순간적으로 정신을 잃어서인 듯했다.

"기운 내, 조금만 더 기다리면 돼."

"기운 내… 라니……?"

"내 전부가 너한테 들어갈 때까지 말이야."

아직 전부 넣지 않았다는 사실에 에밀리아나는 두려워졌다. 다 들어가지 않았는데도 이 정도로 느낀다면 다 들어갔을 땐 어떻게 되는 걸까.

"아, 아, 가득 차는 것 같아……."

힘을 더 싣자 발딱 선 장의 물건이 에밀리아나의 내벽을 비벼댔다. 에밀리아나의 몸속은 장을 물고 늘어지듯 휘감고 조였다. 그녀는 머릿속이 펄펄 끓어올라서 아무것도 생각할 수 없었고, 자신이 자신이 아닌 듯한 감각에 겁에 질렸다. 하지만 앞으로 벌어지게 될 일이 알고 싶었다.

쾌감으로 채색된 일방통행의 문 너머를.

등에 구겨진 천의 존재를 이토록 거추장스럽게 여긴 적이 없었다. 실오라기 하나 걸치지 않은 모습으로 장과 끌어안고 싶었다. 그의 체온을 가까이에서 느끼며 그의 품에 안기고 싶었다.

에밀리아나는 떨리는 손끝으로 등에 달린 단추를 하나씩 풀어나갔다. 손이 떨려서 제대로 풀리지 않자 몹시 답답했다. 이윽고 머리 위로 드레스를 벗고 코르셋 끈을 풀기 시작했다.

"…풀어줄게."

장은 콧노래 섞인 어조로 말하며 끈에 손가락을 갖다댔

다. 끈을 스윽스윽 풀자 레이스와 실크로 만들어진 코르셋
도 천 조각이 되어 침대에 떨어졌다.

등에 포개어진, 불타는 듯한 장의 뜨거운 체온을 직접 느
끼며 에밀리아나는 목청을 울렸다.

"에밀리. 그렇게 기분 좋아?"

귓가에 떨어지는 장의 말소리는 뜨겁게 갈라져 있었다.
하아하아 하는 거친 숨소리가 섞인 그의 속삭임이 에밀리
아나의 귓가를 범했다.

"아… 하아앙."

몸을 떨던 에밀리아나의 꿀단지를 장은 검으로 더욱 가
르며 나아갔다. 허리를 다시 잡고 단숨에 끌어당기자 결국
장의 전부가 에밀리아나를 파고들었다.

어디가 어떻다고 말로 설명할 수 없었다. 불꽃처럼 흩어
지는 쾌감에 온몸이 제멋대로 긴장하며 움츠러들었다. 눈
꺼풀 뒷면에서 다양한 빛깔의 폭발이 일어나고 있는 것을
알 수 있었다. 그 폭발은 파도가 되어 에밀리아나의 몸을
휩쓸었고 환희에 온몸을 떨게 했다.

"하아아……."

"찾았어."

뭘? 하고 묻기 위해서 고개를 돌리자 에밀리아나를 향해
장이 빙긋이 웃어 보였다.

"여기가 네가 느끼는 곳이야."

"…읍!"

에밀리아나는 숨을 머금었다. 그만두라고 외치고 싶어질 만큼 시간이 흐른 뒤에 장은 목표를 정하고 그 부분을 파고들었다. 번개를 맞은 듯 에밀리아나의 온몸이 경련했다.

계속해서 그곳만을 겨냥하자 에밀리아나는 숨을 쉴 수 없었다.

"이런데도 아직 기분이 안 좋다고 계속 말할 생각이야?"

도톰한 안쪽 부분을 부푼 그의 물건으로 뚫어댔다. 그리고 다음 순간에 물건을 뽑아버렸다. 무언가를 잃은 듯한 안타까움에 에밀리아나에게서 신음 소리가 새어나왔다. 그러자 그가 순식간에 또다시 에밀리아나를 파고들어 뚫어대며 그곳을 몇 번이고 문질렀다.

"귀여운 표정을 짓는군. 아기고양이."

깊숙이 연결된 채 장이 몸을 쓰러뜨렸다. 그리고 에밀리아나의 갸름한 턱을 잡고서 입술을 갖다댔다.

장은 목으로 흘러내리는 타액에 혀를 굴렸다. 타액을 핥으며 혀가 턱을 타고 올라가 입술 가장자리에서 가운데까지 빈틈없이 덮는 입맞춤을 했다.

장이 몸을 쓰러뜨리자 에밀리아나의 몸을 뚫은 각도가 달라져 그녀는 필사적으로 어깨로 숨을 쉬었다. 장의 입술은 에밀리아나의 입을 빈틈없이 덮고 있었다. 입술을 꼭 포갠 상태로 장은 몇 번이고 허리를 사용하여 에밀리아나를 꿰뚫었다.

"흐응, 흡, 하아아……."

숨결과 비명을 통째로 빨아들일 만큼 깊은 입맞춤을 하고 있었다. 격렬한 허리놀림을 받아들이기가 힘들어 본능적인 공포심에서 몸을 돌리자 다른 위치에 닿았다. 가장 좋은 장소에서는 벗어났지만 끈적끈적하게 녹은 꿀단지 속을 츄욱츄욱 휘젓는 쾌감에 에밀리아나는 입맞춤을 하고 있던 입술을 파르르 떨었다.

"하아아, 흐응, 하아……."

몸부림치는 에밀리아나를 장은 여전히 몰아세웠다. 사납게 날뛰는 말뚝을 박아 돌리며 등 뒤에서 두른 손으로 에밀리아나의 가슴을 꽉 쥐었다. 손가락 틈 사이로 짙은 복숭앗빛 꽃망울이 비집고 나왔다.

이를 억지로 벌린 후 혀를 물고 빨아들였다. 입술, 가슴, 다리, 이 세 곳을 동시에 바짝 몰아세웠다.

"이제 좀 봐줘……."

"봐주긴 뭘 봐줘."

그가 허리를 크게 밀어 올렸다. 허리 움직임만으로 또다시 뚫자 연결된 곳에서 끈적한 소리가 울려 퍼졌다. 허벅지에 음란한 꿀이 줄기가 되어 흘러 떨어졌다. 그 자극조차 애무가 되어 에밀리아나는 떨리는 입술로 신음했다.

"단단히 물고서 놓지 않는 건 너야."

그렇게 말하며 장은 무릎으로 서서 몸을 시원스레 뽑았다. 에밀리아나는 상실감에 신음했다. 하지만 장은 에밀리아나를 끌어안고 마주 보는 자세를 취하기 위해 그녀의 곁에 걸터앉아서 그녀를 무릎 위로 이끌었다.

"어……?"

느닷없이 눈앞에 장의 금빛 두 눈이 다가왔다. 입맞춤을 할 것이라고 생각한 순간, 입술에 떨어진 것은 콧등이었다. 간지러워서 무심코 웃으며 몸을 움츠리자 장은 에밀리아나의 양다리를 크게 벌려서 다부진 근육으로 무장한 몸을 끼워 넣었다.

"에밀리아나……."

다리 사이에 있는 그의 욕망이 바로 아래에서 천천히 에밀리아나를 뚫었다. 장이 허리를 세우자 에밀리아나는 꼬챙이에 꿰인 상태가 되었다. 그 부분을 뻐근하게 꿰뚫려 격렬하게 몸부림치는 에밀리아나의 몸을 길어 올리듯 움직이며 장은 다부진 팔로 그녀를 끌어안고 맨가슴을 찰싹 맞붙였다.

"계속 내 곁에 있어줘, 에밀리아나."

—뭐어?

그 순간 거세게 끌어 안겨 그 궁금증은 에밀리아나의 목에서 말 대신 신음이 되어 새어나왔다. 그의 가슴은 힘 조절을 모르는 듯했다. 가슴이 답답한 것은 꽉 조여져서인지 아니면 다른 이유에서인지 알 수 없을 정도였다.

이것을, 이 기분을 어떻게 표현하면 좋을까.

"에밀리. 나의 에밀리아나……."

장은 에밀리아나의 이름을 계속해서 불렀다. 에밀리아나도 그에 답하여 허벅지 위에서 허리를 들썩였다. 탐스러운 가슴이 장의 품 안에서 흔들렸다.

"흐으음… 하아……."

에밀리아나의 등이 휘어졌다. 그 등을 근육으로 덮인 그의 팔이 둘러서 지탱해 주었다. 그렇게 끌어안고 장은 허리를 사용하여 그의 물건을 퍽퍽 찔러 넣었다.

몸과 몸이 깊게 이어진 채 허벅지 안에서는 휘어진 그의 물건이 크게 부풀어 올라서 쾌락의 끝으로 둘을 밀어 올렸다.

에밀리아나는 장의 목에 팔을 두르고 힘을 실었다.

"입 맞추고 싶어?"

에밀리아나는 고개를 꾸벅 끄덕였다. 장은 만족스러운 듯 미소 지으며 아무런 말도 하지 않고 얼굴을 갖다대어 에밀리아나의 입술을 덮었다.

"흐음……."

짙은 입맞춤이었다. 이와 이가 맞부딪혀 탁 하고 소리가 울렸다. 계속 눈을 뜬 채 장을 바라보고 있었지만 마음은 두 사람이 연결된 한 지점에 집중했다. 몸속이 이글이글 불타오르듯 뜨거웠다. 에밀리아나는 더욱더 장을 원했다.

"안에다 하고 싶어."

바로 앞에서 깜짝 놀랄 만큼 진지한 눈동자가 에밀리아나를 바라보고 있었다. 그 눈에는 포식자의 욕망이 가득했지만, 그와 동시에 흘러넘칠 듯한 사랑스러움을 띠고 있었다.

"으응, 좋아……."

어찌 된 영문인지 장의 모든 것이 갖고 싶어졌다. 그가 자신을 납치한 증오스러운 해적이라든가, 약혼자 앞에 설 수 없게 만든 장본인이라든가 하는 것은 지금은 아무래도 괜찮았다. 자신이 맛보고 있는 감미로운 술을 그와 함께 나누고 싶은 기분밖에 들지 않았다.

꿀단지의 가장 깊은 곳에 뜨거운 무언가가 쏟아져 내렸다. 에밀리아나는 그 감각을 또렷하게 느낄 수 있었다. 장의 불타는 중심이 파르르 떨면서 모든 것을 내뿜고 있다는 사실이 느껴졌다.

"하아… 나 갈 것 같아, 또……."

장이 쏟아낼 때마다 에밀리아나의 은밀한 그곳이 꿈틀거렸다. 몸 전체로 음미하고 있다고 외치고 있었다. 눈이 아찔할 만큼 황홀했다.

민감해진 몸을 더욱 휘저어대자 에밀리아나는 몸을 격렬하게 떨었다.

"나도야… 에밀리……."

거친 숨을 내뱉고 어깨를 들썩이며 장이 신음했다.

그 후 굉장한 전율이 온몸을 내달렸다. 그것이 장의 열기이고 에밀리아나에게 쏟아부은 그의 마음 전부이기 때문에 마음이 이렇게 떨리는 것이라고 그녀는 절감했다.

제4장 사랑이여, 그렇지 않으면 죽음을

에밀리아나가 침대에서 눈을 떴을 때에는 선미 누각 너머로 검붉은 구름을 길게 걸친 태양이 수평선 너머로 거대한 얼굴을 보였다가 감추고 있었다. 그녀는 한순간 태양이 뜨는 것인지 저무는 것인지 판단할 수 없었다.

침대 안에서 잠시 멍하니 있는 동안에 해는 점점 저물어 갔고 선미 누각에 늘어져 있던 빛이 오렌지 빛에서 붉은 빛을 거쳐 청보라 빛으로 변해갔다.

에밀리아나는 자신이 해질 무렵까지 자고 있었다는 사실을 깨달았다.

장의 모습은 이미 없었고 에밀리아나의 곁에는 시트가 바다를 이루며 차갑게 펼쳐져 있을 뿐이었다.

"큰일이야! 너무 자버렸네."

지금 자신은 인질일 뿐, 장에게 들은 대로라면 '뱃짐'이기 때문에 무리해서 옷을 갈아입고 갑판에 나갈 필요가 전혀 없었다. 하지만 몸에 밴 귀족 숙녀로서의 반듯한 생활 습관이 그녀에게 게을리 나뒹굴며 시간을 보내는 것을 용납하지 않았다. 게다가 알몸으로는 절대로.

옆으로 파도가 치자 에스피에글 호 전체가 휘청하고 살짝 흔들렸다. 쿵 하는 소리가 들려서 문 쪽으로 시선을 돌린 에밀리아나는 커다란 물주전자와 세면기가 놓여 있다는 사실을 알아차렸다.

"이걸로 몸을 깨끗이 하라는 건가?"

에스피에글 호가 큰 배라고는 하지만 코스타 멜로그라노처럼 물을 자유롭게 사용할 수 있는 환경은 아니었다. 따라서 귀중한 식수를 그녀의 몸을 청결히 하기 위해 제공한다는 것은 무척이나 고마운 일이었다.

세면기에 따른 물과 깨끗한 수건으로 정성스럽게 몸을 닦은 후, 바닥에 내던져진 드레스 더미에서 가능한 한 목덜미를 조이고 단정해 보이는 것을 찬찬히 고르기 시작했다. 장의 욕망을 부채질해서는 곤란하므로 적당해 보이는 드레스를 끄집어내어 몸에 대보았다.

침실을 나오면 선장실이었다. 문을 열자 그곳에는 장과 리나르도가 있었고 두 사람은 심각한 표정으로 해도를 노려보고 있었다. 해도에는 대륙과 작은 섬의 위치가 자세하게 표시되어 있었고 해상에는 무수한 곡선과 직선이 순환하고 있었으며 그 위에는 작은 나무 조각으로 만들어진 배 모형 몇 개가 나란히 놓여 있었다. 아무래도 그 배 모형이 괴물과 다른 배의 위치 관계를 나타내고 있는 듯했다.

"선장, 위험합니다."

리나르도가 해도 건너편에서 말했다. 되도록 작은 소리로 문을 닫았음에도, 리나르도가 이쪽을 한 번 날카롭게 쳐다보고는 해도로 다시 시선을 돌렸다. 그는 늘 그런 표정을 짓고 있기 때문에 익숙해졌다고는 하지만 한 번씩 차가운 표정으로 쳐다볼 때마다 그다지 기분이 좋지는 않았다.

"이번만은 다시 생각해 주십시오. 불길한 예감이 듭니다."

"괴물이 자랑하는 최고의 항해사가 예감이라니."

장이 한쪽 입술을 끌어올리고 웃었기 때문에 리나르도는 살짝 화가 난 기색이었다.

"최근 화물선은 군함을 호위로 붙이거나 사병을 고용하기도 하고 호송선단을 조직하기도 해서 상당히 성가십니다. 아무리 매력적인 사냥감이라고 해도 무턱대고 기습 공격에 나서는 것은 상책이 아닙니다. 상대는 큰 화물선이니 조금 더 대안을 짜고—"

"네가 타고 있는 건 군함이야? 아님 뭐야? 응? 잘 들어, 우린 해적이야. 승산을 생각하면서 해온 게 아니잖아. 지금까지도 그랬으니 앞으로도 계속 그럴 거야."

그런 다음 리나르도를 다시 보았다.

"날 믿어."

"알겠습니다. 전 이제 아무 말도 하지 않겠습니다."

리나르도는 그렇게 말하고 고개를 숙인 뒤 선장실을 나갔다.

장의 어깨가 아주 잠시 처지는 듯 보였지만 에밀리아나는 과감하게 말을 걸었다.

"또 배를 덮치는 거야?"

그 말에 담긴 비난의 뜻을 알아차렸는지 장은 팔짱을 끼고 입술 가장자리를 아래로 구부린 채 에밀리아나를 내려다보았다.

"그게 우리가 사는 길이야."

"배에서 한 번에 뺏는 물건의 총액은 얼마 정도나 돼?"

"으음… 어림잡아서 적어도 삼천만에서 오천만 데나리 정도일걸. 가끔은 억을 넘을 때도 있어."

에밀리아나는 그 소리에 깜짝 놀랐다. 오천만 데나리라면 시골에 작은 성 한 채를 살 수 있을 정도의 금액이었다.

"그 오천만 데나리를 자본으로 해서 장사를 하면 되잖아. 증기선이 오가는 시대가 됐으니 군대도 힘을 길렀을 테고 해적선은 앞으로 점점 살아남기 힘들 거야. 그러니까 제대로 된 돈벌이를 찾아야 해."

"뭐어?"

장은 입술을 내밀고 눈썹을 서로 다른 방향으로 일그러

뜨렸다. 하지만 에밀리아나는 물러서지 않았다. 그만두라고 부탁해도 순순히 받아들일 상대가 아니라는 것은 익히 아는 바였다. 그럼에도 그녀는 가만히 있을 수 없었다.

"그러니까 해적질은 이제 졸업해. 평범한 장사를 시작하면 어때?"

"아기고양이는 바보구나."

하하하, 하고 장은 입을 크게 벌리고 이를 드러낸 채 웃었다.

"우리 같은 비천한 해적이 다른 화물선처럼 누군가에게 고용되어 짐을 옮기는 모습은 상상할 수조차 없어. 우리들은 어디의 배에서고 버려진 패거리들로만 이루어진 불량배들이라고. 화물선 사람들도 비웃을 거야."

"웃을 일이 아니야. 세상에서 가장 빠른 배와 최고의 항해사를 태운 화물선이라면 인도에서 홍차를 나르는 경쟁에도 나설 수 있을 거야. 일 위를 한 배에는 고가의 상금도 주져서 그걸 목표로 온 나라의 배들이 참가하려고 한다던데."

"아가씨, 잘도 알고 있군요."

장은 감탄한 듯 멋진 모양의 눈을 동그랗게 떴다.

최근에는 인도에서 처음 수확한 다즐링 홍차를 가장 신선한 상태로 제도에 옮기는 일에 커다란 관심이 쏠리고 있었다. 각 운송회사들은 앞 다투어 최신 범선이나 증기선을 인도 항로에 투입했다. 이를 홍차 경쟁이라고 불렀으며 처음 도착한 그 해의 최고의 차는 고가로 거래되었고 선주나 선장은 막대한 이익과 명예를 얻을 수 있었다.

"하지만 이 해적선은 우리가 존재하는 이유나 마찬가지란 거야. 해적이기 위해 해적질을 계속하는 거야. 이 일을 그만두는 건… 불가능해."

그래, 그는 해적이다. 타인의 재산을 약탈하고 때로는 생명을 빼앗는다. 법이나 질서 밖의 존재—

"뭐가 해적의 자존심이야. 이런 짓을 계속하면 언젠가… 당신이 죽을지도 몰라."

"난 해적이야. 배 위에서 죽을 수 있다면 영광이지."

장이 또다시 하얀 이를 드러내 보이며 싱긋 웃었다

"그보다도 네가 내 장래를 걱정해 주다니 정말 의외군." 믿을 수 없는 말이었다. 에밀리아나는 콧등까지 화악 붉게 물들었다.

나는 대체 무슨 생각을 하는 걸까! 사납고 하찮은 해적이 군대에 잡혀서 목이 날아간다고 해도 아프지도 가렵지도 않아야 할 터인데.

단 두 번 그런 일이 있었다는 것만으로 장을 특별한 존재로 생각하다니. 내 마음은 어쩜, 어쩜 이렇게—

아주 어려운 퍼즐처럼 어쩜 이렇게 불가사의한 걸까.

입술을 삐죽 내밀고 눈썹 끝을 내린 채 곤란한 표정을 짓고 있는 에밀리아나를 보고, 장은 그런 걱정은 쏙 들어가게 하려는지 의기양양한 표정을 지으며 말했다.

"안심해, 과거에 한 번이라도 실패했더라면 난 지금 여기에 없었을 거야. 내가 여기 있는 건 바다에 있는 모든 배 위에서 이겼기 때문이지."

장은 손을 뻗어서 에밀리아나의 어깨를 잡았다.

천을 통해서 천천히 스며드는 손바닥의 열기에 에밀리아나의 머리는 몽롱해지고 말았다.

"다, 당신 걱정 같은 걸 하고 있는 게 아니야. 난 숙녀로서 당신네 해적들의 횡포를 그냥 넘길 수 없는 것뿐이야."

"에밀리."

장이 이름을 부르자 고개를 든 에밀리아나는 그를 올려다보는 자세가 되었다. 그러자 그가 그녀의 겨드랑이에 팔을 두르고 길어 올리듯 끌어안았다. 그는 웃고 있었다. 웃으며 자신의 품에서 그녀의 몸을 빈틈없이 안고 있었다. 에밀리아나의 양다리가 바닥에서 떨어졌다. 안아 올린 에밀리아나를 달래듯 장이 크게 흔들자 마음도 몸을 따라 흔들렸다.

장은 에밀리아나의 앞에 새로운 삶을 제시했다. 가족을 위해서가 아닌 자신을 위해 사는 인생을.

하지만 나에게는 가족이 있다. 자유분방한 삶을 산다면 곤란한 것은 그들이다.

고향에 남은 에밀리아나의 가족들의 얼굴이 떠올랐다가 사라졌다.

그렇다. 난 에도아르도님의 곁으로 서둘러 가야 한다.

에밀리아나의 손이 우연히 장의 허리에 매달린 커틀러스

에 닿았다. 에밀리아나는 달구어진 금붙이에 닿았을 때처럼 순간적으로 손을 움츠렸다.

장은 미운 남자다. 에밀리아나를 평온한 일상에서 끌어내 인질로 삼았을 뿐만 아니라 순결을 빼앗았다. 아무리 미워해도 분이 풀리지 않을 남자일 터였다. 그럼에도, 그럼에도.

어째서 나는 그의 체온에 취하는 걸까…….

"커틀러스를 빼도 돼."

장은 에밀리아나의 귓가에 입술을 갖다대고 속삭이듯 말했다. 그 말에 에밀리아나는 망설이는 자신의 마음을 장이 전부 꿰뚫어보고 있다는 사실을 깨닫고, 말로 할 수 없는 충격에 그의 품안에서 몸을 굳혔다.

"선장."

노크 소리와 함께 문이 열리고 남자가 얼굴을 내밀었다. 장은 에밀리아나의 몸을 살며시 바닥에 내려놓고 문 쪽으로 고개를 돌렸다.

"일몰과 함께 작전 개시입니다."

"알겠어. 나도 곧 갈게."

또다시 장은 에밀리아나에게 시선을 돌렸다. 그때는 이미 그 녹아내릴 듯한 표정은 완전히 사라져 있었다.

"아가씨는 침실에 있도록 해. 문은 꼭 잠그고!"

너무나도 진지한 그 표정에 에밀리아나는 단지 고개를 끄덕일 수밖에 없었다.

에밀리아나는 침실로 돌아가 침대 옆에 걸터앉아서 한숨을 쉬었다. 선미 창문으로 보이는 풍경이 우울했다. 아름다운 석양은 완전히 저물었고 수평선에 불길해 보이는 구름이 뭉게뭉게 치솟으며 암갈색으로 물들어가고 있었다.

여자인 자신이 나간다고 한들 어떻게 될 일이 아니다. 그들은 장이 말한 대로 해적이다. 하지만 빼앗고 범하고 납치하는 것은 동물이 살아가는 방식이나 다름없다. 에밀리아나는 체념하는 기분에 잠겼다. 할 일이 없던 그녀는 각등에 불을 붙이고 침대 곁에 놓인 그의 책장에서 꺼낸 모험소설을 읽기 시작했다.

따분함에 잠이 몰려와 어느새 고개를 꾸벅꾸벅 젓고 있었던 듯했다.

"…으음?"

배 전체에 쿵쿵 하고 무언가가 부딪히는 소리가 연이어 울려 퍼지는 것에 에밀리아나는 고개를 들었다.

천장은 선미 갑판이었다. 그 위를 무수한 발소리가 저벅저벅 하고 바삐 오가고 있었다. 평소 질서정연하게 움직이는 에스피에글 호의 선원들에게는 드문 일이었다.

그 발소리는 에밀리아나의 가슴을 불안하게 휘저었다.

문틈으로 조금 내다보는 건 괜찮겠지……?

에밀리아나는 선장실을 나가서 복도를 빠져나가 갑판 승강구의 문을 조금 열어 밖의 상황을 내다보았다.

"하아……."

그곳은 전쟁이었다. 여기저기에 놓인 각등의 불빛 아래에 커틀러스와 레이피어가 오갔고 불꽃이 튀어 흩어졌다. 카빈총이 이쪽저쪽에서 불을 뿜었다. 에스피에글 호의 선원과 화물선에 탄 사병들이 격렬한 전투를 펼치고 있었던 것이다.

그 오싹한 광경을 눈으로 접한 에밀리아나의 몸이 문 그림자 아래서 굳어졌다.

"화물이 아깝다면 과감하게 달려들어 보시지!"

한창 격렬하게 싸우는 가운데 고함 소리가 귀에 곧장 닿았다.

화물선의 측면에는 갈고랑이가 달린 배사다리가 걸려 있었다. 그 위에 떡하니 서서 불어오는 바닷바람에 산발이 된 머리를 나부끼는 사람은 바로.

"장……!"

그는 화물선의 선장으로 보이는 남자와 배사다리 위에서 대적하고 있었다. 선장은 자신의 배를 지키겠다는 듯 화물선을 등지고 폭이 넓은 검을 들고 있었다.

에스피에글 호의 선원들은 사병의 기세에 눌리는 것 같았다. 결코 유리한 상황이라고 할 수 없었다. 거센 바람이 불어와 에밀리아나의 금발을 휘감아 올렸다. 싸늘한 무언가가 오싹하게 등줄기를 가로질렀다.

남자들의 본격적인 전투를 직접 접하자 다리가 부들부들 떨렸다. 장이 해적이라는 사실을 잊은 것은 아니었다. 하지만 그는 에밀리아나의 앞에서는 해적다운 비열함이나 고식적인 모습을 보여주지 않았기 때문에 그가 해적이라는 사실을 완전히 망각하고 있었다.

"그쪽이야말로 이런 상황에서 아직 화물에 얽매이려는 건가. 당장 꼬리를 내리고 도망가지 않으면 쓰라린 일을 겪게 되는 건 그쪽이라고."

"난 괴물이야. 이 정도쯤 되는 소동은 여름밤에 만나는 작은 태풍과 같은 법이지."

말이 떨어지기가 무섭게 장의 커틀러스가 하얗게 번뜩였다. 선장도 못지않았다. 손에 든 검으로 장의 검을 받아치자 새된 금속음이 울려 퍼졌다. 주위의 남자들로부터 한숨 같기도 하고 아우성 같기도 한 소리가 높아졌다.

에밀리아나는 필사적인 표정으로 검을 휘두르는 장의 모습에 눈길을 빼앗겼다. 또다시 선장이 큰 검을 내려쳤다. 아슬아슬하게 그의 커틀러스가 받아쳤다. 양쪽 다 한 치도 물러서지 않는 싸움에 에밀리아나의 목에서 꿀꺽 하는 소리가 흘러나왔다.

무거운 검의 기세에 눌려 장의 뒤꿈치가 배사다리 위에서 미끄러졌다. 선장이 검을 휘두르자 장의 손에서 커틀러스가 떨어져 바다로 사라졌다.

"아아!"

―지지 마. 하느님, 부탁이에요. 장을 지켜주세요.

에밀리아나는 자신도 모르게 가슴 앞에 손을 모으고 있

었다.

"꺄아아아!"

갑자기 높은 파도가 좌현에 부딪치며 화려한 물보라를 일으켰다. 에밀리아나는 승강구 위에서 균형을 잃었다.

또다시 장을 향해 시선을 돌리자 그는 자세를 바로잡기가 무섭게 몸을 가누지 못하는 선장의 가슴팍으로 뛰어들고 있었다. 그리고 왼손으로 선장의 폭이 넓은 넥타이를 붙잡고 수염이 덥수룩한 목덜미에 오른손으로 카빈총의 입구를 갖다댔다.

한순간의 일이었다.

"잘 들어."

장의 목소리가 선명하게 울려 퍼졌다.

"목숨이 아깝다면 사병들을 전원 내 배에서 물러나게 해. 화물은 포기하는 거겠지? 우리 배와 헤어진 다음엔 북동쪽으로 항로를 돌려."

"크윽."

총성이 들렸다.

"난 진심이야. 네 목숨을 빼앗는 것쯤은 아무렇지도 않아."

"알겠다……."

선장은 분노로 떨리는 오른손을 높이 들었다.

"전원, 해산."

그 순간 굵고 우렁찬 소리가 배를 뒤흔들었다.

"선장, 해냈어!"

"역시 장이야!"

그 소리는 에스피에글 호의 선원들의 것이었다. 그들은 오른손에는 커틀러스를 들고 있었지만 왼손에는 저마다 약탈품을 끌어안고 있었다. 보석이 담긴 자루와 향신료, 연료로 사용될 석탄 등 종류도 다양했다.

장이 선장의 넥타이에서 손을 떼자 그는 뒤로 비틀거렸다. 배 위에서 벌어진 결투는 그렇게 막을 내린 듯했다.

에밀리아나는 장의 의외의 모습에 놀라고 있었다. 모험 소설에 나오는 해적은 마음 내키는 대로 배를 덮쳐서 화물을 빼앗고 아무런 죄도 없는 사람에게 손을 대는 등 비인간적으로 그려져 있었다. 귀족이 하는 제대로 된 결투를 벌일 줄은 상상조차 하지 못했다.

장의 진짜 모습을 처음 알게 된 에밀리아나는 격렬하게 동요했다.

"어째서 선장을 죽이지 않은 거야?"

선실에 돌아와 갑판 승강구 기둥에 손을 대는 장에게 에밀리아나는 물었다. 어떻게든 물어야만 했다.

"배 위에서 목숨을 빼앗는 건 좋아하지 않아."

"그럼 선장을 인질로 잡으면 몸값을 잔뜩 받을 수 있었을 텐데."

에밀리아나의 말에 한순간 당황한 표정을 보인 후 장이 쾌활하게 웃었다.

"넌 나보다 훨씬 악당이구나. 차라리 여자 해적이 돼볼
래? 멋질걸."

"난 진지하게 묻고 있는 거야."

수플레처럼 도톰하게 부풀어 오른 에밀리아나의 뺨을 장
이 자신의 까칠한 손가락으로 찔렀다.

"난 노예를 사고파는 건 싫어해."

"해적은 금은보화랑 무기랑 함께 노예 매매에도 손을 대
고 있는 게 아니었어?"

갑판 위에서는 화물선에서 빼앗은 술통을 열어서 포도주
를 돌리고 있었다. 지금부터 빼앗은 식료품을 서로 나누는
대연회가 벌어지는 것이었다.

하지만 장은 그들에게 등을 돌리고 에밀리아나의 곁을
지나 선실 안으로 훌쩍 들어갔다.

"따라와. 보여주고 싶은 게 있어."

장이 돌아보며 말했다. 에밀리아나는 장의 뒤를 가만히
따라갔다.

선장실로 들어오자 장은 양쪽에 서랍이 달린 해도대에서
둥글게 말린 그림 한 장을 꺼내 해도 위에 펼쳤다.

"이건……?"

어디서나 볼 수 있는 가족을 그린 초상화였지만 채색도
구도도 명장의 솜씨를 떠올리게 했다. 무척이나 솜씨 좋은
화가가 그린 것 같았다. 장과 몹시 닮은, 풍채 좋은 남성이

견장이 달린 군복으로 몸을 감싸고 있었다. 그의 어깨 부근에 유행에 조금 뒤떨어진 느낌이지만 호화로운 드레스를 입은 부인이 서 있었다. 두 사람 사이에 놓인 의자에는 말쑥하게 차려입은 소년이 차분히 앉아 있었다.

"꼬맹이였을 때의 나랑 우리 가족이야."

그렇다면 이 소년이 지난날의 그라는 걸까.

총명하게 빛나는 호박색 눈동자는 그와 무척이나 닮아 보였다. 아직 천진난만하고 앳되게 채색되어 있었지만 소년의 것이라고는 생각할 수 없을 만큼 날카롭게 빛났다.

"난 어느 나라 귀족의 아들이었어."

장이 아무렇지도 않게 불쑥 말했기 때문에 에밀리아나는 하마터면 그의 말을 놓칠 뻔했다.

"…거짓말은 관둬. 마티노라는 가문은 들어본 적이 없어."

"그야 그렇겠지. 목숨이 간당간당한 채 바다에서 떠내려 가다 해안에 닿았던 게 아침이라서 마티노(이탈리아어로 '아침'이라는 뜻:역자 주)라는 성을 붙였으니."

너무나도 뜻밖의 말에 에밀리아나의 머릿속에서는 이곳이 해적선의 선실이며 자신이 해적선장과 함께 있다는 사실조차 날아가 버렸다.

"우리 집은 왕가와 관계있는 유서 깊은 가문이었지만 그걸 달갑지 않게 여겼던 무리의 계략에 넘어가서 말이야. 양친은 누명을 쓰고 단두대로 갔고 난 고아원에 간 후 노예상인에게 팔렸어. 그게 여섯 살 때였지."

장은 입술을 일그러뜨렸다. 슬퍼 보이는 미소였다.

"다른 고아들과 함께 노예선을 타고 신대륙으로 가던 중에 섬이 보였어. 난 바다에 뛰어들어서 그 섬을 향해 헤엄쳐 갔지. 며칠을 헤엄치고, 나무토막을 붙잡아서 표류하다가 또 헤엄치면서… 어느 무인도 해안에 도착했어. 그 섬을 은신처로 삼고 있던 사람이 바로 괴물의 전대 선단장이었던 거야."

"그런 일만 없었더라면 당신은 작위를 가진 귀족이었을 거라는 거야……?"

그가 이따금 보이는 왕족 같은 옷차림, 기품 있는 행동은 하루아침에 몸에 익은 것이 아니었다. 만약 그가 귀족 출신이라면 모든 게 납득이 갔다.

"그런 녀석은 내 부모와 함께 단두대에서 이슬로 사라졌어. 난 노예선에서 도망쳤던 순간에 다시 태어났어. 장파티스트 델 마티노로."

에밀리아나는 진보랏빛 눈을 크게 떴다.

해적은 금은보화, 철광석에 보석, 모직물이나 견직물, 향신료나 홍차, 그리고 노예를 실은 배를 덮쳐서 화물이나 때로는 목숨을 빼앗는 존재다. 시중에 나온 책에는 그렇게 쓰여 있었으며 에밀리아나도 그렇게 믿어왔다. 하지만 장은 그들과 전혀 달랐다. 배에서 피를 흘리는 것을 싫어하고 노예 매매도 금하고 있었다.

"노예선 안은 지옥이나 마찬가지야. 더럽고 지독한 냄새가 나는데다 제대로 된 음식도 주어지지 않으니 굶주리고 목말라하면서 창고에 돌아다니는 벌레까지도 나눠먹지. ……그런 경험은 누구에게도 겪게 하고 싶지 않아."

장의 눈이 급격하게 진지한 색을 띠웠다. 그러자 이 오만불손한 해적이 철없는 아이처럼 보이지 않았다.

부당한 이유로 부모를 잃고 나라에서 쫓겨난 그는 해적이 되는 것 이외에는 살아갈 길이 없었던 것이다.

그의 말이 사실이라면 인질로서 납치된 자신은 어떻게 되는 걸까. 노예 매매를 하지 않는 그가 자신을 납치한 이유란 대체 뭐란 말인가.

어째서인지는 모르겠지만 가슴이 격렬하게 두근두근 고동쳤다. 얼굴색이 달라졌고 손끝까지 떨림이 전해져 왔다.

에밀리아나는 장을 바라보았다. 그는 얼굴을 구기며 웃었다.

"뭐, 반은 거짓말이지만 말이야. 노예선에 팔린 꼬맹이가 그런 초상화를 가지고 도망칠 여유가 있을 리 없잖아."

에밀리아나의 어깨가 축 늘어졌다. 그와 동시에 갈 곳 없는 분노가 소나기구름처럼 몽글몽글 솟구쳤다.

"…날 놀리다니. 그렇게 재밌어?"

"재밌어!"

에밀리아나는 장의 뺨을 손바닥으로 쳤다.

"이젠 몰라."

흥 하고 사납게 콧김을 양쪽으로 뿜어내는 에밀리아나의 가느다란 몸을 등 뒤에서 장의 양팔이 끌어안았다.

"그렇게 화내지 마. 태생이 어떻든 귀족이든 아니든 지금 내게는 아무런 의미도 없어. 난 해적일 뿐이야."

장은 고개를 돌려서 에밀리아나의 옆머리를 헤집고 들어와 귓볼을 입술로 물며 그렇게 속삭였다. 등줄기가 오싹했다. 그 느낌은 장이 에밀리아나에게 가하는 압도적인 쾌감에 직결된 듯했다.

내 몸은 어쩜 이렇게 음란한 걸까…….

장이 에밀리아나를 납치하여 몸을 더럽힌 증오스러운 존재임은 틀림없다. 그럼에도 불구하고 장의 체온에 감싸이는 것만으로 몸속에서 무언가가 천천히 녹아내렸다. 그리고 그것이 심장에 도달하면 달콤한 독이 되어 온몸을 돌았다.

그가 만지는 것만으로도 걸쭉하게 녹아내려서 달콤한 푸딩이 되는 것은 어째서일까.

장의 손가락이 변덕스럽게 에밀리아나의 머리칼을 잡고 손끝으로 빙글빙글 감았다.

"넌 처녀가 아니라도 충분히 예뻐."

"장……?"

에밀리아나는 고개를 돌려서 장의 얼굴을 바라보았다.

"그러니까 널 보르게제 녀석에게 엄청 비싼 값으로 팔아줄게. 비싼 값을 치르고 돌려받았으니 손에서 절대 놓을 수 없다는 생각이 들 만큼 엄청 비싸게."

"노예 매매 같은 건 하지 않는다며?"

"거래와 매매는 별개지."

그렇게 말한 후 장은 하얗고 가지런한 이를 내보이며 싱긋 웃었다.

에밀리아나는 미간을 찡그렸다. 장이 거래 이야기를 꺼낼 때마다 어째서인지 가슴이 죄어드는 것 같았기 때문이다.

그는 증오스런 남자다. 자신을 납치하여 평화로운 일상과 순결을 빼앗고 약혼자에게 비싼 값에 팔겠다고 하는 그가 어떤 사람인지 알지도 못하면서, 어째서 나는 장의 일거수일투족에서 눈을 뗄 수 없는 걸까. 늘 제 잘난 소리만 내뱉는 얇은 입술에서 나오는 말에 가슴을 설레며 기대하는 것은 어째서일까.

"장……."

에밀리아나의 입술이 떨리며 그의 이름을 부를 때였다.

"선장, 큰일입니다."

늘 침착하던 리나르도가 안색이 달라진 채 선장실로 뛰어 들어왔다.

장의 몸이 에밀리아나에게서 떨어졌다.

"노크도 없이 무슨 일이야."

"당했습니다. 조금 전의 화물선은 미끼였습니다. 우리는 지금 프레지아스카 해군에게 포위당했습니다. 아무래도 갈로파노에 주둔하고 있던 함대가 쳐들어온 듯합니다."

아. 지금 그는 확실히 갈로파노의 프레지아스카 해군이라고 말했다.

에밀리아나의 가슴을 영문을 알 수 없는 동요가 뚫고 지나갔다. 그리고 그와 동시에 장의 얼굴이 딱딱하게 굳어졌다.

"죄송합니다. 제 잘못입니다. 섬 그림자에 숨어 있던 군함의 존재를 뒤늦게 알아차렸습니다."

그렇게 말하며 리나르도는 정수리가 보일 만큼 머리를 깊이 숙였다. 뒤로 넘겨서 하나로 묶은 머리칼이 어깨에 툭 떨어졌다.

"지나간 일은 됐어. 그것보다 이 사태를 어떻게 넘길지 생각해 봐."

장은 초상화를 말아 끈으로 묶은 다음 해도대 서랍에 넣고 리나르도와 해도를 향해 돌아섰다.

갈로파노라고 하면 에도아르도가 소속된 함대가 모항으로 삼고 있는 제도였다. 혹시나 하는 희망과 설마 하는 의구심이 에밀리아나의 가슴속에서 격렬하게 충돌했다.

에도아르도가 고작 여자아이 한 명 때문에 일부러 군함을 끌고 올 리가 없다. 에밀리아나는 그렇게 생각했다.

자신은 약혼자일 뿐이기 때문이다. 아직 에도아르도님의 가족도 아내도 아니다. 내가 사라지면 다른 좋은 집안의 아름다운 처녀를 아내로 맞이하면 될 터였다.

에밀리아나는 뒤로 물러났다. 구두 아래에서 바닥이 울렸고 그 소리에 리나르도가 뒤돌아 이쪽을 보았다. 원망과 혐오가 담긴 그 시선에, 노골적인 악의를 받아들이는 데 아직 익숙하지 않은 에밀리아나는 오싹해져서 등줄기를 떨었다.

배에 여자를 태우면 바다의 여신의 질투를 사서 좋지 않은 일이 벌어진다.

설마. 설마…….

뒤로 더 물러나자 문에 손이 닿았다. 에밀리아나는 몸을 틀어서 선장실에서 뛰쳐나갔다. 들러붙는 드레스 자락을 걷어내며 복도를 달려가자 갑판 승강구가 나왔고 에밀리아나는 그곳에서 밖으로 나갔다.

"에밀리아나, 가지 마! 선장실로 돌아와!"

장의 목소리가 울려 퍼졌지만 더 이상 가만히 있을 수 없었다.

거센 바닷바람이 휘이잉 불어와 머리를 휘날렸다. 에밀리아나는 머리를 손으로 정리하며 상갑판 위를 둘러보았다.

모두가 전투태세를 갖추고 있는지 갑판은 긴장된 분위기로 가득 차 있었다. 선원들은 저마다 자리를 잡고 엉거주춤한 자세로 숨을 죽이고 있었다.

"하앗……."

에스피에글 호를 비롯한 괴물선들을 주변에서 군함으로

보이는 배들이 둘러싼 채 대포로 겨냥하고 있는 상태였다. 주위에 흩어져 있는 배에 놓인 검은 빛을 내는 포신이 밤이슬에 함초롬하게 젖어 있는 것이 보였다.

에밀리아나가 상갑판에 한 걸음 내딛은 순간 눈부신 빛이 그녀를 집어삼켰다.

"눈… 부셔……!"

눈을 보호하기 위해 손등으로 빛을 가렸다. 손가락 사이의 작은 틈으로 들여다보니 그 빛의 정체는 에스피에글 호바로 앞에 임시로 정박한 군함에서 나온 투광기 빛인 듯했다.

전함 갑판에는 마치 대낮처럼 무수한 화톳불이 일렁이고 있었다.

"에밀리아나 양!"

처음 듣는 남자의 목소리가 긴장감이 감도는 바다 위의 공기를 전율케 했다. 목소리가 들린 방향으로 고개를 돌린 에밀리아나는 숨을 삼켰다.

한 남자가 각등을 들고 에밀리아나의 이름을 부르고 있었다. 짧게 깎은 그의 머리는 애쉬블론드 빛으로 빛났고 입체적으로 생긴 얼굴에 자리한 깊은 두 눈은 짙은 푸른색을 띠고 있었다. 그가 큰 소리로 에밀리아나의 이름을 부를 때마다 하얗고 아름다운 치아가 들여다보였다. 어두운 남색 제복에 달린 금단추가 반짝였고 견장에는 닻 모양이 늘어서 있었다.

유난히 청결하고 호화로운 군복으로 몸을 감싼 그 얼굴은 확실히 낯이 익었다.

에밀리아나에게 많은 선물을 보내고 코스타 멜로그라노에 태워준 사람. 초상화로만 알고 있는 그 사람의 이름은……

"혹시… 에도아르도님?"

"네. 제가 에도아르도 보르게제입니다. 해적선에 납치된 당신을 쫓아서 이곳에 왔습니다."

어떻게 된 걸까. 그토록 보고 싶어 했던 사람이 지금 바로 눈앞에 있는 것이다.

에밀리아나는 혼란스러운 나머지 몸이 휘청거릴 것 같다.

그런데.

이 상황이 정말이라면 지금 당장에라도 바다에 뛰어들어 그의 배에 옮겨 타야 할 터였다. 머릿속으로는 그렇게 생각했지만 어째서인지 몸이 말을 듣지 않았다. 뒤통수라도 맞은 듯 우두커니 선 채 에밀리아나는 손가락 하나 움직일 수 없었다.

수평선 위로 떠오른 빛은 군함의 발광 신호인 듯했다. 그들은 괴물선단을 완전히 포위하고 있는 것 같았다.

에밀리아나의 가슴은 이루 말할 수 없는 충격으로 찢어지는 듯했다. 핏기가 가신 채 그 자리에 겨우 서 있던 에밀리아나는 몸을 웅크릴 수조차 없었다.

어째서 나는…….

"지금 보트를 내리겠습니다. 서둘러 옮겨 타십시오."

—안 돼.

머뭇머뭇 한 걸음을 내디디려는 발을 마음의 목소리가 붙들었다.

어째서 머뭇거리는 거야? 해적선에서 벗어날 수 있는 절호의 기회를 멀뚱히 날려 버릴 수는 없잖아.

난 더 이상 처녀가 아니니까 에도아르도님의 품에 뛰어들 자격이 없어.

하지만. 하지만. 하지만.

이렇게나 머리와 몸이 갈기갈기 찢어질 것 같은 이유는.

아름다운 에스피에글 호에서 떨어지지 못하는 이유는.

순결을 빼앗겼으니까 에도아르도님의 얼굴을 마주할 수 없어서가 아니야.

"에밀리아나."

이름을 부르는 목소리에 흠칫했다. 돌아보지 않아도 목소리의 주인을 알 수 있었다. 단지 이름이 불렸을 뿐인데 가슴이 아릴 만큼 떨렸다. 어째서 그런 것인지 지금이라면 그 이유를 알 수 있었다.

하지만 이 사람은 몸값을 받기 위해 나를 에도아르도님에게 건네겠지. 또는 이 궁지를 벗어나기 위한 수단으로 나를 이용하겠지.

뭐 어때. 그토록 바라던 에도아르도님의 곁으로 갈 수 있으니까…….

가슴 위에 손을 얹고 숨을 힘껏 들이쉬었다. 온몸이 심장이 된 듯 고동치고 있었다. 두근대는 소리가 귀에까지 들릴 정도로 피의 흐름이 빨랐다. 그럼에도 눅눅하고 쌀쌀한 바닷바람을 쐬자 손끝에서도 뺨에서도 콧등에서도 핏기가 싹 가셨다.

바로 등 뒤로 장의 기척이 느껴졌다.

그의 커다란 손이 에밀리아나의 가느다란 양쪽 어깨를 잡았다. 천천히 스며드는 낯익은 체온에 눈물이 날 것 같았다.

이걸로 이별이구나…….

격렬한 슬픔과 절망에 온몸이 잡아 뜯기는 것 같았다.

에밀리아나가 하아 하고 한숨을 크게 내뱉었을 때였다.

"메롱이다."

그 말과 함께 등에 손이 둘러졌다. 어? 하고 생각한 순간, 세상이 거꾸로 돌았다. 정신이 들었을 때 에밀리아나의 몸은 장의 겨드랑이에 끌어 안겨 있었다.

"사신도 없이 느닷없이 군함을 코앞에까지 들이밀다니 저질스러운 행동이로군. 교섭이란 건 예의를 갖춰야 하는 거 아닌가? 프레지아스카의 젊은 매는 세상의 이치를 모르는군."

"뜬금없이 무슨 말이냐. 해적 따위가 예의라니 세상 사람들이 웃겠군."

거리를 좁혀오는 배의 건너편에서 에도아르도가 시퍼런 핏대를 세우며 흥분했다.

"어쨌든 얼마를 준비했는지는 모르지만 시원찮은 가격에 이 여자를 건넬 생각은 없어."

"그럼 얼마를 원하지?"

"당신네들이 타고 있는 배. 전부 다 주는 건 어때?"

에밀리아나는 무심코 고개를 들어서 장의 얼굴을 보았다. 이곳에 출전한 프레지아스카 해군의 군함 전부라는 조건은 염치가 없어도 너무 없는 것이었다.

프레지아스카 해군의 군함이 자신들을 둘러싸고 대포로 겨냥한, 목덜미에 칼을 들이댄 것과 같은 상태임에도 말이다.

그는 정말로 거래를 할 생각이 있는 걸까……?

"……흠음. 재밌는 말을 하는군. 원래라면 너희 해적들이 목숨을 구걸해야 하는 상황일 텐데. 이런 때에 무슨 말을 꺼내는 건지……."

"그렇다면 교섭 결렬."

그리고 장은 빙그르르 등을 돌렸다.

"너 같은 건 엉덩이 때찌때찌야."

그렇게 말하고 엉덩이를 내밀어서 때찌때찌 하고 두들겨 보였다.

"큭."

아름답게 균형 잡힌 에도아르도의 눈코입이 힘없이 떡

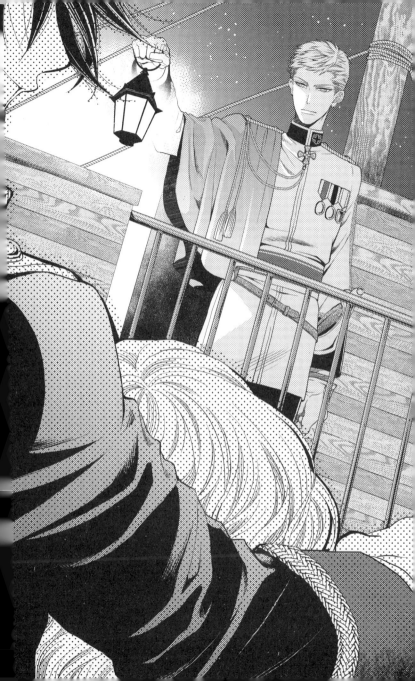

벌어졌다. 그는 에밀리아나와 장을 번갈아 바라보았다. 그 모습이 너무나도 웃겨서 에밀리아나는 무심코 품 하고 웃음을 터뜨리고 말았다.

"그런 모욕적인 행동을!"

장은 에밀리아나를 옆구리에 낀 채 한달음에 계단을 뛰어 올라가 상갑판에 섰다.

"모든 배에게 전한다! 전돛 펼쳐! 전속력으로 전진! 키를 힘껏 돌려라! 이곳에서 전속력으로 도망간다!"

리나르도가 헬리오그래프를 조작하여 다른 배들을 향해 신호를 보내자 배 위에서 저마다 함성 소리가 일었다. 괴물 선단의 모든 배에서 선원들이 종과 양동이를 작대기로 두드리며 소란을 일으키기 시작했다.

"천한 해적 놈들. 꼬리를 말고 도망칠 작정이군. 포수, 전방으로 포격 준비."

에도아르도의 배에 늘어선 대포가 일제히 에스피에글 호를 향해 방향을 바꾸었다. 그럼에도 장은 아무렇지도 않은 듯 그 자리에서 계속해서 떡하니 버티고 서 있었다.

"잘 들어. 이 배를 침몰시키면 우리 해적은 둘째 치고 당신 약혼자인 에밀리아나 아가씨도 바다의 해초가 되어 사라질 거야."

"크윽……!"

에스피에글 호가 전속력을 올리자, 분한 듯 일그러지는 에도아르도의 얼굴이 바다 너머로 천천히 흘러갔다.

그토록 보고 싶었던 얼굴이 멀어져 갔다.

나는… 에도아르도님과 결별함으로써 내 가족도 버린 것이다.

동그랗게 뜬 에밀리아나의 눈에서 커다란 눈물방울이 뚝뚝 흘러서 뺨을 타고 턱으로 내려가 갑판에 떨어져 스며들었다.

"에밀리."

장은 에밀리아나를 상갑판에 세운 후 마주 보고 서서 까칠한 손가락으로 눈물을 스윽 닦아주었다.

"저 녀석한테 가지 못해서 그렇게 슬픈 거야?"

장의 목소리가 가슴속까지 부드럽게 스며들었다.

아니다, 그렇지 않다. 가족을 배신하고 자신을 우선으로 생각한 것이 참을 수 없을 만큼 미안하고 슬펐기 때문이었다.

에도아르도와의 결별은 가족과의 이별을 의미했다.

에밀리아나는 장의 말에 대답하지 못하고 눈물을 계속 흘릴 뿐이었다.

어찌해야 할 바를 모르겠다는 듯 장은 에밀리아나의 머리칼을 손으로 빗어주었다. 그 자상함이 머리칼을 타고 온몸으로 스며들었다.

그때였다.

커다란 파열음이 났고 에밀리아나의 구두 근처 바닥이 폭발했다.

"까아악!"

"쳇. 저 자식들. 총을 쐈군."

장이 외쳤다. 멀어져 가는 군함의 뱃전에 저격수가 쭉 늘어서서 에밀리아나와 장을 향해 총구를 겨냥하고 있었다.

"그만둬!"

에밀리아나가 외쳤다. 그런 다음 정신을 차리고 보니 그녀는 장의 앞을 가로막고 있었다. 순간적인 행동에 스스로도 영문을 알 수 없었다. 하지만 에도아르도가 자신에게 총구를 겨냥하는 일은 없으리란 생각에 그렇게 행동한 것이었다.

그러나 그것은 안이한 생각이었다.

"상관없다. 쏴."

하얀 장갑을 낀 에도아르도의 오른손이 암흑 속에서 펄럭였다. 그와 동시에 물보라의 빈틈을 파열음이 채웠다.

에밀리아나의 온몸이 믿을 수 없다는 생각에 잠겨들었다.

바닥에 닿은 탄환이 나무판자 틈으로 파고들었다. 유탄이 금속에 닿자 불꽃이 흩어졌다. 에스피에글 호의 선원들도 가만히 있지만은 않았다. 손에 든 카빈총으로 군함의 저격병을 향해 반격하고 있었다.

하지만 상대는 훈련받은 저격병인데다 최신식 소총으로 공격하고 있었다. 이쪽의 열세는 불을 보듯 뻔했다.

"서둘러서 뱃머리를 돌려!"

망루에서 드물게도 리나르도가 고함치는 소리가 들렸다.

"어서 바람을 받아!"

남자들이 소리를 내지르는 아비규환에 배 위는 벌집을 쑤신 듯 대소동이 일었다.

"꺄아아!"

에밀리아나의 발치에 또다시 총알이 튕겨나갔다. 에밀리아나는 양손으로 귀를 막고 어디로 도망쳐야 할지 모른 채 그 자리에 우두커니 서 있었다. 공포로 다리가 부들부들 떨려서 움직일 수 없었던 것이다. 드레스 뒤가 식은땀으로 흠뻑 젖었다.

믿을 수 없었다.

어째서 에도아르도님이 나를 쏘는 걸까?

에밀리아나는 극도의 혼란에 빠졌다. 발끝에서 시작된 전율이 입술까지 도달하자 비명조차 지를 수 없었다.

진보랏빛 시선 끝에 결혼을 맹세한 약혼자의 모습이 보였다. 그러나 그는 애원하는 에밀리아나의 얼굴을 냉랭하게 한 번 쳐다볼 뿐이었다.

"에밀리아나, 뭐 하는 거야, 엎드려!"

"나… 나아……."

목구멍에서 절망과 슬픔이 한숨이 되어 북받쳐 올랐다. 에밀리아나는 이때야말로 자신이 정말 정신을 잃을지도 모른다고 생각했다. 이 정도의 극한의 공포심은 이제껏 느껴

본 적이 없었다.

"알겠어, 지금 구해줄게."

으르렁대는 듯한 장의 목소리가 등 뒤에서 에밀리아나를 밀어젖혔다. 오가는 총탄 속에서 장은 에밀리아나의 팔을 붙잡고 자신의 그림자에 그녀를 감싸며 선창 승강구를 향해 달렸다. 장의 완력이 너무나도 강한 나머지 에밀리아나는 뛰면서도 자신의 몸이 공중에 붕 떠 있는 듯한 느낌이 들었다.

에밀리아나는 장의 얼굴을 올려다보았다. 사람을 잡아먹을 듯 여유가 넘치는 평소와 선단장으로서 괴물을 이끌 때의 표정과는 전혀 다른, 남자의 얼굴을 하고 있었다.

가슴이 아팠다. 뛰어서도 긴장해서도 아니었다. 장의 곁에 있는 것만으로도 이렇게 괴로웠다.

장.

그때 총성 한 발이 탕 하고 높이 울려 퍼졌다.

큰 보폭으로 달려 나가던 장의 몸이 조금 흔들렸다.

그녀의 팔을 지탱하고 있던 그의 팔에서 힘이 쑥 빠져나가는 것이 느껴졌다.

—어?

장의 옆얼굴은 경악한 듯 눈을 크게 뜨고 있었고 살짝 벌어진 입에서 뜨거운 숨결과 함께 피 한줄기가 흘러 떨어졌다.

"장!"

에밀리아나의 외침과 동시에 장이 갑판 승강구 문을 걷어찼다. 장은 소중한 것을 지키듯 에밀리아나를 품속에 끌어안고 계단으로 굴러 떨어졌다.

장의 몸이 나무 바닥에 내동댕이쳐지자 에밀리아나는 그의 몸 아래에서 기어 나왔다.

드레스 자락에서 붉은 피가 점점이 방울져 떨어졌다.

"장?"

에밀리아나는 바닥에 쓰러진 장의 몸을 흔들었다. 그녀의 손은 부들부들 떨리며 힘이 들어가지 않았다.

꿈쩍도 하지 않는 장을 앞에 두고 에밀리아나의 얼굴에서 단숨에 핏기가 가셨다.

설마… 죽은 건 아니겠지.

에밀리아나의 심장이 폭발할 듯 뛰었다.

"장, 장!"

장이 신음했다. 그의 생명의 등불은 아직 꺼지지 않았다는 듯 어깨가 들썩였다.

"크흡… 넌 괜찮아? 에밀리."

"응, 당신이 받쳐준 덕분에. 이것 봐, 아무렇지도 않아."

"…그거 다행이군."

그가 콜록거리자 피가 잔뜩 흘러나왔다.

"장, 더 이상 말하지 마."

에밀리아나는 장의 오른쪽 옆구리를 만졌다. 그 순간 장이 짐승처럼 신음 소리를 내며 몸을 반으로 접었다. 천에서 눅눅한 감촉을 느낀 에밀리아나는 자신의 손을 보았다.

손은 선혈로 붉게 물들어 있었다.

그때 갑자기 오늘 아침에 눈을 떴을 때 선장실에서 들었던 리나르도의 말을 떠올렸다.

"이번만은 다시 생각해 주십시오. 불길한 예감이 듭니다."

*　　　　*　　　　*

다행히 밤의 바닷바람은 괴물의 편이 되어 주었다.

그 덕분에 그들은 프레지아스카 군함을 순식간에 따돌려서 도망칠 수 있었다.

악몽 같은 하룻밤이 지나고 괴물은 지중해에 떠 있는 작은 섬 주위에 정박해 있었다.

에밀리아나는 선장실 창문으로 밖을 내다보았다. 밖은 구름 한 점 없이 쾌청했고 감청색 하늘 높이 뜬 태양에서 쨍쨍 내리쬐는 햇빛에 하얀 해변은 눈부실 만큼 반짝였다. 섬 가운데에 울창한 숲이 우거져 있는, 무척이나 아름다운 곳이었다. 에밀리아나가 책을 읽으며 상상했던 미지의 정글이 이곳에 있었다.

그러나 마음이 들뜨지 않았다. 장의 상태가 심상치 않았기 때문이다.

선장실은 숨이 콱콱 막힐 만큼 짙은 피 냄새로 가득했다.

에밀리아나는 세면기에 천을 적셔서, 침대에 누워 있는 장의 이마에 맺힌 땀을 닦아주었다. 멋진 코도, 아름다운 곡선을 그리는 뺨도, 고통에 굳게 닫힌 눈꺼풀도, 구슬 같은 땀을 총총히 띄우고 있었다.

선의의 소견으로는 장의 옆구리에 총알 하나가 박혀 있다고 한다. 상처는 작지만 뱃속은 피바다라고 했다. 옆구리에 갖다댄 천이 피를 듬뿍 흡수하여 새빨갛게 변했다.

이렇게 피를 많이 흘리면 장은 죽을 게 분명했다.

에밀리아나는 얼굴과 목, 가슴에 맺힌 땀을 천으로 닦으면서도 장의 오른손을 계속 잡고 있었다. 자신의 작은 손을 잡아주는 장의 힘이 점점 약해지고 있다는 것을 알 수 있었다.

어째서 나 같은 사람 때문에 장이 이런 일을 겪어야 하는 걸까.

몸값을 올리기 위해서?

아니, 그는 말도 안 되는 소리를 하며 에도아르도님과 교섭조차 하지 않으려고 했다.

그렇다면 어째서 이 사람은 이렇게까지 해서 나를 계속 곁에 두려는 걸까? 어째서?

"장, 부탁이야…… . 정신 좀 차려…… ."

나, 당신에게 묻고 싶은 말이 있어. 그 답을 당신 입으로 직접 듣고 싶어.

가슴에 맺힌 땀을 닦는 척하며 심장 위에 손을 갖다댔다.

그의 심장이 힘차게 고동치고 있었지만 에밀리아나의 불안을 가라앉히기에는 부족했다.

―갑자기.

배 주변이 잠시 어두워졌다. 아무래도 섬의 만에 에스피에글 호가 입항한 듯했다. 그에 선원들은 재빨리 움직여서 들것을 준비해 장의 몸을 그곳에 옮겼다.

"장을 어디로 데려갈 생각이야?"

에밀리아나는 장의 곁에 붙어 있는 리나르도에게 말을 걸었다.

"이 배의 의사로는 손을 쓸 수 없으니 다른 의사에게 진찰받을 겁니다. 이 섬에는 어떤 나라에도 속하지 않은, 돈만 주면 진찰해 주는 실력 있는 의사가 있거든요."

"나도 같이 갈래."

에밀리아나의 말에 리나르도를 비롯한 에스피에글 호의 선원들이 일제히 날카로운 시선으로 그녀를 바라보았다. 그녀는 그 자리에 얼어붙었다.

"역시 여자를 배에 태우는 게 아니었습니다."

리나르도가 한숨을 뱉듯 말했다.

"저도 단순히 전설이라고 생각했지만 옛날부터 전해오는 말에는 무언가 사람의 이치엔 닿지 않는 세계의 원리가 있겠지요. 그 말을 따라 당신을 에우스타키오에서 화물선 선장에게 팔아버렸다면 이렇게 되진 않았을 겁니다!"

"그래! 이 물귀신!"

"넌 우리 배에 불행을 가져온 마녀야!"

리나르도의 말에 덩달아 주변의 사내들이 에밀리아나를 비난하기 시작했다. 그들도 자신들이 아끼는 선장이 이런 일을 당했으니 그 분노를 쏟아부을 곳이 없는 거겠지. 그건 알고 있다. 하지만 거친 무법자들이 자신을 둘러싸서 분노를 터뜨리는 데에는 아무리 다부진 에밀리아나일지라도 공포심에 얼굴이 굳어질 수밖에 없었다.

뭐야, 이까짓 일로 울 수 없지.

코가 시큰해졌지만 에밀리아나는 고개를 숙이고 입술을 악물며 견뎠다.

"늬들… 아기고양이 기죽이지 마……."

불타는 듯한 한숨 사이로 장이 쥐어짜듯 말했다.

"신사란 한결 같이 웃는 얼굴로 숙녀에게 최고의 대접을 해야 하는 법……. 뱃사람은 신사여야 한다. 내가 늘 하는 말이잖아?"

"선장!"

"장!"

선원들이 일제히 열광했다.

"어쩔 수 없군요……."

리나르도의 냉랭한 하늘빛 눈이 에밀리아나를 날카롭게 노려보았다.

"같이 가셔도 됩니다. 뭐어, 당신이 할 일은 옆에 붙어서 선장의 기운을 북돋아주는 정도겠지만요."

"알겠어."

그것만이라도 할 수 있으면 충분했다. 에밀리아나는 재빨리 세면기에 천을 적셔서 세게 쥐어짠 후 들것 옆에 붙어섰다.

깎아지른 듯 솟은 바위에 둘러싸인 자그마한 만은 고요했다. 바다는 하늘을 비춘 듯 어디든 파랬다. 섬 주변이 울창한 나무에 덮여 있었기 때문에 에스피에글 호처럼 커다란 배라도 나무 그늘에 몸을 숨기면 바다 바깥에서는 보이지 않게 되어 있었다. 최적의 장소를 발견한 것이다.

하지만 감탄만 하고 있을 수 없었다.

장을 태운 들것을 보트에 실었다. 에밀리아나와 리나르도와 그 외의 선원들이 탄 보트가 만에 닿았을 무렵이었다.

빵 하는 파열음이 만에 울려 퍼졌다. 무슨 일인가 해서 고개를 들자 외양에 정박해 있던 배에서 쏜 신호탄이 구름 한 점 없는 푸른 하늘에서 불길한 검은 연기로 호를 그리는 것이 보였다.

"뭐지?"

리나르도 일행은 푸른 하늘을 올려다보며 당황했다.

"무슨 일이야?"

그 상황을 심상치 않게 느낀 에밀리아나가 물었다.

"적습!"

남자들은 긴장한 빛을 띠웠다. 나무에 가려진 만 입구 너머로 낯익은 배 그림자가 신기루처럼 떠 있는 것이 보였다.

"프레지아스카 해군이다……."

"뭐어?"

설마.

그 말에 에밀리아나는 핏기가 가셨다.

완전히 따돌렸다고 생각했던 프레지아스카 해군의 군함이 바로 코앞에 나타난 것이다.

보트 위에 누워 있던 장은 말조차 하지 못하고 미간을 찡그리며 고통을 참고 있었다.

"선장이 이런 상태일 때, 하필이면 프레지아스카 해군이라니."

선원 한 명이 주먹을 쥐고 보트 바닥을 내리쳤다.

하지만 아무리 기다려도 포문을 열고 있을 터인 프레지아스카 해군의 군함은 이쪽을 향해 공격해 오지 않았다.

얼마 지나지 않아 군함에서 보트가 내려와 섬을 향해 다가오는 것이 보였다.

"…흐흐흐, 불행을 자처한다는 말이 바로 이건가."

선원들이 입맛을 다시며 허리에 차고 있던 커틀러스를 스윽 빼냈다.

"……기다려."

갑자기 장의 손이 움직여서 그들의 행동을 저지했다. 그 행동에는 평소와 같은 든든함이 넘치고 있었다.

"저 녀석들이 맨몸으로 여기에 오진 않을 거야. 아마도 너희가 칼을 빼 든 순간 포격하겠지."

"그럼 어쩜 좋을까요."

"드디어 교섭해야 할 순간이 온 것 같군……."

장은 신음하며 그렇게 말하고 리나르도의 부축을 받아 보트 위에 몸을 일으켰다.

가까이 다가오는 보트에 낯익은 얼굴이 타고 있었다. 에도아르도였다.

하지만 그 얼굴을 보아도 에밀리아나의 마음에는 이미 어떤 파문조차 일지 않았다.

그는 나에게 총구를 겨누었을 뿐만 아니라 장을 이런 지경에 빠뜨린 장본인이었다.

뱃속에서 참을 수 없을 만큼 격렬한 증오의 불길이 치솟아 에밀리아나의 몸을 감쌌다. 그 분노는 머리칼 끝마저도 부들부들 떨리게 할 정도였다.

에밀리아나는 새파래진 얼굴을 들고 격한 분노가 담긴 눈으로 에도아르도의 얼굴을 노려보았다. 그는 냉엄한 표정으로 만에 들어왔다.

"에밀리아나 아가씨를 돌려받으러 왔다."

그가 큰 소리로 선언했다. 그 목소리는 바위로 둘러싸인 만의 정적에 울려 퍼졌다.

"여길 용케도 찾았군."

고통에 얼굴을 찡그리며 장은 으르렁대는 듯한 목소리로 외쳤다.

"아아, 무뢰한들이 부탁하러 올 의사가 이 섬에 있다는 것 정도는 이미 알고 있지. 그리고 네가 선의만으로는 손쓸 수 없을 정도로 중상을 입었다는 것도 말이야."

"뭐든 다 안다 이건가……."

장이 입술 한쪽 끝을 끌어올려 억지로 웃었다. 그러자 잘생긴 이마에 흘러내린 머리칼에서 땀이 떨어졌다.

아아, 어째서 이런 때에 에도아르도님이 찾아온 걸까.

에밀리아나는 자신이 전설로 전해지는 바다의 여신에게 미움 받고 있기 때문에 불행을 초래하는 것이 아닐까 하는 기분이 들어서 참을 수 없었다.

바다 너머로 군함의 검은 포신이 번쩍였다. 그들은 섬에 정박해 있는 괴물선에 대포를 겨냥하고 있었다.

"선택권을 주지. 제대로 된 치료도 받지 못한 채 이대로 배 위에서 죽을지, 아니면 에밀리아나 아가씨를 이쪽에 건네고 실력 있는 의사에게 수술을 받을지. 자아, 어떻게 할 건가? 망설일 시간이 없어."

"…난 안 갈래."

에밀리아나는 자신의 등으로 장을 보호하며 에도아르도를 향해 말했다.

"당신은 날 향해 총을 쐈어요. 그 행동에 어떤 이유가 있든지 간에 그런 사람을 신용할 순 없어요."

"에밀리아나. 당신을 어른스러운 여성이라고 생각했소만."

에도아르도의 얼굴이 빈정거리듯 일그러졌다.

"뭐라고요?"

"생각해 보시오. 애초에 결혼 이야기를 처음 꺼낸 건 당신 아버님이지 않소? 당신이 해적선에 머물겠다는 어리석은 생각을 바꾸지 않으면 당신 가족은 비바람을 피할 장소조차 잃게 되는 거요. 리오네의 명문 귀족 일가가 구걸을 해야 하다니, 한심하군."

믿을 수 없었다. 나뿐만 아니라 가족까지 끌어들여 모욕하다니 이것이 프레지아스카 해군의 젊은 매라고 불리는 남자의 행동거지란 말인가. 신사 이전에 인간으로서 용서할 수 없었다. 에밀리아나는 지금 이 순간 이 남자를 사랑하는 일은 영원히 없을 것이라고 확신했다.

"비열한 사람!"

사실은 좀 더 심한 말을 던지고 싶었다. 하지만 충격과 혼란으로 머리가 원활하게 움직이지 않은 탓에 굳어진 입술에서 어떻게든 끄집어낸 말이 그 한마디였다.

"뭐라 비난해도 상관없소. 패는 이쪽이 들고 있으니."

오만한 태도에 한층 더 화가 치밀어 올랐다.

"에밀리아나."

리나르도가 부르는 소리에 돌아본 에밀리아나는 그의 차가운 하늘빛 눈과 시선이 뒤엉켰다.

"가십시오. 장을 조금이라도 생각한다면."

목소리가 부드럽게 귀에 닿았다. 하지만 그 말의 무게는 에밀리아나가 받아들이기 힘들었다.

"하지만… 나……."

"당신이 여기에서 고집을 부리면 장은 죽게 됩니다! 당신은 당신이 사는 세계에 돌아가야 합니다. 로마 사람은 로마로, 카이사르 사람은 카이사르로."

여기에 내가 있을 곳은 없다는 말이구나…….

"선장의 변덕이 초래한 일에 대해선 동정을 표합니다. 당신을 끌고 온 결과 이런 일에 처하게 된 것이니, 선장도 분명 후회하고 있으리라 생각합니다. 아무쪼록 용서해 주십시오."

리나르도가 고개를 숙였다. 온화하지만 단호한 거부를 느끼게 하는 태도였다. 은빛 머리칼이 어깨로 스르륵 떨어졌다.

그때 에밀리아나의 손에서 장의 손이 미끄러져 떨어졌다.

"…장? 장! 장!"

에밀리아나는 장의 어깨를 흔들었다. 몇 번이고 흔들고 두드려도 장은 호박색 눈동자를 뜨지 않았다.

"의식이 없어……."

리나르도와 다른 선원들의 날카로운 시선이 에밀리아나에게 일제히 꽂혔다. 에밀리아나는 움츠러들었다.

가슴이 짓눌리듯 아팠다. 그곳을 가로지르는 아픔과 슬픔으로 온몸이 갈기갈기 찢어질 것 같았다.

장과 함께 있고 싶다는 건 그의 목숨을 빼앗는 고집에 지나지 않아.

아아, 신이시여…….

손을 모으고 기도를 시작했고— 그만두기로 했다.

신에게 기도해 봤자 아무것도 달라지지 않는다.

이곳에서 내가 해야 할 일은 단 한가지다.

에밀리아나는 마른침을 꿀꺽 삼켰다.

"에도아르도님. 제가 당신 곁으로 가면 이곳에서 철수하여 그들을 풀어줄 수 있나요?"

에도아르도는 팔짱을 끼고 잠시 생각하는 몸짓을 취해 보였다.

"그러겠소."

"신사로서의 약속인가요?"

"물론."

에밀리아나는 에도아르도가 눈을 감고 고개를 끄덕이는 모습을 진보랏빛 두 눈으로 또렷이 지켜보았다. 귀족풍의 이목구비에 떠오른 것은 달갑지 않은 듯한 거만함이었다.

"안녕, 장……."

에밀리아나는 에도아르도의 얼굴을 외면하고 장의 입술에 재빨리 입맞춤을 한 후 보트에서 바다로 홀연히 뛰어들었다.

차가운 바닷물이 단숨에 온몸을 흠뻑 적셨고 그녀의 입 속에 퍼진 피 맛을 닦아주었다. 드레스가 물을 빨아들이자 바다 밑으로 끌려갈 만큼 무거워졌다. 머리까지 물속에 잠기자 귓속으로 바닷물이 들어왔다. 에밀리아나는 필사적으로 손을 움직여서 바다 표면에 얼굴을 내밀었다.

고요한 만이라고는 하지만 파도가 전혀 일지 않는 것은 아니었다. 얼굴 높이쯤 되는 파도에 떠밀려 바닷물을 마시면서도 에밀리아나는 필사적으로 양손과 양다리를 허우적대며 계속 헤엄쳤다.

아무리 괴로워도 에밀리아나는 헤엄치기를 멈출 수가 없었다. 이 괴로운 마음을 끌어안은 채 장의 곁에 있고 싶지 않았다.

장을 지키고 싶었다. 그가 커다란 바다를 누비는 해적으로 있어주기를 바랐다—

단 하나의 마음으로 에밀리아나는 헤엄쳤다.

"에밀리아나!"

에도아르도가 보트에서 바다로 뛰어드는 것이 보였다. 성큼성큼 다가오는 증오스런 남자의 얼굴을 보아도 에밀리아나는 어떤 감정도 솟구치지 않았다.

제5장 눈물의 결혼식

그토록 동경하고 고대하던 갈로파노에 왔지만 에밀리아
나의 표정은 얼음처럼 굳어 있었다.

시골인 리오네와 다르게 갈로파노는 번화한 도시였다.
거리에는 증기기관차와 자동차가 다녔고 대대적으로 가게
를 연 양품점 덕분에 사람들은 최첨단 유행을 따르고 있었
다.

하지만 갈로파노는 오늘도 날씨가 좋지 않았다. 보르게
제가 저택의 창밖으로 무거운 구름이 흘러 다녔고 어두운
하늘이 펼쳐져 있었다. 그 하늘의 빛깔을 옮겨놓은 듯 에밀
리아나의 얼굴은 새파랬다.

"아름다운 에밀리아나! 기분은 어떠하오?"

에도아르도가 화려한 드레스를 양손에 들고 에밀리아나의 방을 방문한 것은 음침한 오후였다.

달걀색으로 빛나는 그 드레스는 실크 새틴 천을 듬뿍 사용했으며 요전번 사교계 시즌에 혜성처럼 나타나 큰 인기를 끌었던 고풍스러운 삼단 버슬 스타일이었다. 드레스 자락 이곳저곳에는 천으로 만든 장미가 피어 있었다. 풍성한 스커트 부분과 비교해 상반신은 타이트하게 조여드는 스타일이었지만 입구 쪽으로 갈수록 넓어지는 파고다 풍 소매는 여전히 건재했다. 천으로 말아서 만든 장미가 가슴부터 배까지 걸쳐서 곁들여져 있고, 몰과 프린지와 리본 장식이 무척이나 화려한 방문용 드레스였다.

보통 여성의 경우, 이러한 드레스를 선물 받으면 감격한 나머지 눈물을 흘릴 터였다. 그만큼 화려한 드레스였다.

하지만 에밀리아나는 오늘도, 고향에 있는 어머니가 평소에 입던 드레스를 고쳐 입고 있었다.

"기분은 최악이에요."

에밀리아나는 에도아르도를 외면한 채 읽고 있던 책에 시선을 떨어뜨렸다.

"당신이 좀 더 즐겁게 음식을 먹어줄 거라고 생각했소. 왕실에서 주최한 사냥 대회에서 처음 만났을 땐 주변에 있던 과자를 손닿는 대로 탐스럽게 먹었잖소."

에도아르도가 손도 대지 않은 채 딱딱하게 굳어 있는 스콘과 클로티드 크림을 보고 한숨을 뱉었다.

"손닿는 대로 먹진 않았어요. 제대로 음미하면서 조금씩 먹었지요."

그런 모습을 보고 첫눈에 반하다니 의외로 괜찮은 구석이 있구나 하는 생각이 들었다. 하지만 에밀리아나는 앵두빛을 띠는 입술을 내밀고 말했다.

"메이드가 당신을 위해 준비한 홍차도 입도 대지 않고 식어버렸잖소. 일부러 인도에서 온 최상품 다즐링을 공수했는데……."

에도아르도는 긴 의자에 앉은 에밀리아나의 바로 곁에 걸터앉았다.

그리고 부서지는 물건이라도 받쳐 들듯이 에밀리아나의 손을 잡아당기더니 그 손등에 입술을 갖다댔다.

"싫어!"

그의 입술의 감촉은 차갑고 축축했다. 그 감촉은 에밀리아나의 등줄기에 오한을 불러일으켰다. 에밀리아나는 반사적으로 손을 끌어당긴 다음, 다른 한 손으로 에도아르도의 뺨을 때렸다.

"무슨 짓이오. 에밀리아나. 미래의 남편이 하는 인사에 손바닥으로 답하다니. 심하지 않소?"

에도아르도는 뺨을 문지르며 에밀리아나를 보았다.

에밀리아나는 한숨으로 답하며 치켜든 어깨를 떨어뜨렸다.

초상화라는 것은 자칫하면 굉장히 미화해서 그려지는 법

이다. 그런 의미에서 에밀리아나가 받은 초상화는 에도아르도의 얼굴을 충실히 재현해 내고 있었다. 차갑지만 귀족스러운 기품 있는 분위기, 그리고 해군사관의 군복. 하지만 내면까지는 그려내지 못했다. 그는 에밀리아나가 아는 한 어떤 해적보다도 비겁하고 차가운 남자였다. 가까이 다가오는 것만으로도 기분이 나빴다.

"어쨌든 싫어요. 가까이 오지 마요."

에밀리아나는 긴 의자 끄트머리로 이동하여 깃털 달린 부채를 펼쳐서 얼굴을 덮어 가렸다.

부채의 레이스 천 뒤로 에밀리아나는 가족의 얼굴을 떠올렸다.

아무리 싫어도 나는 이 사람과 부부가 될 수밖에 없다…….

부부가 된다는 건 어떤 걸까. 이 사람과 결혼하여 함께 있으면 불편한 마음이 누그러들고 아버님과 어머님처럼 사이좋게 살아갈 수 있다는 걸까.

아니, 절대로 무리다.

"어째서 날 거부하는 거요? 애초에 혼담을 꺼낸 건 당신 아버님, 레오파르디 경이지 않소?"

"……."

에밀리아나는 고개를 숙이고 입술을 깨물었다. 그 이야기를 꺼내면 에밀리아나는 반론할 여지가 없었다.

"그렇지. 오늘은 당신에게 좋은 소식을 가져왔소."

작위적인 태도로 일어나서 에밀리아나의 앞에 무릎을 꿇은 에도아르도가 부채를 치우고서 그녀의 귓가에 입술을 갖다댔다.

"그 해적선단… 괴물이라고 했던가? 녀석들이 해적질에서 손을 씻었다고 하더군."

"뭐라고요?"

이날 처음으로 에밀리아나의 뺨에 붉은 빛이 감돌았다.

그렇다는 것은 즉…….

즉, 장의 생명이 다했다는 뜻?

그렇게 생각하자 몸속에 무언가 엄청난 것이 분출되는 느낌이 들었다.

에밀리아나의 진보랏빛 눈동자 위를 수막이 뒤덮었고 곧이어 그 수막이 터졌다. 촘촘하게 난 속눈썹 사이로 커다란 눈물방울이 연이어 흘려 넘쳐 뺨에서 턱을 타고 가슴 위로 떨어져 내렸다.

너무나도 슬픈 나머지 그 자리에 웅크리고 앉아서 고함을 지르고 싶었지만 이 남자에게 그런 추태를 보일 수는 없었다. 이 남자에게야말로 절대로.

"어째서 우는 거요? 그 녀석들은 당신을 코스타 멜로그라노에서 납치한, 증오의 대상일 터인데. 며칠을 함께 있었던 것만으로 정이 든 거요?"

에도아르도가 내민 손수건을 왼손으로 뿌리치고 에밀리아나는 자신의 손수건을 꺼내 눈에 갖다댔다.

에도아르도는 양손으로 에밀리아나의 어깨를 잡고 가만히 흔들었다.

"이제부터 당신은 가족의 일을 가장 우선적으로 생각해야 하오. 내 말이 무슨 뜻인지 알겠소?"

장의 일은 잊고 에도아르도를 사랑하라는 의미인 것이다.

확실히 그의 말이 맞다. 자신의 어깨에는 가족 세 사람의 인생이 달려 있다. 그것을 내팽개치고 제멋대로 연애에 정신을 팔아서는 안 된다.

나는 레오파르디 백작가의 장녀 에밀리아나이기 때문이다.

"알고 있어요."

에밀리아나는 다시 한 번 더 손수건으로 눈물을 닦은 후 부채를 접고 미래의 남편인 에도아르도를 향해 웃음 지으려고 했다.

하지만 아무리 애써도 그럴 수 없었다. 뺨이 제멋대로 경련을 일으켰고 입술은 바짝 말라서 웃는 모습이 만들어지지 않았다. 어떻게든 웃으려고 하는 에밀리아나의 마음을 녹이기 위해서 에도아르도는 에밀리아나의 입술에 자신의 입술을 갖다댔다.

"흐으읍……."

얇고 예쁜 입술이 어쩜 이렇게 차가울 수가.

에밀리아나의 등줄기에 오한이 가로질렀다.

품속에서 경직된 에밀리아나의 반응을 긍정이라고 받아들인 에도아르도는 더욱 대담하게 혀를 미끄러뜨리듯 넣었다. 에밀리아나는 이를 악물고 버텼다. 그가 자신의 이를 더듬는 것만으로도 소름끼치는 혐오감에 휩싸이는 것 같았다.

에도아르도의 손이 움직여서 에밀리아나의 등에 늘어선 단추에 닿았다. 깜짝 놀라며 몸이 굳어졌을 때에는 이미 작은 천으로 둘러싸인 끈이 풀어져 있었고 코르셋이 드러나 있었다.

그뿐만 아니라 그의 손은 버슬에도 개의치 않고 엉덩이를 쓰다듬고 있었다.

"뭐하는 짓이에요! 우린 아직 결혼 전이에요!"

에밀리아나는 에도아르도의 손을 뿌리치고 새빨개진 얼굴을 숙인 채 흐트러진 드레스를 가슴 앞으로 끌어 모았다.

이런 굴욕은 처음이었다. 분노로 머릿속이 들끓어 어떻게 될 것만 같았다.

"아아, 그렇지. 하지만 우린 머지않아 결혼하게 될 거야. 그러니 이미 부부나 다름없지. 그렇다면 당연히 부부 생활을 해도 이상하지 않잖아."

예상외의 저항에 아연실색한 얼굴로 에도아르도가 답했다.

"……"

언젠가는 그렇게 되리라고 막연히 생각은 했다. 하지만

그것은 결혼식을 올린 후의 일로, 어찌 됐든 지금은 아니다. 싫다. 어쨌든 싫다. 지금이 아니더라도, 언젠가 그 순간이 오게 된다 해도 그와 살을 맞대는 것은 생리적으로 무리다.

—장.

목구멍에서 비밀스럽게 부른 이름이 온몸에 달콤하게 물들었다.

당신은 지금 천국에서 이 광경을 보고 있을까. 내가 곤란해하는 모습을 보고 바보처럼 웃고 있을까, 아니면 진심으로 화를 내줄까.

"…그 자식에게 순결이라도 지키려는 건가?"

생각을 간파당한 것에 에밀리아나는 깜짝 놀라서 고개를 들었다.

"내가 아무것도 모를 거라고 생각하지 마. 남자밖에 없는 해적선에 납치당해서 며칠씩이나 배에 타고 있었어. 당연히 남자들과도 즐거운 시간을 보냈겠지."

"나쁜 사람! 남자들과라니……."

"자, 어떨까. 그 괴물선 선장 곁에서 밤을 보낸 여자가 녀석과 아무 일도 없었을 리가 없잖아."

정곡을 찌르자 에밀리아나는 무심코 말문이 막혔다. 분노로 인해 뺨이 붉어졌다는 것을 스스로도 알 수 있었다. 그것은 그의 말을 긍정하는 것이나 다름없었다.

"난 그렇게 행실이 나쁜 여자를 아내로 맞이하려는 거

야. 그러면 오히려 감사히 여겨야지, 거부할 이유는 없다고 보는데."

에도아르도는 의기양양한 표정을 지으며 여전히 에밀리아나의 몸에서 드레스를 벗기고 있었다. 에밀리아나도 지지 않겠다는 듯 저항했지만 양팔에 힘이 들어가지 않았다.

그때 느닷없이 노크 소리가 들렸다.

"지금 바빠."

에도아르도가 거친 말투로 답했지만 문 너머의 인기척은 물러나지 않았다.

"나중에 오라고 했잖아!"

"너무해. 그렇게 윽박지르지 않아도 되잖아."

목소리와 함께 여닫이문이 좌우로 힘껏 열렸다. 열린 문 가운데에 에밀리아나보다 대여섯 살 많아 보이는 여성이 서 있었다. 그녀의 등 뒤로 집사가 송구스럽다는 듯이 어깨를 움츠리고 있었다.

에밀리아나는 큰 눈을 무심코 더욱 크게 뜨고 그녀를 보았다.

그녀는 보기 흉한 모자를 손에 들고 가슴이 과감하게 파인 진홍색 태피터 드레스를 입고 있었다. 버슬이 작은 이유는 풍만한 몸의 곡선을 드러내기 위해서인 것 같았다. 몇 시간을 들여서 세팅한 듯한 갈색 머리가 어깨에서 구불구불 소용돌이치고 있었고 머리에는 무척이나 화려한 장신구가 빛나고 있었다.

얼굴에도 가슴에도 드레스를 고정하는 작은 끈에까지도 떨어진 가루분이 그다지 내키지 않는 향수의 향기와 뒤섞인 채 냄새를 폴폴 풍겨댔다.

"어머, 방해한 건가?"

갑자기 나타난 불청객이 무슨 말을 하는 건지 깨닫고 에밀리아나의 얼굴이 붉어졌다.

"가, 가, 갑자기 남의 방에 맘대로 들어오다니 깜짝 놀랐네요. 당신은 누구신가요?"

에밀리아나는 사관 제복을 밀어내고 그 그림자에 숨어서 재빨리 드레스 매무새를 바로잡으며 물었다.

"내 이름은 피오레 벨루티네리. 에도아르도의 애인 중 한 명이에요."

애인 중 한 명?

에밀리아나의 머릿속에 물음표가 연이어 지나갔다.

애인이라는 것은 대게 한 명이지 않은가. 게다가 에도아르도에게는 나라는 약혼자가 있다. 그럼에도 애인이라 자칭하는 여자가 나타났다. 그리고 그녀는 '애인 중 한 명'이라고 한다.

즉.

"당신은 에도아르도님의 '많은 애인 중 한 명'이라는 건가요?"

"빙고."

피오레는 오른손으로 부채를 펼쳐서 입가를 가렸다. 금

빛으로 번쩍번쩍 빛나는 눈이 살며시 가늘어졌다. 표독스런 붉은 색으로 칠한 입술을 부채 아래에서 웃는 모양으로 끌어 올린 듯했다.

에밀리아나는 진보랏빛 눈을 크게 뜬 채 에도아르도를 보았다. 그는 거북한 듯 뒤통수를 긁고 있었다.

나 이외에도 사랑을 속삭이는 상대가 있었을 줄이야.

졸도할 기회는 지금밖에 없다고 생각했다. 하지만 비명을 지르고 기절하기 위해 크게 숨을 들이쉬던 그때 생각을 고쳐먹었다.

이게 뭐가 슬프고 분한 일이람. 애초에 나와 에도아르도 님은 사랑의 감정 따윈 티끌만큼도 없었으니까…….

"그래서, 무슨 용건인지 묻고 싶군요."

에밀리아나는 스커트에 생긴 주름을 꼼꼼하게 편 후, 의연한 태도로 피오레를 향해 몸을 돌려 앉았다.

"에도아르도가 결혼을 결심한 아가씨가 어떤 분인지 한번 보고 싶었지요. 애인으로서 신경 쓰이잖아요?"

"그러셨군요. 전 에밀리아나 레오파르디라고 합니다."

"아아, 그 가난뱅이 백작 레오파르디가의 아가씨로군요."

이런 식으로 가문을 모욕당하는 것은 처음이었기에 에밀리아나의 머리에 피가 솟구쳤다.

"전……."

아무래도 가만히 있을 수 없었다.

"저희 가문은 확실히 기울었습니다. 하지만 첫 대면인 분에게 가난뱅이 백작이라고 얕보일 정도로 몰락한 건 아닙니다."

"흐으응, 버릇없는 계집아이군. 하지만 재산을 목적으로 에도아르도와 결혼하는 건 사실이잖아?"

"하아……"

"온 도시에 당신네들 소문이 자자해. 트럼프에 빠져서 땡전 한 푼 없는 빈털터리가 된 레오파르디 경이 자신의 딸을 돈과 바꾸기 위해 시집보낸다고 말이지."

에밀리아나는 더 이상 말대꾸를 하지 않고 가만히 있을 수밖에 없었다. 확실히 보르게제가의 지원이 없으면 레오파르디가는 몰락하고 말 것이다. 그것은 사실이다.

하지만 갈로파노의 사람들로부터 그런 시선을 받고 있는 줄은 몰랐다.

"적당히 해."

지겹다는 듯 에도아르도가 말했다.

"피오레, 내가 화내기 전에 돌아가 줘."

"네네에. 오늘은 물러나도록 하죠."

피오레가 물러나고 여닫이문이 닫혀도 방 안에는 분가루와 향수의 향기가 짙게 감돌았다. 에밀리아나는 발코니에 다가가 창문을 크게 열었다. 그 여자의 잔향을 맡기 싫었던 것이다.

머릿속에서 분노와 혼란이 격렬하게 소용돌이치며 몸이

휘청거리는 것이 느껴졌다. 에도아르도에게 소리를 지르고 싶었다. 무언가 심한 말로 따지고 싶었다. 하지만 생각이 말로 나오지 않았다.

"……이 외에도 다른 여자가 있으신가요?"

에밀리아나는 창밖을 바라보며 가까스로 에도아르도에게 물었다.

"있어."

그는 아무렇지도 않은 듯 단호히 말했다.

"그야 난 프레지아스카 해군의 젊은 매니까 말이지. 애인 서너 명쯤은 당연하잖아. 여자들은 모르는 남자의 삶인 거지.

"그렇게 잘나신 분인데 어째서 저 같은 사람과 결혼하려는 거죠? 당신 생각을 정말로 모르겠네요."

말하고 나자 한심하단 생각에 콧속이 시큰해졌다. 에밀리아나는 어금니를 악물고 흘러넘칠 듯한 눈물을 참았다. 이런 상황에서 우는 것은 에밀리아나의 신념에 반하는 것이기 때문이었다.

"지금 확실히 해두기로 하지. 난 아름다운 여자를 좋아해. 그리고 보르게제가는 가문을 중요시 여기지. 돈은 두세 번째고 말이야. 그 조건에 가장 들어맞았던 여성이 에밀리아나 당신이야."

"그렇다면 당신은 돈과 바꾸어 내 외양과 가문과 결혼하는 건가요?"

"그렇지."

믿기 힘든 말에 귀를 의심하던 에밀리아나는 이 질문을 하지 않고서는 견딜 수 없었다.

"외양과 가문만을 위해서 군함을 파견했나요?"

"그건 아니야. 괴물 녀석들의 목을 조른 건 무훈을 위해 서였어."

등 너머로 들리는 냉소적인 말에는 끼어들 틈이 없었다. 에밀리아나는 망연자실하게 우두커니 서서 제도 갈로파노 에 낮게 드리워진 구름을 노려보고 있었다.

"처녀가 아닌 네가 보통 남자와 결혼할 수 있는 것만으 로도 감사히 여겨."

그 말이 귀에 닿은 순간 에밀리아나의 몸이 굳어졌다. 머 리 꼭대기에서 발끝까지 번개가 가로지르는 것 같았다.

지금 바로 이 자리에서 발코니로 달려가 뛰어내릴까도 생각했다. 하지만 이곳은 이 층이었다. 웬만해서는 목숨을 잃을 일은 없을 듯했다.

그리고 죽어서 어쩌겠냐는 생각도 들었다. 리오네에 남 아 있는 가족을 생각하면 경솔한 짓을 해서는 안 된다.

난 새장 속의 새다. 그곳에 자유는 없다.

에밀리아나는 에도아르도를 힐끗 보았다. 차가운 청색 을 띠는 그의 눈이 에밀리아나를 얕잡아보고 있었다. 그 눈 에 음란한 빛이 감도는 것을 보아 아마도 그는 에밀리아나 에게 일어난 일을 이리저리 상상하고 있는 듯했다.

장이 자신을 납치하지 않았고 더럽히지 않았더라면 이런 일은—

아니, 그건 아니다.

설령 해적선의 습격을 받지 않고 갈로파노에 도착했더라도 에도아르도의 본성을 바로 알아차렸을 것이다.

게다가.

에밀리아나는 자신의 순결을 지키기 위해서 몇 번이나 바다에 뛰어들려고 했었다. 그러나 그럴 수 없었던 것은 오로지 장이라는 존재가 있었기 때문이었다.

그와 함께 나누어 먹었던 맛있는 고기 요리, 에스피에글호에서 본 일출과 일몰의 아름다운 광경. 에밀리아나의 머릿속에 장과 보낸 시간이 주마등처럼 스쳐 지나가기 시작했다.

장은 확실히 에밀리아나를 억지로 안았다. 하지만 에밀리아나는 그 행위를 스스로 원했다. 그에게 안길 때마다 쾌감을 얻으며 그를 깊이 받아들이고자 탐욕을 부렸던 것은 다른 누구도 아닌 에밀리아나 자신이 아니었던가.

장은 지금 에밀리아나에게 무엇을 바랄까.

"이 세상에는 말이야, 내일을 살고 싶지만 살 수 없는 녀석도 있다고."

장의 말과 동시에 에밀리아나의 뺨에 고통이 떠올랐다.

그래. 나는 선택했어. 이 삶을 살아가기로.

구름 낀 하늘 아래에 미지근한 바람이 불어와 에밀리아나의 머리칼을 흔들었다.

—장.

머리카락을 바람에 날리며 에밀리아나는 마음속으로 장의 이름을 읊조렸다. 그녀의 마음속을 차지하고 있는 것은 장이었다. 그리고 가슴에 가득 차 있는 것은 그와의 추억이었다. 당장에라도 그가 보고 싶었지만, 그건 이제 영원히 이룰 수 없게 된 꿈이 되었다.

그 추억을 가슴에 감추고 살아가기에는 장의 존재가 너무나도 커져 있었다.

에밀리아나의 가슴을 짓누를 만큼.

에밀리아나 레오파르디와 에도아르도 보르게제의 결혼식은 프레지아스카에서 가장 큰 교회의 대예배당에서 열렸다.

국내외 유력 귀족이 초대된 두 사람의 결혼식은 최근에는 보기 힘든 성대함과 추문으로 갈로파노 거리를 들썩였다.

이웃 나라의 저명한 재단사가 디자인한 결혼식용 드레스는 우수한 봉제사가 몇 개월에 걸쳐 완성한 것이었다.

유행은 어지럽게 변화했다. 풍성한 버슬이 한물가니 이번엔 작은 허리받침에 우아한 곡선을 그리는 스타일이 유행이라고 한다. 에밀리아나의 아름답고 여성스러운 곡선을 전면적으로 내세우기 위한 달라붙는 상반신에 긴 소매. 앞은 V자형으로 깊이 파여 있었지만 뒤는 드레스 깃이 세워져 있었으며, 목 주변에는 로코코 시대를 방불케 하는 이국적인 레이스가 곁들여져 있었다. 얇은 실크 모슬린이 몇 장이고 포개어진 가벼운 소재로 슈미즈 드레스라고도 불렸다.

드레스 깃 부근에는 다이아몬드로 동그랗게 둘러진 메추리알 크기쯤 되는 커다란 사파이어 브로치가 박혀 있었다.

성모 마리아를 상징하는 파란색 물건 하나를 몸에 지니는 것이 결혼식 풍습이기는 하지만 눈에 띄지 않는 장소에 다는 것이지 이렇게 화려하게 세공품은 어울리지 않는다고 생각했다. 무엇보다 검푸른 하늘이 연상되는 사파이어를 보면 자꾸만 떠올랐다.

장과 에스피에글 호에서 보낸 다사다난했던 나날들이.

"에밀리아나님, 준비가 끝났습니다."

에밀리아나는 시녀들의 손을 빌려서 겨우 드레스를 입을 수 있었다. 몸 이곳저곳의 치수를 재서 몇 번이나 가봉하여 완성한 드레스였지만 왠지 불편했다.

이렇게 불편한 건 드레스 때문이 아니라 내 마음이 이 결혼을 내켜하지 않아서야…….

에밀리아나가 아무리 고개를 숙여도 에도아르도는 여자관계를 정리하려고 하지 않았다. 오히려 열심히 부탁하면 부탁할수록 뻣뻣하게 나올 뿐이었다.

아침에 일어났을 때 거실에서 에도아르도의 애인들이 과자를 먹고 홍차를 마시며 이야기꽃을 피우고 있던 적이 한두 번이 아니었다.

에도아르도는 밤이 되면 결혼식을 앞두고 있음에도 이런저런 이유를 붙여서 에밀리아나의 몸을 억지로 요구했다. 당연히 응할 마음 따윈 없었기 때문에 에밀리아나는 에도아르도의 집요한 요구를 몇 번이고 거절했다.

"어째서지? 에밀리아나. 어째서 이렇게까지 날 거부하는 거요?"

"순서가 거꾸로 됐어요."

"그런 건 상관없어. 어차피 우린 부부가 될 거잖소. 이쪽에 오시오."

"오지 마요! 만지지 마요!"

에밀리아나는 침실 옆방으로 도망가서 문을 잠그고 문 앞에 나무상자를 쌓은 후 그 그림자에 숨어 무릎을 끌어안았다.

"에밀리아나, 에밀리아나!"

집요하게 문을 두드리던 에도아르도는 굳게 닫힌 문이 어지간해선 열리지 않는다는 것을 깨달았는지 혀를 끌끌 차며 어기적어기적 사라졌다.

"당신이 상대해 주지 않겠다면 다른 애인에게 가면 될 테지!"

그가 내뱉는 말이 그녀의 가슴에 내리꽂혔다.

"…돌아가고 싶어."

에밀리아나가 말을 내뱉으며 중얼거렸다.

하지만 돌아가고 싶어도 어디로 돌아가야 할지 알 수 없었다. 집으로 돌아간다고 해도 지금은 에밀리아나가 있을 곳이 없었다.

에밀리아나는 그때로 돌아갈 수 있다면 하고 생각했다. 갈로파노 여행에 가슴 설레던, 아무것도 모르는 순진무구한 소녀로 돌아갈 수 있다면 얼마나 즐거울까. 장을 만나지 않고 남녀 사이에 일어나는 부당한 처사도 모른 채, 맛있는 과자와 좋아하는 홍차에 둘러싸여 살아갈 수 있다면 얼마나 멋질까.

하지만 그녀는 알고 말았다.

방에는 창이 없어서 별빛조차 비쳐들지 않았다. 그런 방에서 에밀리아나는 한바탕 울었다. 울고 또 울고 눈을 부비며 울었다. 에도아르도가 좋아하는 이 진보랏빛 눈 따윈 차라리 녹아버렸으면 좋겠다고 생각할 만큼, 에밀리아나는 계속해서 울었다.

"신부님, 정말 아름다우세요."

시녀 한 명이 에밀리아나의 앞에 나와서 하얀 백합으로 만든 부케를 건넸다.

지금부터 에밀리아나는 본당으로 이어지는 복도를 걸어

나간다. 그렇게 되면 이제 되돌릴 수 없다.

교회를 나설 때는 보르게제 후작 부인이 되어 있겠지. 그 순간을 상상하자 에밀리아나는 암담한 기분이 들었다.

"웃으세요. 에밀리아나님."

"긴장하고 계신가 보네요. 당연한 일이지요."

주변에 있던 시녀들이 침통한 표정의 에밀리아나를 안내하며 정성껏 말을 걸어주었다. 그 말을 건성으로 들으며 고개를 끄덕이던 에밀리아나는 드물게 화창하게 갠 갈로파노의 하늘을 올려다보았다.

창밖에는 구름 한 점조차 없는 쾌청한 푸른 하늘이 펼쳐져 있었다. 장과 항해했던 며칠 동안 이런 하늘을 몇 번이나 올려다봤던가.

―안 돼. 이제 잊어야지.

장을 생각해서는 안 된다. 괜히 슬퍼질 뿐이니까.

교회종이 정오를 알렸다.

"그럼, 가실까요?"

에밀리아나의 머리에는 금관에 다이아몬드를 박은, 섬세하게 세공된 티아라가 얹어져 있었고 그 위로는 길고 긴 베일이 펼쳐진 채 바닥에 끌리고 있었다. 난데없이 아이들이 나타나 드레스와 베일 자락을 들었다.

에도아르도가 이미 본당에 입장했는지 교회 안은 물을 끼얹은 듯 숙연했다.

정적 속에서 오르간 반주와 함께 찬송가가 들려오며 문

이 좌우로 열렸다. 가장 먼저 눈에 들어온 것은 그리운 아버지의 모습이었다.

"아버지……."

"에밀리아나, 무척이나 아름답구나."

에밀리아나는 그 순간 아버지에게 모든 사실을 털어놓고 싶어졌다. 장과 있었던 일도, 에도아르도의 애인에 관한 일도, 행복하지 않을 것 같은 결혼생활도, 그 모든 것을.

그러나 나이 든 아버지의 주름진 얼굴과 흰머리가 뒤섞인 갈색 머리를 보자 이상하게도 입이 움직이지 않았고 목구멍에서 소리가 턱턱 걸렸다.

레오파르디 경이 내민 손에 에밀리아나는 자신의 손을 얹었다. 어릴 적부터 익숙한 따듯하고 그리운 온기가 천천히 스며들었다.

그 온기에 에밀리아나는 이제 되돌릴 수 없는 일이라는 사실을 실감했다.

안녕, 아무것도 모르는 아이였던 에밀리아나.

안녕, 장…….

에밀리아나와 레오파르디 경은 하객 사이에 깔아 놓은 빨간 카펫 위를 천천히 나아갔다.

카펫 끝자락 즈음에 측랑에서 에도아르도가 걸어 나왔다. 군복을 입은 그는 온 가슴에 군장을 빛내며 화려한 빨간 망토를 걸치고 있었다. 옅은 웃음을 머금은 그의 얼굴을 보자 에밀리아나의 표정은 한층 더 굳어졌다.

사제 두 명이 함께 제단 앞까지 가서 서론을 읊었다.

"저흰 지금 이곳에 모여 성이자 의이자 사랑인 신 앞에서 결혼식을 거행하려고 합니다. 결혼은 신이 사람을 남자와 여자로 나누어 창조했을 때부터 시작된 법도입니다. 우리 모든 생명들은 이 법도를 존중하여 결혼이 신에게 축복받을 수 있도록 해야 합니다."

에밀리아나와 에도아르도는 서로의 얼굴을 마주보았다. 자신의 결혼식임에도, 이걸로 자신의 운명이 결정되는데도, 에밀리아나에게는 아무런 감회가 없었다.

에도아르도의 눈은 천장에 달린 창문에서 쏟아지는 빛을 받아 마치 에밀리아나의 옷깃에 장식된 사파이어처럼 차갑게 빛나고 있었다.

아아.

에밀리아나는 잠시 고개를 숙이고 양쪽 눈을 감았다. 그러자 속눈썹 사이에서 눈물방울이 흘러 넘쳐 새파란 입술에 미끄러져 떨어졌다.

"이 결혼식에 이의가 있는 자는 지금 당장 말씀하십시오. 그렇지 않으면 영원히 침묵하길 바랍니다."

사제가 하객들을 향해 외친 그때였다.

"이의 있습니다!"

돌로 만든 건물에 울려 퍼진 목소리에 에밀리아나가 돌아보자 본당 입구의 문이 크게 열리던 참이었다.

어둑어둑한 성당 안으로 강한 햇살이 쏟아져 들어왔다.

그 빛을 등지고 한 남자가 멈춰서 있는 것이 보였다.

눈부신 빛줄기 속에서 흐트러진 머리가 바람에 날리고 있었다. 주변의 웅성거림이 점점 고조되어 갔다.

그 남자가 아연실색한 하객들 사이로 걸어왔다. 가까이 다가올수록 얼굴이 점점 또렷하게 보였다.

설마.

그 남자는 번쩍번쩍 광을 낸 검은 가죽 부츠를 신고 있었다. 그리고 짙은 다홍색 바지에 해군사관이 입음직한 고급스런 펠트로 만든 상의를 걸치고, 가슴에는 폭이 넓은 순백색의 크라바트를 매고 있었다. 매듭은 화려하지는 않았지만 기품 있고 완벽해 보였다.

그리고 목 위로 햇볕에 그을린 얼굴은 로마 신들의 모습을 본뜬 석고상처럼 반듯했고 아름다웠다. 입술에는 웃음을 띠고 있었고 뺨의 곡선은 우아했으며 굵고 짙은 멋진 눈썹 아래에 자리한 깊은 눈은 금색으로 빛났다.

거짓말.

이런 일이… 있을 리가… 없어…….

하얀 실크 아래로 가슴이 찢어질 듯이 요동치기 시작했다. 숨을 쉴 수 없을 만큼 괴로웠다.

"당신… 은……."

목소리가 떨려서 말이 나오지 않았다.

"장파티스토 델 마티노, 더러운 해적놈. 살아 있었던 건가!"

빨간 망토를 걸친 에도아르도가 에밀리아나를 등 뒤로 감싸며 외쳤다.

"어이어이, 초대 손님의 이름을 틀리면 곤란하지. 난 장 파티스토 제네라리. 제네라리가의 당주로서 이 결혼식에 정식으로 초대받은, 엄연한 손님이야."

장의 말에 남의 일이라면 관심 많은 하객들이 술렁였다.

"제네라리? 어디서 들어본 이름인데?"

"그러고 보니, 선왕 시대에 귀족들의 패권 다툼에 휘말려서 억울하게 단두대로 끌려갔던 비극의 후작 가문이잖아."

"어머, 몰랐어? 최근에 열렸던 재심에서 제네라리 경과 부인의 결백이 증명돼서 작위가 반환됐잖아."

"그럼, 저 남자는 귀족인 거야?"

귀족이든 해적이든 이제 상관없다.

에밀리아나는 에도아르도의 팔을 뿌리치고 장에게 쏜살같이 달려갔다. 그녀가 뻗은 손끝이 남자다운 근육이 도드라진 긴 손가락에 닿았다. 레이스 장갑을 낀 에밀리아나의 손이 그의 커다란 손에 둘러싸이는 것이 느껴졌다.

그 손은 바다에서 보낸 삶을 떠올리게 하듯 마디가 굵고 조금 거칠었다.

—틀림없이 장의 손이야.

장은 에밀리아나를 끌어당겨 다부진 가슴으로 끌어안았다. 성당 전체를 뒤흔드는 웅성거림 속에서 양쪽 눈을 천천히 깜박이자 바로 눈앞에서 금빛 두 눈이 흔들리고 있었다. 그 눈동자 속에는 에밀리아나를 향한 애정이 흘러넘쳤다.

에밀리아나는 일단 손을 놓고 장의 어깨에 매달려서 그의 목 뒤로 깍지를 꼈다. 꽉 조인 허리에 둘러진 힘찬 팔이 에밀리아나를 꼭 끌어안았다. 에밀리아나와 장은 작은 틈도 없을 만큼 찰싹 포개어졌다.

에밀리아나는 장의 입술에 자신을 입술을 갖다대고 만나지 못했던 동안에 쌓인 애정과 열정을 남김없이 들이부었다. 에밀리아나는 입을 맞추며 눈물을 흘리고 있었다. 그 눈물이 장의 뺨을 적셨다.

서로 몸을 거세게 끌어안고 무아지경으로 입술을 마음껏 탐했다. 장의 마음속에 자신의 마음 전부가 닿길 바라며, 에밀리아나는 몸과 마음으로 그를 원했다.

에밀리아나가 장의 품에 뛰어들자 그의 팔이 그녀의 등을 꼭 둘러쌌다.

이젠 두 번 다신 떨어지지 않아. 놓지 않을 거야.

장에게 몸을 기울인 에밀리아나는 그가 이곳에 있다는 기적과 그의 입에서 흘러나오는 달콤한 숨결에 황홀해졌다. 장의 손이 에밀리아나의 머리칼을 더듬더니 머리에서 티아라와 베일을 벗겨냈다.

"사랑해, 에밀리아나."

"장, 나도 사랑해."

두 사람은 입술을 떼지 않고 서로 속삭였다.

"제네라리 경이라고 했던가? 이의의 이유를 말씀하십시오."

너무도 갑작스런 광경을 접하고 눈이 휘둥그레진 사제였지만, 헛기침을 한 번 하고 정신을 가다듬은 후 나지막이 말했다.

"이 결혼에는 사랑이 없기 때문입니다. 에밀리아나가 사랑하는 건 바로 접니다."

그렇게 말하고 장은 에밀리아나의 몸을 바닥에 내려놓고 그녀의 손을 다시 잡았다. 에밀리아나는 고개를 한 번 끄덕이고 뒤쪽에 펼쳐진 긴 드레스 자락을 끌어당겼다.

"그렇다면 사제님, 실례하겠습니다. 에밀리아나, 가자."

"응."

장은 에밀리아나의 손을 힘껏 잡았다. 이를 신호로 두 사람은 입구를 향해 달려나갔다. 드레스 자락이 새틴 구두에 밟혀서 찢어지는 소리가 들렸지만 그런 것쯤은 상관없었다.

빨간 카펫 옆으로 하객들이 저마다 뭔가 외치고 있었다.

에밀리아나는 잠시 뒤돌아서 가장 앞줄에 놓인 가족석을 보았다. 아버지는 망연자실한 채 우두커니 서 있었고 어머니는 힘없이 의자에 걸터앉아 있었으며 미켈레는 싱긋 웃으며 손을 흔들고 있었다.

—잘 있어요. 어머님, 미켈레. 죄송해요. 아버님.

교회 앞에는 고풍스러운 마차가 바짝 대어져 있었다. 마부의 얼굴을 보고 에밀리아나는 무심코 와아 하고 소리를 질렀다.

"당신은 그때의……."

마부가 씨익 웃자 비뚤비뚤한 치열이 눈에 띄었다. 그는 에밀리아나가 배에 타는 것을 굉장히 반대했던 남자이자 에우스타키오 항구에서 보초를 섰던 남자였다.

"혹시 배에 탔던 다른 사람들도?"

"사정은 나중에 말할게. 우선 마차에!"

장이 마차 안에서 에밀리아나를 끌어올렸다.

"기다려! 이 해적 놈!"

에도아르도가 허겁지겁 달려와서 에밀리아나를 향해 손을 뻗었다. 그의 손이 에밀리아나의 드레스 자락을 움켜잡기 직전에 마차에 올라탄 에밀리아나가 힘껏 문을 닫았다. 에도아르도는 바로 코앞에서 닫힌 문을 계속 두드렸다.

"에밀리아나, 이 일은 용서하지 않겠소. 지금 당장 나와 함께 성당에 돌아가시오! 사제님, 이자들은 결혼식을 더럽히는 자들입니다. 어서 경찰을!"

에도아르도의 그림자에서 나타난 사제가 고개를 가로저었다.

"에도아르도님. 혼인 서약상으로 그의 이의는 합당합니다. 안타깝지만 오늘 결혼식은 중지하기로 하지요. 에밀리아나 아가씨와 결혼하길 바라신다면 후에 다시 새로운 증인을 세워서……."

"웃기지 마. 그렇게 꾸물거릴 틈은 없어! 에밀리아나, 에밀리아나!"

에도아르도가 에밀리아나의 이름을 부르며 또다시 문을 두드렸다. 행인들이 무슨 일인지 구경하기 위해 이쪽을 향해 몰려들었다.

"어떻게 할까요, 두 분. 밖이 소란스럽긴 한데 준비는 됐나요?"

이빨 빠진 사내가 마부석에서 소리를 질렀다.

"상관없어. 출발해."

장의 말과 함께 마차가 전속력으로 달려가기 시작했다.

매끄러운 가죽 시트에 몸을 깊숙이 파묻자 장이 곧바로 그 위를 덮었다.

푹 파인 혼례복 가슴 언저리로 잠입한 손이 한쪽 어깨만 밖으로 드러낸 후, 쇄골에 입을 맞추며 가볍게 깨물었다.

에밀리아나는 그 뜨거운 입맞춤에 장이 자신과 몸을 섞었던 사람이라는 사실을 실감했다.

"하아… 장… 당신 정말 장이군요……?"

에밀리아나는 레이스 장갑을 벗은 후 그의 검은 머리칼에 다섯 손가락을 얹고 머리를 끌어안았다.

"이래도 아직 못 믿겠어?"

그 말과 함께 장은 에밀리아나의 작은 손을 잡고 입맞춤했다. 손등에 뜨거운 입맞춤의 표식을 찍자 에밀리아나의 몸이 흠칫하며 경련했다.

"그야… 에도아르도님이 괴물이 해산했다고 했으니까. 난 당신이 죽었다고만 생각……."

"정말로 해산했어."

"뭐라고요?"

믿을 수 없는 말에 에밀리아나는 무심코 자신의 귀를 의심했다.

"애초에 네가 말했잖아. 증기기관차가 다니는 요즘 세상에 해적은 시대에 뒤처진다고."

에밀리아나는 그 말을 확실히 기억하고 있었다. 하지만 그 말을 진심으로 받아들여 해적 일에서 손을 씻을 줄이야…….

에밀리아나는 튀어나온 쇄골에 뜨거운 입맞춤 세례를 퍼붓는 장의 얼굴을 밀치고 몸을 일으켜 세웠다.

"그렇다고 정말 해산할 건 없잖아! 선원들의 생활은 어떻게 되는 거야?"

"바다 사나이는 바다에서밖에 살 수 없으니까 그 녀석들은 아직 바다에 있지."

"무슨 뜻이야?"

그런 대화를 나누는 사이에 창밖으로 항구가 보였다. 항구에는 여러 국적의 크고 작은 배들이 정박해 있었다. 그중에서 하늘을 힘차게 뚫고 있는 돛대에 시선이 빨려들었다.

"저건……."

선미에 빨갛고 푸른 상선기를 펄럭이며 에스피에글 호는 고요히 계류하고 있었다.

항구에 도착하자 마부석에 앉아 있던 이빨 빠진 사내가 재빨리 땅에 내려와 정중한 태도로 마차 문을 열었다. 에밀리아나가 흐트러진 드레스의 매무새를 다듬자, 먼저 내린 장이 에밀리아나의 겨드랑이와 무릎 뒤로 팔을 넣었다.

"꺄악."

그리고 그대로 끌어안아서 마차에서 내려주었다.

"허억, 잠시 못 본 사이에 무거워졌군."

"무거워졌다니. 실례야!"

에밀리아나는 얼굴을 붉히고 볼을 부풀리며 장의 가슴을 때렸다.

"…실은 가벼워졌어."

갑자기 진지한 얼굴로 장이 말했다.

"내가 죽었다는 말을 듣고 간식도 차도 목에 넘어가지 않았지? 먹보인 네가 이렇게 마르다니 안쓰럽게……."

장은 동물이 애정을 표하듯 에밀리아나의 뺨에 자신의 뺨을 비볐다. 갑작스런 온기에 가슴이 애절하게 욱신거렸다.

"에밀리……."

에밀리아나는 미간을 찡그렸다. 눈이 아렸고 눈시울이 뜨거워졌다. 흘러넘칠 듯한 눈물을 참기 위해 입술을 악물었다. 스스로도 이상한 얼굴을 하고 있다는 느낌이 들어서 얼른 장의 어깻죽지에 고개를 숙이고 얼굴을 숨겼다.

"뭐야, 뭐야. 계속 죽었다고만 생각했어. 걱정 같은 거 할 필요 없었잖아. 당신은 그냥 죽을 사람이 아닌데 말이야. 나도 참⋯ 바보 같아."

"미안해."

"사과하지 마."

이렇게 투정부리고 싶지 않았는데. 주룩주룩, 주룩주룩, 아무리 길어도 바닥을 드러내지 않는 샘처럼 계속해서 눈시울에 눈물이 넘쳐서 뺨으로 흘러 떨어졌다. 에밀리아나의 뺨에 장이 뺨을 문지르자 분가루와 눈물이 그의 뺨을 함께 적셨다.

미운 소리를 했지만 애정은 끝도 없이 흘러넘쳤다. 에밀리아나는 장이 무사하다는 것을 확인하고 안도했다.

배가 흔들리는 소리. 소란스런 갈매기 소리. 그리고 커다란 파도소리만이 들리는 항구에 요란한 마차 소리가 울려 퍼졌다.

"에밀리아나! 돌아오시오!"

그 목소리의 주인은 에도아르도였다. 그는 군장이 더덕더덕 붙어 있는 화려한 혼례복을 입은 채 마차에서 내려와 외쳤다.

"지금이라면 용서하겠소. 그렇지 않으면 가족도 돈도 잃게 될 거요."

가족이라는 말에 에밀리아나의 어깨가 흠칫 떨렸다.

"에도아르도 보르게제 경, 이렇게 만나는 건 세 번짼가? 이렇게 얼굴을 자주 마주하니 이젠 남이라는 생각이 들지 않는군."

아하하하. 장의 마른 웃음소리가 조용한 항구에 메아리 쳤다.

"닥쳐! 난 에밀리아나와 이야기하는 거야. 에밀리아나. 영리한 당신이라면 잘 알 테지? 해적과의 불장난으로는 아무 일도 해결되지 않는다는 거. 토라지는 것도 적당히 해야 좋을 거요."

"……."

가족과 빚 이야기를 꺼내다니, 그는 정말 비겁했다. 이렇게까지 해서 그가 지키고 싶은 것은 에밀리아나와의 결혼 생활이 아니라 자신의 체면이었다. 입술을 악물고 잠자코 있던 에밀리아나의 몸을 다시 끌어안고 장이 말했다.

"그런 일이라면 네가 걱정할 필요 없어."

"뭐라고?"

"해적질에서 손을 씻었으니까. 지금의 난 장파티스토 제네라리, 세상에서 가장 빠른 홍차 운반선인 에스피에글 호의 선장이지."

홍차운반선?

"세상에서 가장 빠른 배와 최고의 항해사를 태운 화물선이라면 인도에서 홍차를 나르는 경쟁에도 나설 수 있을 거야."

에밀리아나는 저도 모르게 숨을 삼켰다. 세상물정 모르는 자신이 내뱉은 의견을 진지하게 받아들일 줄이야.

그 말을 듣고 감동에 전율하던 에밀리아나를, 장은 또다시 놀라게 했다.

"레오파르디가의 원조는 널 대신해서 우리 제네라리가가 맡도록 하지."

뭐? 지금 장은 뭐라고 하는 걸까?

에밀리아나는 커다란 눈을 더욱 크게 뜨고 고개를 돌려서 장의 얼굴을 보았다. 그의 옆얼굴은 여느 때와 다르게 진지한데다 긴장감이 넘쳤고 아름다웠다.

"그런 허울 좋은 말을 늘어놓다니. 너도 나와 마찬가지로 에밀리아나의 아름다운 외모를 돈으로 사는 거잖나."

"으음, 조금 다른 것 같은데. 지금 나한테 레오파르디가의 빚은 쥐똥 같은 금액이니까. 대신 갚아주는 걸로 누구처럼 생색내며 요란스럽지는 않지."

"그, 그걸로 용서받을 일이라고 생각하는 건가. 작위가 부활되고 아무리 돈을 번다고 한들 해적은 해적이다. 네가 저지른 수많은 죄는 결코 그냥 넘어갈 수 없는 일이야!"

"그래서 거래를 했지."

장이 입술을 삐죽 내밀었다.

"왕립재판소에 양친의 재심을 청구해서 인정받았고 그

결과 나는 승소했어. 그리고 양친이 뒤집어쓴 죄로 인해 벌어진 모든 사건은 무효로 인정받았어. 즉, 내가 해적일 때 저질렀던 일 전부가 없던 일이 됐단 거야."

"무슨……."

너무나도 빠른 전개에 에밀리아나의 뺨에 흐르고 있던 눈물이 완전히 말라 버렸다. 에도아르도도 같은 기분인 듯했다. 온 얼굴에 완전히 힘이 빠진 채 커다란 입을 멍하니 벌린 그의 모습은 멍청이 같았다.

그런 그에게 등을 돌리고 장은 에스피에글 호의 배사다리에 다리를 걸쳤다. 에밀리아나는 등 뒤에 있는 에도아르도가 의심스런 행동을 취하지 않을까 장의 어깨 너머로 지켜보고 있었지만 그는 우두커니 서 있을 뿐 총을 꺼내거나 검을 빼는 몸짓은 하지 않았다.

이미 그에게는 그럴 기력도 없었던 것이다.

이상하게도 지금은 에도아르도를 증오하는 마음이 조금도 없었다. 어떤 계기였든 간에 장과 자신을 만나게 해준 사람이었기 때문에 오히려 감사를 했으면 했지 미워할 이유는 없었다.

고마워요, 에도아르도님. 그리고 잘 지내요.

에밀리아나는 장에게 안긴 채 에도아르도를 향해 손을 흔들었다.

장이 배사다리를 다 올라가 돌과 모래와 바닷물에 갈고 닦인 갑판 위에 에밀리아나를 내려주었다. 그리운 갑판의 감촉을 다리 아래로 느끼며 에밀리아나는 맨발로 그 자리에서 춤추고 싶은 기분이 들었다.

"새로운 에스피에글 호에 오신 걸 환영합니다. 에밀리아나 아가씨."

장이 가슴에 손을 대고 오른다리를 뒤로 젖힌 후 고개를 숙였다.

에밀리아나가 오른손을 내밀자 그 손을 잡고 장이 입맞춤했다. 그 순간, 어느새 그들의 주위를 둘러싼 선원들이 와아 하는 갈채 소리를 높였다.

의외였다. 장의 목숨은 물론이거니와 괴물의 운명을 어긋나게 한 에밀리아나였다. 장이 목숨을 구하고 해적 일에서 손을 씻고… 이와 같은 격동의 운명에 휘말리게 한 장본인인 에밀리아나의 승선에 반대하는 선원이 있으면 그녀는 이 배에 탈 수 없었다.

그럼에도 이 환영 인사는……

떠들썩한 것을 좋아하는 무리가 배 이곳저곳에서 일제히 술병을 따고 고블릿으로 포도주를 주고받고 있었다. 그리고 요리장이 솜씨를 발휘하고 있는 듯 먹음직스런 냄새가 갑판을 채우고 있었다.

하지만.

"이 배에 다시 돌아온 건가요?"

리나르도가 한숨을 쉬며 선실에서 나왔다. 그는 변함없이 아무런 표정도 짓지 않은 채 에밀리아나를 불안하게 했다.

"리나르도도 다른 선원들도 내가 에스피에글 호에 타도 반대하지 않는 거야?"

"전 확실히 반대했습니다."

리나르도는 나지막이 답했다.

"다만 이 증기선이 바다 위를 달리는 세상에 바다의 여신이 어떻다는 둥 저주가 어떻다는 둥 말하는 것 자체가 비과학적이지요. 당신이 이 배에 탄든 타지 않든 해적 업계는 점점 기울어서 생활이 곤란해졌겠지요. 홍차운반선으로 전업하기를 장에게 제안해 주셔서 감사드립니다."

그렇게 말하고 그는 조용히 고개를 숙였다.

"불쾌하게 만들었던 점 사과드립니다."

에밀리아나와 장은 무심코 얼굴을 마주보았다.

"그럼……."

"이 배의 선원 중에 당신이 배에 타는 걸 반대하는 사람은 없습니다."

에밀리아나의 얼굴이 화사하게 빛났다.

"고마워, 리나르도."

여기에 내가 있을 곳이 있다.

너무 기쁜 나머지 에밀리아나는 리나르도에게 달려가 그의 목에 손을 두르고 끌어안았다. 갑작스런 에밀리아나의 행동에 당황한 리나르도의 표정은 평생 잊을 수 없을 것 같았다.

"마음대로 내 아내를 만지지 마!"

등 뒤로 다부진 팔이 뻗어와 에밀리아나의 잘록한 몸을 붙들었다.

"아, 아내?"

"때마침 웨딩드레스를 입고 있잖아."

"뭐야, 그런 김에 하자는 듯한 말투는……."

장이 끌어당기자 고개를 든 에밀리아나와 그의 금빛 눈동자와 시선이 뒤엉켰다. 장은 에밀리아나의 어깨에 손을 두르고 끌어안은 채 입술을 덮었다. 선원들의 야유가 한층 더 고조되자 에밀리아나는 견딜 수 없었다.

부끄러움에 몸을 떼려고 하자 장의 손에 힘이 더욱 실렸고 입맞춤이 점점 짙어졌다.

누군가가 놀림 반으로 휘파람을 불었다. 다른 선원들도 뒤를 이었다. 이쪽저쪽에서 나는 그 소리가 찬송가보다도 귀에 부드럽게 들렸다.

*   *   *

에스피에글 호는 괴물선단을 이끌고 갈로파노 항구를 떠났다. 먼 바다에 다다랐을 때쯤 장은 다른 선원에게 키를 맡기고 선장실로 돌아왔다.

그는 언제나처럼 입술 가장자리에 자신감과 쾌활함을 잔뜩 머금은 채 에밀리아나를 향해 미소 지었다. 하지만 오늘은 장에게 답할 기력이 없었다. 하지만 에밀리아나는 무심코 날카로운 말로 장에게 따졌다.

"이대로 나가도 돼? 제도 갈로파노는 당신이 태어난 고향이기도 하잖아. 도시의 권력자라고 해도 보르게제가의 미움을 받으면 평생 못 돌아가게 될지도 몰라."

에밀리아나의 질문을 장은 웃어넘겼다.

"확실히 난 제네라리가의 마지막 후계자야. 하지만 난 새로 태어났어. 대서양에 있는 섬에 표류한 그날 아침부터 해적이 된 거야. 양친의 명예를 위해서 제네라리가의 이름은 잇겠지만 마음은 늘 바다와 함께 있을 거야."

장은 가슴을 퍽 하고 두드리며 말했다.

"내 고향은 바다야."

"장……."

고향은 바다. 그렇게 말하는 장이 무척이나 듬직해 보여서 에밀리아나는 저도 모르게 높이 있는 장의 목에 양팔을 두르고 끌어안았다.

하지만 평소 같으면 힘을 담아서 꼭 안아줄 터인 장이 그 순간은 그러지 않았다.

"아… 저기, 에밀리. 널 위해 준비한 멋진 드레스가 많은데 그걸로 갈아입어 줄래? 물론 약탈한 게 아니라 새로 산 거야……."

어째서인지 장이 갑자기 히죽히죽 웃으며 말했다. 그리고 의심스러워하는 에밀리아나를 앞에 두고 자신의 허리 부근을 가리켰다.

"왜 그렇게 히죽거리는 거야······?"

내가 에도아르도와의 결혼식 드레스를 입고 있는 게 그렇게 싫은가? 흐음, 이 웃음은 싫어하는 게 아니라······.

장이 가리킨 위치로 시선을 떨어뜨린 순간이었다.

"꺄아악!"

에밀리아나는 드레스 자락을 끌어 모아 허리에 갖다대고 삶은 문어처럼 얼굴이 새빨개진 채 그 자리에 웅크렸다.

드레스가 허리까지 두 갈래로 찢어져 있었기 때문이다. 그래서 살며시 바람이 통했던 것이었다. 이 상태로는 순백색 실크 속옷에 감싸인 둥그스름한 엉덩이가 그대로 보였다.

"뭐 어째서 그래. 더 굉장한 것도 봤는데."

장은 눈앞에 댄 손가락을 오므렸다가 펼치며 그 틈으로 에밀리아나의 모습을 관찰했다.

"뭐가 괜찮아! 저질!"

귀가 뜨거워졌다. 에밀리아나는 바닥에 주저앉아서 찢어진 스커트 부분을 열심히 가렸다.

"저질스런 모습을 하고 있는 게 누군데······."

장은 입술 가장자리에 가벼운 웃음을 띠며 에밀리아나의 잘록한 몸에 팔을 감았다. 그 순간 세상이 반전했고 에밀리아나는 장의 팔에 끌어 안겼다.

"잠깐만, 내려줘. 드레스 못 갈아입잖아."

"그러니까."

장은 해도대 위에서 해도를 치우고 그 위에 에밀리아나를 앉혔다.

"내가 벗겨줄게."

"또 그런다!"

에밀리아나는 해도대 위에서 발을 버둥거렸지만 천천히 덮쳐오는 장의 온기를 느끼자 자연스레 저항할 수 없게 되었다.

"에밀리아나, 사랑해."

자상한 목소리로 장이 말했다. 그의 멋진 입술이 에밀리아나의 이름을 부를 때마다 몸속 깊숙한 곳에서부터 손끝까지 그 소리가 달콤하게 스며들었다.

장의 손이 에밀리아나의 어깨를 둘러싸듯이 끌어안았다.

"하아… 앗……."

그의 짓궂은 손이 깊게 파인 가슴 언저리에서 드레스 안으로 슬며시 침입하여 에밀리아나의 살결 위로 기어 다녔다. 그가 아슬아슬한 곳을 만지자 그녀는 자신의 젖꼭지가 단단하게 굳어진 것을 느꼈다.

"흐응……."

"이봐."

장이 놀리듯이 큭큭거리며 웃었다. 에밀리아나는 벌어진 가슴 언저리를 여미고 드레스 안에서 몸을 비틀었다. 하지만 그는 이를 용납하지 않았다.

"난 옷을 갈아입히고 있는 거야. 이상한 생각을 하면 곤란한데."

"당신… 때문이 아니야……."

드레스 속에 고래수염과 가벼운 실크 시폰으로 만들어진 코르셋을 입고 있었지만 장이 그 섬세한 천 너머로 가슴을 문지르자 참을 수 없었다.

에밀리아나는 눈을 치켜뜨고 장을 보았다.

"날… 이런 몸으로 만든 건……."

"그래. 내가 나쁘지."

장이 혀를 구부려서 자신의 입술을 핥았다. 평소에는 장난스럽기만 한 그가 이따금 보이는 이러한 행동은 무척이나 음란해 보였다. 그 혀로 자신의 숨겨진 장소를 핥아주었을 때를 떠올리자 에밀리아나의 몸이 격렬하게 떨렸다.

"내가 이렇게 했었지. 네 몸을 이렇게……."

"하아, 하지 마!"

크고 뜨거운 손이 실크 새틴 드레스 자락을 걷어 올려서 코르셋 끈을 풀고 가느다란 그녀의 몸을 만졌다. 하지만 장이 에밀리아나를 용서할 리가 없었다. 가슴으로 돌아간 그의 양손은 그녀의 가슴 언저리에서 능숙하게 움직였고 양쪽 어깨에서 드레스를 벗겨 내렸다.

코르셋과 드레스가 벗겨진 상반신에 뜨거운 손이 다시 돌아왔다. 그의 손이 풍성하게 맺힌 열매를 길어 올리듯 손아귀로 잡고 문질렀다. 장의 손가락 사이로 장밋빛 꽃망울이 솟아오르는 것을 느꼈다.

그 꽃망울을 튕기듯 장이 손가락을 갖다댔다. 날카로운 자극에 에밀리아나가 해도대 위에서 허리를 휘어 젖히자 다리 위로 그의 허리가 올라왔다.

바지 너머로 그의 물건이 흥분해 있는 것을 알 수 있었다.

"어딜 느꼈더라? 여기였던가? 아니면… 여기?"

그렇게 말하며 가슴 위를 기어 다니는 손놀림은 음란하기 그지없었다. 장의 손은 갈비뼈를 따라 움직이며 열매를 문질렀고 가슴 전체로 자극을 넓혀 갔다.

"흐읍… 하아…. 거기… 아니야……."

목 언저리를 떨며 에밀리아나가 말했다. 장은 의아한 표정을 지으며 손을 멈추었다. 그것이 불만인 듯 에밀리아나의 상체가 멋대로 흔들렸다. 자신의 몸이 제멋대로 움직이며 장의 애무를 원하고 있다는 사실을 알아차리고 에밀리아나는 귀까지 붉게 물들었다.

하지만 이젠 멈출 수 없었다.

에밀리아나는 단숨에 속옷을 벗은 후 장의 손을 잡아 자신의 다리로 이끌었다.

"당신과 할 때만… 나 이렇게 돼……. 에도아르도와는 아무 일도 없었어……."

"영광이군."

장의 손끝이 쓰다듬듯 옅은 수풀에 닿았다. 그때 파도를 받은 에스피에글 호가 흔들리는 바람에, 갈라진 틈의 끝자락에 위치한 꽃잎을 그의 중지가 우연히 건드렸다. 그러자 에밀리아나의 허리에서 등줄기까지 전율이 가로질렀다.

"벌써… 이렇게 젖었어."

무엇인지 묻지 않아도 알 수 있었다. 이미 에밀리아나의 목소리는 소리가 되어 나오지 못했다. 장이 꽃잎 틈으로 손가락을 집어넣어 물기를 머금은 그곳을 만졌다. 그가 긴 손가락으로 만질 때마다 그곳에서 날카로운 불꽃이 솟구쳐 온몸에 흩어졌다.

"크으읍… 흐읍……."

바다 사나이인 장은 매일을 바다에서 보냈기 때문에 손마디가 억세고 거칠었다. 그런 손으로 만지고 비비자 에밀리아나는 참을 수 없었다.

장이 꽃잎에 싸인 꼬투리를 손가락으로 집어서 끌어당기며 젖꼭지에 했듯이 문지르고 짓누르자, 에밀리아나는 자신의 몸속에 뜨겁게 녹아내린 무언가가 가득 차서 흘러넘치는 것을 느꼈다.

손길이 닿자 민감한 육체의 새싹이 꼿꼿하게 섰다. 에밀리아나는 꽃잎의 주변과 그 안도 만져주길 바랐다. 하지만 차마 입에 올리지 못한 채 몸을 떨고 있을 뿐이었다.

"기다려. 그렇게 서두르지 마."

마치 에밀리아나의 머릿속을 들려다본 것처럼 장이 말했다.

"여길 만져서 젖게 한 다음에 더 깊은 곳을 손가락으로 벌려서 저어줄게. …그러고 나서 이걸 넣어줄 거야."

장은 에밀리아나의 손을 잡고 자신의 바지 앞에 갖다댔다. 그곳은 조금 전부터 천을 사이에 두고도 알 수 있을 만큼 뜨겁게 흥분해 있었고, 에밀리아나는 달군 철에 닿은 듯 무심코 손을 끌어당겼다.

너무나도 크고 단단하고 뜨거운 것이 뚫고 들어와 휘젓는 상상을 하자 몸속에서 꿀이 콸콸 흘러넘쳤다.

장의 말과 행동에 어찌할 수 없는 수치심을 느꼈다. 뺨을 새빨갛게 물들이고 입술을 악물고서 곤란한 표정을 짓는 에밀리아나를 보고 장은 기쁜 표정을 지어 보였다.

달콤함으로 가득한 행복에 둘러싸여 있음에도 음란한 희열은 몸속을 파고들었다.

"아직 모르는 것 같은데……?"

그가 검지와 엄지로 새싹을 집어서 굴렸다. 그리고 중지와 약지로 파고들어서 새싹의 뿌리를 찾아 츄욱츄욱 소리를 내며 휘저었다. 끈적한 물소리가 고조되며 에밀리아나의 머릿속에 울려 퍼졌다.

"이건 네가 내는 소리야. 너무나도 음란해서… 날 흥분시키지."

"흐으응, 하아아……."

에밀리아나의 신음 소리는 이제 말로 성립되지 않았다. 그러나 장은 입술 가장자리에 웃음을 머금은 채 새싹을 잡고 그 끝을 손톱으로 문질렀다.

"하아앙… 아아……!"

목청을 젖히고 에밀리아나는 저도 모르게 비명을 질렀다. 상갑판에서 작업하는 선원들에게 소리가 들릴까 봐 당황하며 손등으로 입을 막았다. 장은 그런 에밀리아나의 손목을 잡은 후 손을 살짝 떼고, 신음하는 그녀의 입술에 자신의 입술을 덮었다.

"뭘 부끄러워하는 거야? 널 즐겁게 하려고 하는 거잖아."

웃음을 머금은 장이 입술과 입술을 포갠 채 숨결을 내뱉으며 말했다.

"그야… 그야… 누가 들으면……."

"듣고 싶은 녀석은 들으라고 해."

장의 손가락이 민감한 그곳을 계속 자극하자 에밀리아나는 목을 뒤로 젖혔다.

에밀리아나의 그 모습을 내려다보는 금빛 눈이 애정과 격정으로 뒤섞여 음란함을 자아내고 있었다. 하얀 목덜미를 가볍게 깨무는 시늉을 하고 쇄골을 빨아들인 후 장은 보드랍게 부푼 가슴 언저리에 얼굴을 묻고 장밋빛으로 물든 꽃망울 주변을 혀끝으로 더듬었다.

"하아… 흐음……."

탐스럽게 치솟은 꽃망울 끝에 닿았을 뿐인데도 애가 탔고 등줄기에 짜릿짜릿하고 달콤한 전율이 가로질렀다. 평소라면 참을 수 있는 애무도 조급한 마음이 더해지자 절벽 끝으로 몰리는 기분이 들었다. 진보랏빛 눈동자가 서서히 촉촉해졌고 뜨거운 숨결에 입술이 바짝 말라갔다.

"누가 듣고 있을지도 모르니 그만했으면 하는 거 아니었어?"

"…흐응, 심술… 궂어……."

에밀리아나가 느끼는 부분도 약한 부분도 다 알고 있으면서. 에밀리아나는 입술을 살짝 내밀고 미간을 찡그리며 장을 노려보았다.

"그렇게 귀여운 표정 지으면 못써."

혀끝을 내민 장이 꽃망울이 닿을락말락한 위치에서 혀를 놀렸다. 그리고 그와 동시에 그곳에 넣은 손가락을 움직이며 꽃술의 오돌토돌한 부분을 자극했다.

"하아……. 아… 아아……."

꽃잎에 싸인 그 부분뿐만 아니라 가슴에 자리한 꽃망울도 핥아주었으면 하는 마음에 가슴과 허리를 잇는 곡선이 음란하게 움찔거렸다.

하지만 에밀리아나가 사랑하는 그 남자는 그녀가 굴복할 때까지 용서하지 않을 생각인 듯했다.

"왜 원하는지 말해줘, 에밀리아나."

"흐으읍… 하아앙……."

그녀의 꽃이 머금고 있는 손가락이 빙그르르 커다란 원을 그렸다.

"가… 슴… 만져 줘……."

"만져 달라고? 그게 다야?"

"빨… 아줘……."

기어 들어가는 듯한 목소리로 애원하자 장이 가슴에 자리한 꽃망울에 가볍게 키스했다. 새가 쪼는 듯한 가벼운 키스였지만 그 자극에 에밀리아나는 무심코 어깨를 움찔했다.

"…이제 애 태우지… 마……."

장의 어깨에 양팔을 두르고 조르듯 자신의 몸을 갖다댔다. 탐스러운 열매 두 개가 출렁이는 모습을 가까이에서 보고 장은 목청으로 소리 내며 웃었다.

"이렇게 야한 표정도 지을 수 있었군. 안달이 나서… 한시라도 빨리 하고 싶다는 표정을 짓고 있어. 더 보여줘."

"그런… 얼굴……!"

도톰한 혀끝으로 열매의 돌기를 튕기듯 빨아대자 에밀리아나의 등은 격렬하게 휘어졌다.

애타게 기다리던 예리한 자극은 마치 화염 속에 내던져진 것 같은 느낌을 주었다. 꽃망울을 입에 머금고 하얀 이로 가볍게 물어서 날름날름 마구 핥아대자 다리 사이의 꽃잎에서 꿀이 흘러넘쳤다.

"하아… 흐으응……."

에밀리아나는 눈을 가늘게 뜨고 장의 머리에 손가락을 바짝 세우며 머리칼을 헤집었다.

"기분 좋아?"

장의 물음에 어찌 대답해야 할지 망설이자 다리 사이로 머금고 있던 손가락이 꿈틀거리기 시작했다.

"손가락이 불 정도로 젖었는데."

꽃술을 엄지로 가볍게 튕기자 스스로도 혐오스러울 만큼 달콤한 목소리가 흘러나왔다. 다리에 숨어들어 간 손이 움직이는 것에 에밀리아나는 양쪽 다리를 크게 벌렸다. 비집고 들어오는 냉기에 뜨겁게 짓무른 음란한 살갗이 벌룩거렸고, 에밀리아나는 자신의 몸속을 또다시 뚫고 들어와 움직이는 뜨거운 흥분에 농락당했다.

"꺄악, 뭐 하는 거야?!"

장이 느닷없이 바닥에 무릎을 꿇은 후 에밀리아나의 허벅지에 손을 얹고 좌우로 더욱 깊이 가르며 들어왔다.

장의 눈앞에 여자의 모든 것을 드러낸 채 에밀리아나는 꼼짝 못하고 있었다.

너무나도 부끄러운 나머지 눈을 질끈 감자 암흑 속에서 장이 움직이는 느낌이 들었고 믿을 수 없는 곳에 미끌미끌하고 매끈한 촉감이 뻗어나갔다.

"하아……."

"네 몸 어디든지 입 맞추고 싶어. …사랑하는 만큼."

자그마한 엉덩이를 들어서 벌린 후 꿀에 흠뻑 젖은 꽃술에 장의 입술이 닿았다. 그의 혀가 새싹 주변을 기어 다녔고 얇은 입술이 그 속에 있는 꽃잎 두 장을 포개어 머금었다.

"하아아아… 하아앙……!"

마디가 굵은 손가락 끝으로 하는 애무와 달리 젖은 혀는 섬세하게 에밀리아나를 자극했다. 그는 마치 입맞춤을 하듯 비밀스런 그곳을 입으로 빈틈없이 막고 혀끝으로 더듬었다.

"하아아… 아, 아, 아아……!"

에밀리아나는 몸부림치며 도망가려고 했다. 하지만 장의 손이 그녀의 가느다란 허리를 꼭 붙들고 있었다. 그렇게 에밀리아나를 고정시킨 후 그는 혀로 더욱 자극했다. 꽃술을 휘젓고 꽃눈을 깨물었다.

또다시 배 전체가 흔들리자 예상치 못한 곳에 혀가 닿았다. 에밀리아나의 온몸에 전율이 내달렸다.

장은 혀를 더욱 내밀어서 꿀을 빨아들였다. 장의 그러한 행동에 생각지도 못한 곳에 힘이 실렸다. 이제 어떻게 될지 에밀리아나도 알 수 없었다.

"이제… 못… 참겠어……."

장의 머리에 세운 손가락으로 머리칼을 휘감고 가볍게 잡아당겨서 그에게 한계를 알렸다. 목소리는 몹시 쉬어 있었고 숨결은 입술을 태웠다.

"안 돼. 널 더 충분히 맛보게 해줘. 너한테선 맛있는 냄새가 나거든. 그리고 무엇보다 네가 흘리는 꿀은 달콤해."

터무니없는 말을 들은 에밀리아나는 수치심에 몸이 굳어

졌다. 장은 목 안쪽으로 웃음소리를 내며 에밀리아나를 더욱 빨아들였다. 혀를 뾰족하게 세워서 민감한 곳을 간질이고, 아름다운 이로 달콤하게 깨물며 입술로 꽃잎을 머금자 꿀이 흘러넘쳤다. 그러자 장이 그 꿀을 할짝할짝 소리 내며 핥았다.

"그, 그건……."

"이건 꿀이라기 보단 미약이야. 날… 미치게 해……."

그의 혀는 포개어진 꽃잎을 피우려는 듯 움직였다. 비밀스러운 곳까지 들어와서 입술로 겹쳐진 꽃잎을 꽃봉오리째로 덮은 후, 혀끝을 확인하듯 입구에 찔러 넣었지만 그 이상은 나아가지 않았다. 다만 침을 흘리면서 핥아대며 무르익은 그 부분이 더욱더 녹을 수 있도록 농밀한 애무를 반복했다.

"하아아… 싫어……."

에밀리아나는 허리를 뒤로 젖혔다. 장이 가하는 희열은 에밀리아나의 머릿속까지 마비시켰고, 이곳이 에스피에글호의 안이라는 사실도, 낮인지 밤인지 인식하는 것조차도 멀리 사라져 가게 했다. 세상에 존재하는 것은 장의 혀와 입술뿐이었다.

그럼에도 에밀리아나는 마음속 어딘가에서 부족함을 느꼈다.

—더 격렬하게 헤집어 줬으면 좋겠어.

장이 자신의 몸속까지 들어와서 마음껏 들쑤셔 줬으면

좋겠다고 생각했다. 자신의 마음속에 숨겨진 너무나도 음란한 욕망에 에밀리아나가 무심코 멈칫하자 이를 타박하듯이 뾰족한 혀끝이 꽃술을 튕겨댔다.

"…에밀리아나?"

해도대 위에서 경련하는 몸을 일으킨 에밀리아나를 장이 의아하다는 듯 눈을 가늘게 뜨고 바라보았다.

해도대에서 미끄러져 내려온 에밀리아나의 몸이 장의 하복부에 닿았다. 그곳은 조금 전에 닿았을 때보다 훨씬 뜨겁게 고동치고 있었고 바지에 꽉 차서 터질 듯 불거져 있었다.

익숙하지 않은 손놀림으로 바지 단추에 손을 댔지만 작고 단단한 단추는 천이 빳빳한 탓도 있어 어지간히 풀리지 않았다.

에밀리아나의 의도를 간파한 장이 꿀에 젖은 입술에 웃음을 머금으며 바닥 위에 무릎을 꿇고 상체를 일으켜 세워서 하얀 셔츠를 벗었다.

단련된 근육으로 무장한 어깨에서 가슴으로 이어지는 라인이 드러났다. 다부진 육체를 보고 에밀리아나는 무심코 눈을 내리깔았지만, 그는 개의치 않고 자신의 바지를 단번에 벗었다.

장의 알몸이 눈앞에 드러났다. 몇 번이나 본 광경인데 어째서 부끄러운 걸까. 뺨을 붉히고 고개를 숙인 에밀리아나의 눈에 비친 것은 땅과 바다를 찌르듯 치솟아 있는 장의 물건이었다. 그는 에밀리아나와 다르게 부끄러운 기색도 없이 그 부분을 드러내고 있었다.

"이게 네가 원하는 거지?"

장이 자신의 물건에 손을 갖다대며 말했다.

"이걸로 널 뚫고 후벼 파면서 엉망으로 만들어줬으면 좋겠지?"

"아, 아니야……."

장의 말을 부정할 만큼 에밀리아나는 부끄러웠다.

"뻔한 거짓말은 그만둬."

장이 손을 뻗어 바닥에 앉아 있는 에밀리아나의 탐스러운 살갗을 잡고 꼬집었다.

"하아아… 싫어……."

그는 꿀을 흘리고 있는 꽃에 손가락을 찔러 넣은 후 넘실대는 꽃술을 열고 질척한 소리를 내며 휘저었다. 장은 손가락을 찔러 넣은 채 엄지손가락으로 칼집에 둘러싸인 새싹을 자극하기를 멈추지 않았다.

"아앗, 으으읏……."

에밀리아나는 갑자기 찾아온 달콤한 절정에 참을 수 없어서 바르르 떨었다. 절정에 도달한 순간, 그 부분이 제멋대로 복잡하게 움직여서 장의 손가락을 휘감았다.

에밀리아나는 죽고 싶을 만큼 부끄러웠지만 한편으로는 기분이 좋아서 견딜 수 없었다. 마치 어떻게 될 것만 같았다.

"나쁜 아가씨군. 혼자서 먼저 가다니."

"가··· 다니 언제?"

"조금 전처럼 말이야."

에밀리아나는 장과 몸을 섞을 때마다 돌아올 수 없을 만큼 깊은 곳으로 자신이 끌려가는 느낌을 몇 번이나 경험했다. 하지만 가득 찬 행복과 달콤한 기분 속에서 맛보는 '간다'는 체험은 처음이었다.

그것은 너무나도 아찔했고 눈꺼풀 뒷면에서 섬광이 번쩍이는 것 같았으며, 그와 동시에 육체의 심지에서 뜨거운 흥분이 솟구치는 듯한 감각이었다.

"이번엔 날 데리고 가줘. 네가 맛본 천국으로."

장의 말에 에밀리아나는 생각했다. 이토록 기분 좋은 것을 장과 함께 나눌 수 있다면 얼마나 좋을까.

"응······? 같이?"

"응, 물론이지."

장은 의자 등받이에 왼손을 대고 오른팔로 에밀리아나의 한쪽 다리를 끌어올려 몸을 쓰러뜨렸다.

쩍 하는 소리가 나며 꽃이 피듯 꽃잎이 벌어졌다.

끝자락에 이슬을 머금은 남자의 흥분한 물건이 에밀리아나의 비밀스런 꽃잎을 헤집고 들어왔다.

장을 맞이하는 음란한 살결은 조금 전에 맛본 절정에 여전히 부들부들 떨고 있었지만 점액이 뒤섞여 들어오기 쉬운 상태였다.

"하아, 아아아······."

그것은 혀와 손가락과는 비교할 수 없을 만큼 묵직한 느낌을 가지고 있었다. 에밀리아나는 온몸으로 맞이하는 희열에 부르르 떨었다. 그의 물건이 쾌감의 중심을 뚫는 느낌만으로도 또다시 갈 것 같았다.

"…흐으응, 좋… 아……. 너무 커……."

또다시 선체가 거친 파도를 받았는지 크게 흔들렸다. 장의 육체가 한 번 더 깊숙이 미끄러져 들어오자 그곳에 욱신거리는 아픔이 가로질렀다.

"…흐응, 굉장히 조이는군. 왜 그래, 흥분한 거야?"

"아냐… 배가… 하아아……!"

그 흔들림을 이용하여 장은 에밀리아나를 뚫고 들어왔다. 에밀리아나의 몸이 격렬하게 뒤흔들렸다. 벌꿀 색으로 빛나는 머리칼을 흩트리고 허리를 움직이며 장의 움직임에 답하자, 순식간에 녹아내리는 듯한 희열이 피어올랐고 꿀단지 깊숙한 곳까지 달콤한 황홀경이 찾아왔다.

"하앙… 장……."

"에밀리아나, 기분… 좋… 아……?"

장이 괴로운 듯 신음했다.

"예전의 넌… 늘 슬픈 표정을 짓고 있었어……. 난 네 기분을 헤아리지 못했었지……."

장이 에밀리아나의 뺨에 손가락을 미끄러뜨렸다. 에밀리아나는 눈을 감고 고개를 저었다.

에밀리아나는 장에게 납치당한 후 자신의 몸에 일어난

비참한 사건을 슬퍼했을 뿐이었다. 하지만 에도아르도의 곁에서 맛본 것이 진정한 인생의 지옥이었다. 그 말을 전하려고 생각했던 것도 한순간이었다. 에밀리아나는 해일처럼 밀려오는 압도적인 쾌감에 곧바로 의식 전부를 빼앗겼다.

"흐으으응… 하아……!"

무르익은 꽃봉오리를 열어젖히고 장의 물건이 들쑤셔 댔다. 몸속에 자리한 비밀스런 장소. 장의 육체가 작은 돌기를 비벼댔다.

"하아아… 아……. 크으읍… 흐응……."

에밀리아나는 바닥 위에서 격렬하게 몸부림쳤다. 그러자 몸속에서 장의 물건이 빠져나왔다. 하지만 또다시 그 부분을 문질러 주기를 바랐다. 그리하여 에밀리아나는 다리를 한층 더 크게 벌리고 허리를 움직여서 장의 물건을 비밀스런 곳으로 이끌려고 했다. 그러나 돌기를 비비지 않고 단순히 문지르기만 해도 에밀리아나의 꿀단지는 쾌감을 느꼈다.

그런 에밀리아나를 몰아가듯 장이 허리를 움직였다. 그는 그녀의 꿀단지를 휘저으며 더욱 깊은 곳을 후벼 팠다.

장이 꿀단지 벽을 자극하고 휘저으며 벌리자 에밀리아나는 교성을 질렀다. 장의 가슴에 손을 대고 격렬한 쾌락에서 조금이라도 벗어나려고 했지만 땀에 젖은 손이 미끄러졌다.

"하아… 녹… 녹을 것 같아……. 사라져 버릴 것만 같아……."

에밀리아나는 자신이 무슨 말을 하고 있는지도 알 수 없었다. 격한 희열에서 헤어나기 위해 허리를 흔들던 그때, 장이 에밀리아나의 짓눌려 있던 꽃잎을 문질러서 새로운 쾌감을 불러일으켰다. 안과 밖, 양쪽에서 오는 자극에 에밀리아나는 자그마한 머리를 좌우로 흔들며 몸부림쳤다.

"사라지는 건… 곤란한데……."

엷은 입술을 날름 핥으며 장은 진지한 표정을 지었다. 그리고 에밀리아나의 손을 잡고 자신의 물건이 깊숙이 파묻힌 그곳으로 이끌었다.

에밀리아나는 무심코 고개를 들었다.

손끝에 단단하게 뭉쳐진 빨간 구슬이 닿았다. 그곳을 만지자 장의 말소리가 흐려졌다.

장은 허리를 밀어 넣으며 그 반동으로 격렬하게 흔들리는 가슴의 열매를 문지르고 뭉갰다.

에밀리아나는 그의 물건을 조심스럽게 만졌다.

"흐으응, 하아, 하아, 아! 이제 안 되겠어……."

눈 깊숙한 곳에서 불꽃이 일었다.

"크읍… 읍……."

장이 잘생긴 얼굴을 살짝 일그러뜨렸다.

단단하게 뭉친 채 꼿꼿하게 선, 자신의 비밀스런 곳을 만지는 것은 에밀리아나에게 처음 있는 일이었다. 그곳을 검지와 중지 사이에 끼우자 온몸에 강렬한 쾌감이 불꽃처럼 흩어졌다.

그리고 그와 동시에 비밀스런 그곳이 장의 물건을 조여들었다.

온몸이 느끼고 있었다. 그런 가운데 민감해진 가슴을 만져주는 것만으로는 충분하지 않았다.

"…크읍, 뭐가 안 되겠다는 거야? 네 음란한 여기가 날 먹으려고 하는데."

"그런 거… 난 몰라……."

"더 음란하게 빨아들여 줘. 나한테 느끼는 모습을 보여 줘."

좌우로 뻗은 장의 아가미가 끈적끈적해진 채, 자극에 달아오른 꿀단지를 츄욱츄욱 비벼댔다.

"안… 돼……!"

좋았다. 좋았다. 무척이나 좋아서 몸이 갈기갈기 찢어질 것 같았다.

에밀리아나는 더 뚫고 들어오라는 듯 신음하고, 허리를 위아래로 움직이며 장에게 애원했다.

꿀단지 안의 오돌토돌한 곳을 노리고서 장이 뚫고 들어오자 에밀리아나의 커다란 보석 같은 자줏빛 눈에 눈물이 차올랐다.

"하아, 이제… 갈 것 같아……. 하아. 하아."

음란한 꿀단지가 또다시 격렬하게 경련할 것 같은 그 순간 장이 상체를 일으켜 에밀리아나를 끌어안았다. 몸과 몸이 깊숙이 이어진 채 다리 사이로 장의 휘어진 물건이 크게 부풀어 올랐다. 그리고 희열의 정점을 향해 두 사람을 밀고 올라갔다.

에밀리아나는 손가락을 미끄러뜨리듯 움직여 장의 목에 손을 둘렀다. 두른 손에 힘을 싣자 장은 에밀리아나가 원하는 것을 알아차린 듯했다.

눈을 가늘게 뜬 장은 만족스러운 듯 고개를 끄덕이며 아무런 말도 하지 않고 얼굴을 갖다댔다. 그리고 에밀리아나의 입술을 덮었다.

"흐응……."

혀와 혀가 뒤엉킨 깊은 입맞춤이었다. 두 사람의 이가 닿자 소리가 탁탁 울려 퍼졌다. 소용돌이치는 바다 속에 내던져진 듯한 격렬한 쾌락, 몸을 포갠 채 나누는 희열, 마음과 마음이 이어진 기쁨을 온몸으로 음미하며 에밀리아나는 더욱 더 장을 원했다.

"갈게……."

"응……."

장의 모든 것이 갖고 싶었다. 자신이 맛보는 이 황홀경을 장과 함께 느끼고 싶다고 간절히 기도했다.

이게 바로 '함께 간다'는 느낌인 걸까…….

꿀단지의 가장 깊숙한 곳에서 한층 커진 장의 물건이 뜨거운 것을 쏴아 뿌려댔다.

그것은 흥분했을 때의 체온보다도 뜨거운, 부글부글 끓

어오르는 물과 같았다.

"하아… 또 갈 것 같아…….."

장의 품 안에서 에밀리아나는 눈앞이 아찔해질 만큼 절
정에 도달한 채 교성을 질렀다. 장의 뜨거운 체온을 느끼고
있던 에밀리아나는 그가 자신의 몸속을 마구 휘젓자 격렬
하게 몸을 떨었다.

"나도 그래… 에밀리아나…….."

어깨를 들썩이고 타오르는 숨결을 뱉으며 장이 신음했
다.

몸속이 떨렸다. 그리고 손끝까지 경련했다. 그것이 바로
장의 열기이자 에밀리아나에게 쏟아부은 마음 전부였기에
그녀는 감동에 격렬하게 떨었던 것이다.

이제 막 절정에 도달했음에도 에밀리아나의 그곳은 움찔
움찔 수축하고 장의 물건을 조이며 더욱 졸라대고 있었다.

"…이걸로 끝이라고 생각하지 마."

장이 에밀리아나의 이마에 자신의 이마를 부비며 속삭였
다. 에밀리아나는 그 말이 장의 욕망만을 의미하는 것이 아
니라, 앞으로 그와 보내게 될 시간을 뜻한다는 사실을 알아
차렸다. 그 순간 그녀의 가슴속에 뜨거운 무언가가 차올랐
다.

"몇 번이라도 괜찮아. 계속, 언제까지고."

에밀리아나는 행복이 쏟아져 내리는 것을 느꼈다. 단비
처럼 몸에 스며드는 기쁨에 가슴이 뛰었고 호흡이 더욱 거

칠어졌다. 힘주어 끌어안은 그의 팔에 자신의 모든 것을 맡기고, 감미로운 샘에 몸을 담근 채 에밀리아나는 눈을 감았다.

에필로그

　에스피에글 호는 바위가 튀어나온 포구를 빠져나와 천천히 만으로 진입했다. 다른 괴물선단도 이를 뒤따랐다.

　그날 빈사 상태였던 장과 함께 이 섬에 왔을 때는 아름다운 광경에 시선을 둘 여유가 전혀 없었다. 에밀리아나는 새삼스럽게 섬을 둘러보며 이곳이 꿈같은 세상이라는 것을 깨달았다.

　만에서 에밀리아나 일행을 맞이한 것은 새하얀 모래사장이었다. 그리고 한없이 투명해서 푸른 하늘을 녹인 듯 빛나는 푸른 바다. 그 뒤로는 한낮임에도 불구하고 어두운 정글이 펼쳐져 있었다. 아름다운 꽃이 흐드러지게 피어 있었고 현란한 색깔의 새가 어지러이 날아다녔으며, 수풀이 만들어낸 암흑 속에서는 이름조차 알 수 없는 동물들이 꿈틀거렸다.

에밀리아나가 읽었던 어떤 모험담에도 이런 아름다운 섬은 등장하지 않았다. 에밀리아나는 진귀한 풍경에 설레어하며 외경과 존경의 눈빛으로 섬을 둘러보았다.

에밀리아나가 옷을 갈아입고 선실에서 나오자 선상이 우와 하는 갈채로 휩싸였다. 여전히 해적이었을 때의 습관에서 벗어나지 못했는지 저마다 양동이와 큰북을 손에 들고 둥둥 울리는 것도 빼놓지 않았다.

그들의 함성 속에서 에밀리아나가 탄 보트가 조용히 바다에 내려왔다. 보트는 온갖 색으로 물든 섬의 꽃으로 장식되어져 있었다.

장은 변함없이 멋쟁이였다. 이날을 위해서 재단사에게 부탁하여 만들었다는 고급스런 검은 나사 블랙코트를 몸에 걸치고, 가느다란 줄무늬 바지를 입고 새하얀 실크 크라바트로 가슴 언저리를 장식하고 있었다. 다부진 가슴 근육에서 단련된 허리까지, 블랙코트가 그리는 멋진 곡선에 에밀리아나는 무심코 넋을 놓고 말았다.

"에밀리아나."

장의 목소리에 깜짝 놀라서 정신을 차리자 때마침 배가 모래사장에 도착하려는 참이었다. 배가 휘청하고 흔들리자 에밀리아나는 균형을 잃었다.

"영차."

등 뒤에서 뻗어온 손이 에밀리아나의 어깨를 감싸서 받쳐 주었다. 에밀리아나는 화악 풍겨오는 오드콜로뉴 향기에 둘러싸인 채 도취되었다.

에밀리아나가 입은 드레스 또한 제도 갈로파노의 초일류 재단사가 만든 것이었다. 굳이 무리하게 유행을 따르지 않고 가느다란 소매 입구를 숨겨 앙가장트에 레이스를 풍부하게 사용한 파고다 스타일 소매, 버슬로 펼쳐진 스커트 부분은 정교한 프린지 장식을 사용했으며, 부러질 듯 가느다란 허리에는 코르셋으로 모래시계 형태의 곡선을 만들어내고 있었다. 여기저기에 곁들인 리본과 발랑시엔 레이스가 아름다웠다. 머리에 쓴 베일은 실크로 만든 블론드 레이스였다.

"실은 널 위해 귀족들을 불러모아 갈로파노 대성당에서 결혼식을 올리고 싶었어. 혼례 성가를 부를 성가대도 많이 부르고 말이지."

장의 말에 에밀리아나는 고개를 가로저었다.

"아니야. 이곳에서 올리는 결혼식이 성당보다 몇 배나 멋져."

"그렇게 생각해?"

"응. 정말 멋진 곳이야."

에밀리아나는 암벽과 울창하게 우거진 숲에 둘러싸인 만을 휘익 둘러보았다.

"마음에 들었소?"

그곳에는 원래 어떤 색이었을지도 모를 만큼 머리가 새하얗고 수염으로 입가가 뒤덮인 남자가 있었다. 그는 섬에서 보낸 힘든 생활이 만들어 낸 듯한 근육으로 무장한 대장부였다.

그는 이곳에서 오래 살았다고 한다.

장이 이끄는 괴물선단의 보충 기지이기도 한 이 섬의 손닿지 않은 자연을 사랑한다고 했다.

그는 복부에 총상을 입은 장을 수술했던 의사였다. 생명의 등불이 꺼져 가고 있던 장의 불을 꺼뜨리지 않고 생명을 불어 넣어준 의사에게 에밀리아나는 감사와 경의의 뜻을 품었다.

그가 오늘은 장과 에밀리아나의 결혼식의 주례를 맡아주기로 했다. 이렇게 영광스러운 일이 또 있을까.

"하지만 교회가 아닌 곳에서 치르는 결혼식은 금지되어 있지 않나요?"

에밀리아나의 물음에 의사가 답했다.

"이 섬은 어느 나라에도 속해 있지 않소. 말하자면 내 나라라고 할 수 있지요. 프레지아스카에서는 금지되어 있지만 내가 괜찮다고 하면 이 섬에서는 인정받을 수 있소."

에밀리아나는 장과 마주보고 웃었다.

나무가 우거진 수풀 가운데에 뻥하니 구멍처럼 비어 있는 만. 그곳을 비추는 햇빛이 새하얀 모래사장을 태우고 있었다.

"이쪽으로 오시오."

의사는 두 사람을 오두막 뒤편으로 안내했다. 그곳에는 정글 안으로 이어지는 길이 정비되어 있었다. 나무가 그늘진 길가에는 식충식물이 늘어서 있었고, 오색 날개를 가진 벌레들이 일사분란하게 날아다니고 있어 환상적인 풍경을 자아냈다.

그를 따라서 짐승이 다니는 샛길을 오 분 정도 걸어가자 탁 트인 공간이 펼쳐졌다.

습기를 머금은 상쾌한 공기가 뺨을 쓰다듬었고, 올려다본 시선 끝에 커다란 폭포가 있었다. 평온하게 흘러 떨어지는 폭포와 그 폭포가 만들어낸 용소는 무척이나 맑고 투명해서, 손을 뻗으면 헤엄치는 물고기의 그림자마저 건져낼 수 있을 것 같았다.

아무래도 이곳이 결혼식 장소인 듯했다.

무척이나 아름다운 천연 대성당을 마주한 에밀리아나와 장, 하객인 선원들은 잠시 말을 잃고 그 광경에 넋을 놓았다.

때마침 손을 치켜든 위치 부근에 튀어나온 바위가 있었고 그 위에 성서가 놓여 있었다. 마호가니로 만든 성서대보다 훨씬 고급스러워 보였다.

성가대 합창도 실내악 연주도 없었지만 섬에서 들려오는 소리와 바다에서 밀려오는 파도 소리가 그 역할을 충실히 해내고 있었다.

"그럼, 두 분."

이렇게 급하게 올리는 식은 처음이었다. 장과 에밀리아나는 또다시 얼굴을 마주보고 큭큭대며 웃었다.

의사는 헛기침을 하며 주변을 진정시킨 다음 조용히 말했다.

"사랑과 은혜의 근원인 하늘의 아버지시여, 당신의 아름다운 섭리에 따라 지금 이곳에 있는 두 사람이 하나가 되려합니다. 성스러운 이름으로 행하는 이 결혼식을 축복하여 주십시오. 또 이곳에 참석한 모두가 두 사람을 하나로 이어주는 이가 당신이라는 사실을 깨달을 수 있도록 인도해 주십시오. 전지전능한 신의 이름으로 기도 드립니다."

장은 얼굴이 딱딱하게 굳은 채 성서 위에 손을 얹은 다음 에밀리아나를 다시 보았다.

하얀 레이스 베일 너머로 보이는 장의 금빛 눈동자 속에, 불안한 얼굴을 한 에밀리아나가 일렁이고 있었다.

에밀리아나도 가만히 손을 뻗어서 장의 단단한 손등에 자신의 손을 포개었다. 장의 체온이 레이스 장갑 너머로 전해져 오자 에밀리아나는 무심코 분위기에 취했다.

"당신들은 지금 신의 뜻에 따라 부부가 되려고 합니다. 기쁠 때나 슬플 때나, 풍요로울 때나 가난할 때나, 서로 사랑하고 공경하고 위로하고 도우며 목숨이 다할 때까지 지조를 지킬 것을 맹세합니까?"

—목숨이 다할 때까지.

그 말에 에밀리아나의 가슴이 또다시 떨려왔다. 그것은 장도 마찬가지인 듯했다.

"맹세합니다."

두 사람의 목소리가 모아졌다. 그 말에 망설임은 티끌조차 없었다.

에밀리아나가 레이스 장갑을 벗은 후 장을 향해 마주섰다. 장의 손이 베일에 닿았고 그는 베일을 가만히 걷어 올렸다.

에밀리아나는 살짝 고개를 숙이고 눈을 감았다. 양쪽 어깨에 그의 손이 닿았고 입술에 뜨거운 표식이 찍혔다. 그 순간 에밀리아나는 비처럼 쏟아져 내려온 행복이 몸속을 때리는 것을 느꼈다.

에도아르도와 올렸던 슬픈 결혼식과 비할 바도 되지 않을 만큼 간소했지만 에밀리아나에게는 천배 만배 소중했다.

장의 손안에 있던 금빛 반지가 에밀리아나의 약지에 끼워졌다. 금빛 링이 죄어드는 감촉과 그 무게에 에밀리아나는 한순간 자신을 잊고 반지에 감정을 이입했다.

그리고 에밀리아나도 장의 왼손을 잡고 마디가 굵고 까칠까칠한 그의 손에 커다란 반지를 미끄러뜨리듯 끼웠다.

"신이시여. 지금 이들은 부부가 되기로 맹세했습니다. 이것은 헤아릴 수 없는 당신의 자애와 은혜에 의한 것이기에 감사드립니다. 당신 앞에 서 있는 두 남녀가 평생 충실

하고 굳건하게 약속을 지키며 아름다운 가정을 꾸릴 수 있도록 지켜봐 주십시오. 두 사람을 이어준 신이시여, 당신의 이름을 우러러 받들게 해주십시오."

묵도를 올린 직후, 하객인 선원들이 일제히 환호성을 질렀다. 그때 누군가의 입에서 자연스레 찬송가가 흘러나왔다. 엉터리 가사에 불협화음이었지만 바위굴 주변으로 메아리치자 대성당에서 듣는 합창 같은 느낌이 들었다.

에밀리아나는 장의 얼굴을 올려다보았다. 그의 눈에는 구름 한 점 없이 웃는 에밀리아의 얼굴이 비쳐 있었다. 장과 떨어져 있으며 슬픔으로 흐렸던 나날은 이제 상상할 수 없었다.

가족이 자리하지 않았지만 에밀리아나는 슬프지 않았다.

장의 조력 덕분에 레오파르디가는 가난뱅이 백작이라는 오명을 씻을 수 있었다. 아버지인 레오파르디 경은 마음을 고쳐먹고 도박과는 완전히 연을 끊었으며, 존경받는 멋진 영주로 돌아왔다.

여전히 생활에 불편한 점은 있지만 배는 굶지 않아도 될 터였다. 한때 영화를 누리던 레오파르디가로 기세가 돌아오고 있다는 소식을 듣고 에밀리아나는 가슴을 쓸어내리며 안심했다.

"에밀리아나, 아름다워."

장이 황홀한 듯 속삭였다.

"아버님과 어머님에게도 보여 드리고 싶군. 네 아름다운 모습을……."

"응… 괜찮아, 장. 나는… 괜찮아."

이 훌륭한 드레스와 아름다운 바위굴 결혼식을 보여줄 수 없는 것은 너무나도 슬프지만.

그날 그곳에서 장의 손을 잡은 순간, 가족과의 이별을 각오했다.

끓어오르는 감정 속에 검은 빛 한줄기가 스쳐 지났다. 에밀리아나의 얼굴에 먹구름이 드리워진 것을 보고 장도 슬픈 표정을 지었다.

그때였다.

태양이 위치하지 않은 각도에서 눈부신 빛이 비쳐들었고, 에밀리아나와 장은 동시에 한쪽 눈을 가늘게 떴다.

하객으로 자리하던 리나르도가 머리 위로 검은 천을 쓰고 오른손으로 우산처럼 보이는 물건을 펼쳐든 채 다리 세 개가 달린 기묘한 상자를 들여다보고 있었다. 상자에는 둥근 창이 있었고 유리가 끼워진 그 구멍을 통해 바깥 풍경이 보이는 형태로 이루어져 있었다.

"리나르도, 뭐야? 그 상자는?"

장이 의아하다는 듯이 물었다.

"이건 '카메라 옵스큐라'라는 물건입니다. 둥근 창 너머로 보이는 풍경을 그대로 옮길 수 있는, 사진이라는 물건을 그려내는 기계입니다."

"그럼 초상화가를 부를 필요가 없다는 건가?"

"네에, 없습니다. 이 바위굴도 폭포도 아름다운 신부도 한순간에 그릴 수 있습니다."

"그럼 그 사진이라는 걸 에밀리아나의 부모님에게 보내면 좋겠군."

장의 눈이 장난에 성공한 아이처럼 반짝반짝 빛났다.

에밀리아나는 서둘러 드레스 주름을 폈다.

설마, 그런 물건이 발명되었을 줄이야.

"좋았어, 리나르도. 더 해봐. 사진이란 걸 많이 그리자."

"말씀하지 않으셔도 그럴 생각이었습니다."

리나르도가 상자에서 판자 같은 것을 잡아당긴 후 다시 바꿔 끼웠다. 아무래도 그 판의 겉면에 사진이 찍히는 듯했다.

아버님과 어머님을 초대하지 못했지만, 장과의 결혼식을 보여줄 수 있는 방법이 있다니 시대는 발전하고 있구나.

에밀리아나는 시대의 진보에 감사하며 리나르도가 들여다보는 상자를 향해 힘껏 미소 지었다.

이 행복이 부모님에게 닿을 수 있도록 마음 전부를 담아서—

그런 에밀리아나의 어깨를 한손으로 끌어안고 장은 덮치듯 입술을 갖다댔다.

"흐읍……."

평소와 다른 격렬한 입맞춤에 에밀리아나는 몸에서 힘이

빠지고 말았다. 그사이에도 번쩍이는 섬광이 두 사람을 감쌌고 에밀리아나는 깜짝 놀라며 몸을 움츠렸다.

"꺄악, 뭐하는 거야. 신성한 결혼식인데! 이 저질!"

에밀리아나는 장의 얼굴에 손을 갖다대고 얼굴을 뗐다.

"우리가 제대로 사랑하고 있는 모습을 에도아르도에게도 보여줄 수 있는 좋은 기회잖아."

오랜만에 듣는 이름에 에밀리아나는 얼굴이 굳어졌다. 에도아르도가 없었다면 장과 자신은 만날 수조차 없었다. 하지만…….

"에도아르도님에게도 보낼 거야?"

"응, 물론이지. 그 녀석은 아직 널 포기하지 않았으니까."

쓴 음식을 입에 머금은 듯한 표정을 지으며 장이 말했다.

그렇지만 장은 이제 해적이 아니다. 그는 홍차운반선의 선장이다. 에도아르도가 에밀리아나를 탈환하기 위해 군함을 파견하는 일은 두 번 다시 없을 것이다.

그렇다고 해서 안심할 수는 없었다. 상대는 바로 프레지아스카의 젊은 매, 에도아르도 보르게제이므로 어떤 수단을 쓸지 알 수 없었다.

"괜찮아. 그때는 세상에서 제일 빠른 에스피에글 호로 날 데리고 도망칠 거잖아?"

에밀리아나는 장의 뺨에 입술을 가까이 대고 쪽 소리를 내며 입을 맞추었다. 그러자 두 사람의 주변에서 또다시 번쩍이는 섬광이 빛났다.

　장과 에밀리아나의 달콤한 생활을 어지럽힐 에도아르도의 습격은 아직 먼 이야기일 뿐이었다.

　『프린세스 파이러트~백작 영애는 밀애에 빠진다~』 끝

작가 후기

이번에는 해적 이야기를 다루어 보았습니다. 짓궂고 천진난만한 남주인공과 고집이 센 먹보 여주인공의 이야기를 함께 요리해 보았는데 맛은 어떠셨나요?

제가 식탐이 강해서인지 작품에 등장하는 맛있는 음식을 묘사할 때마다 무척이나 고달팠답니다.

"이거… 맛있겠다. 주르륵—" 하고 군침을 흘리는 지경에 이르기도 했으니 말이지요.

이번 이야기는 해적들이 슬슬 설자리를 잃기 시작했던 18세기 중반 무렵을 무대로 했습니다. 물론 가상의 이야기입니다. 살짝 스팀펑크 스타일이 가미되면 어떨까 하고 생각하며 썼습니다.

음식 묘사 다음으로 즐거웠던 것은 드레스 묘사였습니다. 이번에도 역시 일러스트를 맡아주신 아마노 치기리 씨

께서 예쁘고 화려한 드레스를 여러 장 그려주셨습니다.

당연한 말이지만 여러분과 마찬가지로 저 또한 아마노 씨가 장과 에밀리아나를 어떻게 그려 주실지 무척이나 기대했답니다. 예상했던 대로라고나 할까요, 아니, 예상했던 것 이상으로 장은 장다웠고 에밀리아나는 에밀리아나다웠습니다. 게다가 심술궂은 에도아르도조차도 무척이나 멋지게 그려주셔서, 러프 스케치를 받아 든 순간 너무나도 감동한 나머지 정신이 멍했답니다.

에밀리아나는 일러스트상에선 이렇게 맑고 아름다운 눈동자를 가진 미소녀인데도, 많이 먹는 먹보네요(웃음). 왠지 끌리지 않나요?

늘 응원해 주는 친구들. 그리고 무엇보다 이 작품을 선택해 주신 독자 여러분! 정말로 감사드립니다.

또 뵙게 되길 바랍니다.

이오리 미나

역자 후기

　5월 초부터 한창 덥더니 며칠간 내린 비로 기온이 뚝 떨어졌네요. 창문을 열어 놓기에는 쌀쌀한 날씨지만 비가 내린 덕분에 오랜만에 미세먼지 농도가 낮아져서 자축의 뜻으로 집에 있는 창이란 창은 모조리 하루 종일 열어 두었답니다. 그리고 강아지들과 기쁨의 댄스를 추었지요. 새벽인 지금은 너무 추워서 이렇게 전기장판 위에서 역자 후기를 쓰고 있습니다(또 언제 미세먼지가 심해질지 모르니 오늘은 추워도 참을 생각입니다. T.T 즐길 거예요. T.T 울면서 즐기는 중). 그러고 보면 겨울에 먹는 아이스크림은 참 맛있지 않나요? 특히 따뜻한 방에서 배를 깔고 데굴거리며 먹는 아이스크림, 정말 최고지요.^^ 간만에 그런 기분을 느꼈답니다. 오늘은 자기 전에 아이스크림을 먹으면서 완벽한 마무리를 해야겠네요.

요즘엔 미세먼지 농도를 확인하며 하루 일과를 시작합니다. 도쿄에 있을 때는 파란 하늘을 자주 봤는데(너무 새파래서 비현실적인 느낌이 들기도 했지요), 서울에 오니 회색 하늘을 보는 일이 더 많네요. 가끔 그리워질 때가 있습니다. 이러다가 파란 하늘을 보러 여행을 떠나야 하는 게 아닐까 싶네요. 시골이나 섬 같은 곳이라면 볼 수 있을까요? (T.T)

『프린세스 파이러트』는 작가님의 유려한 글솜씨 덕분에 즐겁게 작업했던 작품입니다. 작업하며 바다에 온 듯한 느낌을 받기도 했답니다. 글로 바다를 떠올리게 하는 작가님의 힘, 대단하지 않나요? 특히, 저는 이 문장이 마음에 들었답니다.

「하늘도 바다도 없었고, 위도 아래도 없었다. 온통 파란 세상에 땡— 땡— 땡— 하고 새벽을 알리는 종소리가 울려 퍼졌다. 시선 먼 곳에 푸른 어둠을 위아래로 찢듯이 빛줄기가 가로질렀다. 그곳이 하늘과 바다의 경계였다. 빨간색, 파란색, 노란색, 보라색, 하얀색, 금색, 은백색, 적동색. 이 세상에 존재하는 온갖 색들이 주위에 용솟음쳤다.」

이 문장을 번역할 때, 작가님의 표현력에 감탄하며 하늘과 바다가 만나는 경계에 제가 서 있는 듯한 느낌까지 받았답니다. 독자 여러분은 어떤 문장에서 감탄했을지 궁금하네요.

다시 또 비가 오네요. 그래도 이렇게 사방으로 비에 갇혀 있는 느낌, 참 좋지 않나요? 조만간 본격적으로 여름이 시작되면 비를 만나게 될 일이 많아지겠네요. 저는 비를 좋아해서 장마가 기다려지기도 합니다. 장마철이 되면 집에서 보내는 시간이 많아질 텐데 그때 이 작품을 읽으면 어떨까 싶네요. 무료함을 달래기에 딱 좋지 않을까요? 그럼, 조만간 본격적으로 시작될 여름, 맘껏 즐기시고 또 만나 뵙길 바랍니다.^^

김하나

TL 로맨스 원고 공모

한국 TL을 선도해 나가는
AIN-FIN 메르헨-엘르 노블에서
뜨겁고 은밀한 사랑 이야기를 찾습니다.

장르 : TL 로맨스(현대, 판타지, 시대물 무관)
분량 : 200자 원고지 기준 700매 내외

보내주실 곳 : ainandfin@naver.com

채택되신 작품은 계약 후 교정 작업을 거쳐 정식 출간됩니다!

많은 참여 부탁드립니다.

하렘 로맨스

미궁전에 유괴된 신부

시미즈 미나토 글
아마노 치기리 그림
조민경 옮김

영국의 몰락한 귀족의 딸 엘레인은 유괴되어 사막의 나라 샤미아프의 하렘으로 팔리게 된다. 어떻게든 벗어나 보려다 우연히 발견한 비밀 통로를 지나자, 그곳은 왕의 욕실이었다. 자객으로 오인받아 호위병들에게 붙잡힌 엘레인을 아슬아슬하게 구해준 건, 바자르에서 만났던 멋진 남성이었다. 하지만 살고 싶다면 그와 혼례를 올려야 한다는 이야기를 듣게되는데……?!

〈숙녀에게도 꿈꾸던 동화─메르헨이 있다〉메르헨노블